Hiltrud Baier

Tangosommer

Roman

Oktopus

Für den Blick hinter die Verlagskulissen:
www.kampaverlag.ch/newsletter

Ein Oktopus Buch bei Kampa

Dieses Werk wurde vermittelt durch
die Literarische Agentur Michael Gaeb
www.kampaverlag.ch
www.oktopusverlag.ch
Covergestaltung: Lara Flues, Kampa Verlag
Covermotiv: © shutterstock / Melinda Nagy; iStock / nikitinaolga
Satz: Tristan Walkhoefer, Leipzig
Gesetzt aus der Stempel Garamond LT / 230180
Druck und Bindung: Friedrich Pustet, Regensburg
Auch als E-Book erhältlich
ISBN 978 3 311 30051 9

1

Etwas war anders. Schon seit Wochen hatte Riitta so ein merkwürdiges Gefühl. Sie freute sich nicht, obwohl sie sonst diese eine Woche im Sommer kaum erwarten konnte. Es war eine Vorfreude auf sieben wundervolle Tage, die sie normalerweise das restliche Jahr fröhlich und unbekümmert leben ließ. Aber schon seit Anfang des Jahres, als es so merkwürdig warm geworden war im Norden, als die Temperaturen zwischen nur wenigen Minus- und Plusgraden schwankten und die Menschen reihenweise mit Bein- und Armbrüchen in der Notaufnahme landeten, bekam sie Magenschmerzen und spürte eine Unruhe wie noch nie. Was, wenn er dieses Mal nicht kommen würde?

Riitta versuchte, diese Gedanken zu verscheuchen, lenkte sich ab und schaute heute bereits zum dritten Mal nach ihren Lauch- und Karottenpflänzchen, die sogar in ihrem Gewächshaus Mühe hatten zu wachsen. Aber sie hatte sie bisher jedes Mal durch den kühlen Frühling gebracht. Bald würde es sogar hier im finnischen Norden keinen Nachtfrost mehr geben, und sie könnte die Pflanzen ins Hochbeet setzen.

Kirsi, ihre Nachbarin, belächelte ihre Bemühungen jedes Jahr wieder. »Warum kaufst du das Gemüse nicht im Supermarkt? Das ist doch viel billiger und macht keine Mühe?«

Riitta schüttelte immer entschieden den Kopf. Nein, sie hatte es jedes Jahr geschafft, ihr eigenes Gemüse und auch Blumen anzupflanzen. Schon seit vielen Jahren tat sie das, und es funktionierte. Mal gut, mal weniger gut.

Riitta zog ihre Sneakers aus und schlüpfte in ihre blau-rot gepunkteten Gummistiefel, deren Anblick ihr an normalen Tagen immer ein Lächeln auf die Lippen zauberte. Dann griff sie nach der kleinen Hacke und bearbeitete das Hochbeet, das sie hinter dem Haus angelegt hatte. Sie lockerte die Erde, zupfte Unkraut und schüttete neue Erde, die sie durch ihren Kompost gewonnen hatte, obenauf. Kurz hielt sie inne.

Schon damals, sie wohnte noch in der WG, hatten ihre Mitbewohner den Kopf geschüttelt, als sie auf dem Balkon aus winzigen Samen Tulpen und Kornblumen gezogen hatte. »Die verrückte Deutsche« hatten sie sie genannt. Aber es hatte geklappt, und es würde auch diesmal klappen, hoffte sie zumindest.

Riitta liebte ihr selbst angepflanztes Gemüse, und in ihrer Kindheit hatte es immer Gemüse aus dem eigenen Garten gegeben, eines der wenigen guten Dinge, an die sie sich erinnerte. Der Garten war das Ein und Alles ihrer Mutter gewesen. Sie hatte ihn gehegt und gepflegt wie ein Kind, das man behütete. Ganz im Gegensatz zu ihren eigenen Kindern.

Riitta legte die Hacke beiseite, füllte die Plastikgießkanne mit Leitungswasser und goss im Gewächshaus die Salat- und Gemüsepflanzen. Sie schloss die Tür des Gartenhäuschens, und wie jedes Mal quietschte das Scharnier der Glastür, kurz bevor sie ins Schloss fiel. Sie sollte an der Tankstelle vorbeifahren und Schmierfett kaufen. Dann könnte sie auch gleich in den Supermarkt gehen und das Päckchen abholen, das dort für sie bereitlag. Vorhin hatte der Postbote den Abholzettel gebracht.

»Ist es mal wieder so weit?«, hatte Risto gefragt. »Nähst du wieder?«

Sie hatte genickt.

»Dann musst du dich aber beeilen. Sind nur noch fünf Wochen bis zum Tangofestival. Und diesmal Stoff aus Italien!« Er drückte ihr mit einem schelmischen Zwinkern den Abholschein in die Hand.

Ihr Blick fiel auf den Absender. *Antonietta Pavani, Milano, Italia.* Ja, diesmal hatte sie blauen Seidenstoff ausgewählt. Er würde sicher gut zu ihren dunkelblonden krausen Haaren passen. Seit einiger Zeit schimmerten darin graue Strähnchen, aber das kümmerte sie nicht.

»Das klappt schon«, sagte sie.

»Klar, bist ja perfekt im Nähen.« Risto lächelte.

»Da fällt mir ein …« Sie ging kurz ins Haus und kam mit einem kleinen, in braunes Packpapier gewickeltes Päckchen zurück. »Hier, die reparierten Hosen für eure Jungs. Einmal Knie, einmal Reißverschluss. Sag Marja schöne Grüße von mir.«

»Was bekommst du dafür?« Risto zückte seinen Geldbeutel, aber Riitta schüttelte den Kopf. »Schon gut, ist nicht der Rede wert. Demnächst komme ich mal wieder vorbei und probiere Marjas leckeren Blaubeerkuchen.«

Risto hatte kurz gezögert, aber sie hatte seine Hand mit dem Geldschein weggedrückt, und er hatte den Schein wieder eingesteckt, genickt und seine Tour mit dem blauen Postauto fortgesetzt.

Jetzt lag der Abholschein für das Paket auf der kleinen

Kommode im Flur. Riitta seufzte und betrachtete den Rollerschlüssel, der an einem Haken neben der Haustür hing. Sie hatte heute überhaupt keine Lust, die zehn Kilometer zum Supermarkt zu fahren und das Päckchen abzuholen, geschweige denn das neue Kleid zu nähen. Dabei hatte sie das Schnittmuster schon letzten Herbst gekauft, bei einem Kurztrip nach Rovaniemi. Warum bekam sie das Gefühl nicht los, es würde sich nicht lohnen, die vielen Stunden an der Nähmaschine zu verbringen? Sie hatte sich doch immer für das Festival hübsch gemacht. Jedes Jahr ein neues Kleid zu Ehren des Tangos. Sie hatte darauf geachtet, dass es genügend Beinfreiheit hatte, damit sie sich bei den Tanzschritten nicht beengt fühlte, und trotzdem sollte das Kleid schlicht wirken. Später, als er sie zum Festival begleitete, hatte sie sich noch mehr Mühe mit dem Nähen gegeben. Da war es ihr nicht mehr wichtig gewesen, dass das Kleid zum Tangotanzen passend war, nein, sie wollte ihm darin gefallen. Die Säume waren kürzer geworden, der Ausschnitt etwas gewagter. Dreißig Kleider hatte Riitta bisher genäht. In den letzten fünfzehn Kleidern hatte sie darin mit ihm getanzt. Und jetzt wusste sie nicht, ob sie ein weiteres Kleid nähen sollte.

Riitta ging in ihr kleines Nähzimmer und machte sich an einem ausgefransten Mantelkragen zu schaffen. Sie musste sich ablenken.

»Kannst du meinen Lieblingsmantel retten?«, hatte Kirsi sie vor ein paar Tagen gefragt und ihr einen dunklen, an vielen Stellen abgeschabten Wollmantel in die Hand gedrückt.

Sie hatte sich die Stelle angeschaut und gelächelt.

»Nächste Woche ist er fertig«, hatte sie gesagt und gewusst, auch von Kirsi würde sie kein Geld nehmen. Seitdem Kirsis Mann gestorben war, konnte sie von ihrem Lohn die Hypotheken für das Haus kaum mehr bezahlen.

Riitta stoppte die Nähmaschine und schaute aus dem Fenster. Die dunklen Regenwolken verzogen sich allmählich Richtung Norden, und ab und an blitzten hellblaue Streifen durch das gemusterte Grau des Himmels. Hoffentlich würde das Wetter beim Tangofestival gut werden. Dann könnte sie mit Phil nicht nur in den Festhallen, sondern auch auf der Straße Tango tanzen. Sie überlegte. Phil hatte im letzten Sommer bleich gewirkt, aber er hatte nichts gesagt, und sie hatte nicht gefragt. Sie fragten nie, sie lebten einfach, sieben Tage, die nur ihnen gehörten, in denen sie Spaß miteinander hatten, ohne Vergangenheit, ohne Zukunft, ohne Sorgen. So hatten sie es immer gemacht, und bis zum letzten Jahr waren Riitta nie Zweifel daran gekommen, dass es immer so weitergehen könnte. Ihre Gedanken an Phil waren unbeschwert gewesen, meistens jedenfalls. In fünf Wochen würde das Festival in Seinäjoki stattfinden, im Juli, wie immer. Bis dahin sollte sie das Kleid genäht haben. Das Hotel hatten sie im letzten Jahr im Voraus gebucht. Das Fest wurde ständig beliebter, und die Unterkünfte waren schnell ausgebucht. Ansonsten musste sie für das Festival nichts vorbereiten. Sie hatte dort keinerlei Verpflichtungen mehr. Anfangs war sie Mitglied im Organisationsteam gewesen. Dann aber wurde das Festival immer größer und bekannter, und sie war ausgestiegen. Heute unterrichtete sie nur ab und an Tango für die Einheimischen ihres Dorfes und manchmal für Touristen. Meist Deutsche, die sich freuten, wenn jemand ihre Muttersprache konnte und der Unterricht nicht auf Englisch stattfand.

So hatte sie auch Philipp wiedergetroffen, nach vielen Jahren. Er hatte damals mit seiner Familie in Inari Urlaub gemacht, und da seine Frau sich nicht für Tango interessierte, hatte er alleine einen Tangokurs gebucht. Zumindest hatte er ihr das so erzählt. Aber Riitta war sich nicht sicher, ob er ihr die Wahrheit gesagt hatte. Wahrscheinlich hatte er eine Ausrede benutzt, damit seine Frau nicht auf die Idee kam, am Tanzkurs teilzunehmen. Denn konnte es Zufall gewesen sein, dass sie sich nach so vielen Jahren in Inari wiedergetroffen hatten? In diesem kleinen Dorf in Finnisch-Lappland, das dreitausend Kilometer von ihrem früheren Zuhause in Süddeutschland entfernt war?

»Ich habe den Namen Riitta auf der Tango-Kursbeschreibung gelesen«, hatte Phil damals gesagt.

»Aber es war Riitta mit zwei i und zwei t«, hatte sie erwidert.

»Es passt zu dir, dass du deinen Vornamen dem Land angepasst hast, in dem du lebst. Und da dachte ich, Riitta und Tango – das kannst nur du sein.« Er hatte sie mit seinen dunkelblauen Augen angeschaut, und sie hatte sofort gewusst, dass sich ihr Leben von nun an ändern würde.

Riitta schnitt einen dünnen schwarzen Faden ab, hielt die Nadel weit weg von den Augen, fädelte den Faden ein und beugte sich wieder über ihre Näharbeit. Die letzten Stiche musste sie mit der Hand erledigen.

Schließlich nähte sie die übrig gebliebene ausgefranste Stelle an Kirsis Mantelkragen mit winzigen Stichen zusammen.

Nach diesem Wiedersehen in Inari hatten Phil und sie sich für das kommende Jahr zum Tangofestival in Seinäjoki verabredet, und daraus waren ihre jährlichen Treffen entstanden. Und jetzt?

Riitta legte den reparierten Mantel sorgfältig zusammen und ging in die Küche. Anders als in ihrem penibel geordneten Nähzimmer herrschte hier ein Chaos, das sie nie in den Griff bekam. Sie schaffte es nicht, gebrauchtes Geschirr unverzüglich zu spülen, oder Zutaten, mit denen sie ihre Mahlzeiten zubereitete, sofort wieder zurückzustellen. Zwischen der Tüte Dinkelmehl und den kaputten Eierschalen, die auf ihr Pfannkuchenfrühstück heute Morgen hinwiesen, fand sie eine angefangene Packung Kaffee. Sie kochte Wasser auf, nahm den weißen Porzellanfilter, stellte ihn auf ihre vor vielen Jahren selbst getöpferte Kaffeekanne, brühte sich Kaffee und ging nach draußen vor die Haustür. Sie setzte sich auf die blaue Holzbank neben der Tür, deren Farbe vom Wetter schon an vielen Stellen abgeblättert war, und streckte ihr Gesicht den wärmenden Sonnenstrahlen entgegen, die selbstbewusst die Wolken verdrängt hatten. Sie trank einen Schluck Kaffee, umklammerte die warme Tasse mit beiden Händen und schaute auf den See, dessen Wasser im Gegensatz zu heute Morgen, als starker Wind blies, still vor sich hin plätscherte.

Wie sie diesen Blick liebte! Auf den riesigen Inarisee, dessen Ende nicht zu sehen, nur zu erahnen war. Und das Beste: Es gab nur die Natur und sie.

»Was willst du denn dort draußen, so alleine? Wenn mal was passiert?«, fragte ihr alter Freund Adam in regelmäßigen Abständen. Aber was sollte schon passieren?

Seit zehn Jahren wohnte sie hier. Onni, ihr Freund, hatte ihr das Holzhaus mit dem großen Grundstück am Inarisee vermacht. Er war an einem Schlaganfall gestorben. Onni hatte in Helsinki gewohnt, sie in Inari. Das Holzhaus war ihr Treffpunkt gewesen, wenn sie sich getroffen hatten. Seit Onnis Tod hatte Riitta zum ersten Mal ein richtiges Zuhause. Kurz vor ihrem vierundvierzigsten Geburtstag war sie sesshaft geworden. Davor hatte sie mal hier, mal dort gewohnt, ohne ein Gefühl, angekommen zu sein. Aber hier gefiel es ihr. Sie hatte ihre Ruhe, musste mit niemandem Küche oder Bad teilen, wie sie es so viele Jahre lang getan hatte. Manchmal kam der Briefträger vorbei, wie heute, oder Nachbarn, die etwas zum Nähen brachten. Sie war nur ab und an in Inari, um einzukaufen, einen Tangokurs zu leiten oder im Sámi-Museum auszuhelfen. Die Tangokurse und das Geld, das sie durch Nähen und ihre Arbeit im Museum verdiente, reichten ihr zum Leben. Außer Lebensmitteln, dem jährlichen Stoff für ihr Kleid, gelegentlich einem Ausflug nach Rovaniemi und der Reise nach Seinäjoki zum Tangofestival brauchte sie nicht viel. Sie hatte schon lange aufgehört, neue Kleidung zu kaufen. Wenn ein Stück kaputtging, reparierte sie es oder kaufte sich Second-Hand-Kleidung. Ein neues Kleid pro Jahr, selbst genäht, für eine Woche, das genügte ihr.

Riitta stellte die Kaffeetasse auf der Bank ab. Jetzt hatte sich auch die letzte Wolke verzogen, und die Sonne strahlte in einem dunkelblauen Frühlingshimmel.

Sie schloss die Augen. Es war so schön hier Anfang Juni. Endlich ging es auf den Sommer zu, das Eis auf dem See war geschmolzen, das blaue Wasser glitzerte. Wenn nur dieses ungute Gefühl nicht wäre, das sie so sehr plagte und gegen das sie jetzt unbedingt etwas unternehmen sollte.

2

Kannst du bitte zu mir kommen?«

Johanna zuckte zusammen. Sie hielt das Handy fest umklammert. »Natürlich.« Sie hatte sicher zwei, drei Sekunden benötigt, um zu reagieren. Als er nicht antwortete, merkte sie, dass sie das Mikrofon zugehalten hatte. Er hatte sie nicht hören können. »Jetzt sofort?«

»Ja.«

»Ist etwas passiert?«

»Nein.«

Mehr kam nicht, und Johanna wusste, dass ihr Vater auch nicht mehr sagen würde. Er hatte nie viel geredet.

Ihr Blick fiel auf die bunten Zeiger der Uhr, die sie vor zwei Jahren mit Paul zusammen ausgesucht hatte, kurz bevor er sie verlassen hatte. »In zwanzig Minuten muss ich Leni von der Kita abholen. Wir wären in ungefähr einer Stunde bei dir. Ist das okay?«

»Natürlich. Danke«, sagte er und legte auf.

Johanna schoss das Blut in den Kopf. Ging es ihrem Vater schlecht? Vor einem Dreivierteljahr waren zum ersten Mal Herzrhythmusstörungen bei ihm aufgetreten. Mit der Hilfe seines Arztes hatte er die Krankheit gut in den Griff bekommen und sich schnell wieder erholt. Aber dann war kurz vor Weihnachten ihre Mutter gestorben. Ganz plötzlich, an einem Hirnschlag. Und Papa war wie gelähmt gewesen.

Doch gerade hatte seine Stimme ruhig, ja fast fröhlich geklungen. Aber vielleicht tat er nur so, als ob es ihm gut ginge.

Vor zwei Wochen, als sie ihn das letzte Mal mit Leni besucht hatte, stand er in der Garage und putzte sein uraltes Käfer-Cabrio. Sie beobachtete ihn, wie er am Boden kniend versuchte, die Felgen von Schmutz zu befreien. Johanna konnte ihre Tränen kaum zurückhalten. Ihr Vater hatte in den letzten Monaten abgenommen. Seine schon immer großen Hände wirkten auf einmal noch viel größer als sonst, so als wäre sein übriger Körper geschrumpft und nur die Hände hätten ihre normale Größe behalten. Vergeblich versuchte er mit einem Schwamm in seinen langen Fingern die Felgen entlangzufahren. Er mühte sich ab, aber es klappte nicht, deshalb flüsterte sie Leni zu, dass Opa sich sicher freute, wenn sie ihm helfen würde. Und ihre Kleine packte begeistert mit an und schrubbte mit dem nassen Schwamm den letzten Schmutz aus den Rillen. Ihr Vater hatte Leni lächelnd mit einem Kuss auf die Wange gedankt, war schwerfällig aufgestanden und hatte sich im Wohnzimmer aufs Sofa gelegt.

Es war dieses Lächeln, diese Ruhe, die Johanna so stutzig gemacht hatte. Er merkte doch sicher, dass seine Kräfte weniger wurden. Wie konnte er dennoch lächeln und so ruhig wirken? Hatte er mit zweiundsiebzig Jahren vom Leben genug? Oder war er einfach zufrieden, wie es gelaufen war? Eine lange glückliche Ehe, die vor einem halben Jahr mit dem Tod seiner Frau Hedi, Johannas Mutter, geendet hatte. Insgesamt drei Kinder, allesamt in guten Berufen, wenn Johanna sich selbst ausnahm, denn als freie Journalistin verdiente sie in letzter Zeit immer weniger. Ihre beiden jüngeren Geschwister wohnten im Ausland, Laura in den USA, Manuel in Frankreich. Keiner war »abgerutscht«, wie ihre Mutter immer betont hatte, keiner war mit dem Gesetz in Konflikt geraten oder drogenabhängig. Mit Leni hatte Papa vier Enkel. War es ein Erfolg, so viele Nachkommen gezeugt zu haben? Konnte man dann gelassen sterben? Aber wie kam sie zu solchen Gedanken? Johanna schüttelte den Kopf. Man starb doch nicht einfach, nur weil man Herzrhythmusstörungen hatte und Medikamente nehmen musste. Und vielleicht stimmte es gar nicht, dass es ihm schlecht ging. Hatte er nicht gesagt, dass er seit einigen Wochen wieder regelmäßig mit seinem Freund Ludwig Golf spielen ging? Vielleicht hatte er abgenommen, weil er sportlich aktiv war.

Trotzdem, sein Telefonanruf war merkwürdig gewesen. »Komm, wenn du Zeit hast«, hatte er sonst gesagt und nicht »kannst du bitte zu mir kommen? Sofort!«

Johanna klappte den Laptop zu. Auf ihren Artikel konnte sie sich sowieso nicht mehr konzentrieren. Egal, es war ohnehin mehr als fraglich, ob sie ihn würde verkaufen können. Und ein Artikel mehr würde ihr aus ihrer finanziellen Misere nicht heraushelfen.

Es dauerte länger, als ihr lieb war. Lenis Erzieherin verwickelte sie in ein Gespräch über den anstehenden Elternabend zu den Themen vegane Ernährung und Umweltschutz. Langsam konnte Johanna es nicht mehr hören. Sie bat Leni, endlich Schuhe und Jacke anzuziehen und ihre Vesperdose zu suchen, die wie immer fehlte. Gleichzeitig nickte sie zu den mantraartigen Wiederholungen der Erzieherin von Wörtern wie »vegan«, »bio«, »Abfallvermeidung« vor sich hin, was die Erzieherin ihrem Gesichtsausdruck nach zu urteilen als Bestätigung aufnahm. Johanna war froh, als sie sich endlich loseisen und Leni auf der Rückbank im Kindersitz festschnallen konnte.

»Wir fahren zu Opa«, sagte Johanna und versuchte, den Golf zu starten. Der Wagen röhrte kurz und fuhr dann los.

»Hat geklappt!«

Johanna sah im Rückspiegel, wie Leni grinste. »Hat geklappt«, sagte sie.

Leni streckte ihr ihre kleine Hand hin. *»Give me five!«*

Johanna drehte sich um und schlug ein. Sie war erleichtert. Gewöhnlich mochte es das alte Gefährt nicht, wenn sie es die wenigen Kilometer zur Kita fuhr, den Motor ausmachte, um ihn kurz danach wieder zu starten. Ihn im Leerlauf zu lassen, traute sich Johanna nicht. Sie hatte keine Lust auf die bösen Blicke oder verärgerten Kommentare der Erzieher und umweltbewussten Eltern. Und auf den Rat, sich endlich ein neues, schadstoffarmes E-Auto zuzulegen, konnte sie verzichten. In neunzig Prozent der Fälle weigerte sich der alte Golf anzuspringen. Johanna musste immer die Motorhaube öffnen, an einem Kabel ziehen, das ihr ein netter Mann vom TÜV gezeigt hatte, dann sprang ihr Gefährt wieder an, als ob nichts gewesen wäre. Aber als ob ihr Golf geahnt hätte, dass sie es eilig hatte, muckte er heute kein bisschen, sondern startete sofort.

»Warum fahren wir zu Opa?«, fragte Leni von hinten

und biss in das Käsebrot, das Johanna ihr in die Hand gedrückt hatte. Leni hatte nach der Kita immer Hunger. Vielleicht sollte Johanna doch beim Elternabend auftauchen und ihre Meinung zur Ernährung von Kindern kundtun. Aber das war jetzt nicht wichtig. Ihr Vater wartete.

»Er möchte uns gerne sehen«, sagte sie.

»Okay.« Leni kaute an ihrem Käsebrot. »Ich möchte ihn auch gerne sehen«, sagte sie und schaute versonnen aus dem Seitenfenster.

An den üblichen Baustellen auf der A8 floss der Verkehr heute erstaunlich gut. So dauerte es nur knapp eine halbe Stunde vom Stuttgarter Westen bis in die Hölderlinstadt Nürtingen, wo ihr Vater zeit seines Lebens wohnte und wo Johanna ihre Kindheit verbracht hatte. Johanna schmunzelte. Immer wenn sie das gelbe Stadtschild sah, fiel ihr der schizophrene Dichter Hölderlin ein, der hier zur Schule gegangen war, der später jahrzehntelang abgeschottet im Tübinger Turm gelebt hatte und der heute ein so gefeierter Poet war. Sein Ruhm hätte ihm zu Lebzeiten sicher mehr genutzt. Sie seufzte. Schon früher gab es arme Dichter und heute eben arme Journalisten. Manches änderte sich nicht.

Sie fuhr Richtung Stadtmitte, den kleinen Hügel an einem alten Forsthaus vorbei, dessen weitläufiger Garten neben wunderschönen Rosenranken voller gegossener Bronze-Rehe und Bronze-Wildschweine war. Leni bewunderte sie, und jedes Mal, wenn sie daran vorbeikamen, musste Johanna langsam fahren. Aber heute hatten sie es eilig. Johanna wollte so schnell wie möglich wissen, was los war, und sogar Leni schien zu verstehen, dass Opa wichtiger war als leblose Tierfiguren.

Ihr Vater hatte wohl schon hinter dem Vorhang gestanden, denn als Johanna in der Steinstraße geparkt hatte und mit Leni an der Hand das von Flechten überwucherte, ehemals weiße Gartentor öffnete, hörte sie bereits das Summen des Türöffners.

Leni drückte gegen die Tür, huschte hinein, und Johanna folgte ihr in den breiten hellen Flur.

Sie war erleichtert. Papa sah gesund aus, zwar schmal, aber mit seinen ein Meter neunzig immer noch fast aufrecht, und heute wirkte er keineswegs müde wie bei ihrem letzten Besuch. Nein, er strahlte sogar etwas Starkes, Entschlossenes aus, als er Leni und sie umarmte und ohne Umschweife sagte: »Ich möchte gerne nach Finnland fahren. Kommt ihr mit?«

3

Riitta war startklar. Sie hatte den großen Rucksack geschultert, auf ihren krausen Haaren saß der schwarze Helm. Der fast knielange, wasserabweisende Anorak, der Onni gehört hatte, würde den Fahrtwind abhalten und vielleicht auch den Regen, der für später angesagt war. Das Wetter änderte sich oft schlagartig, und es würde sicher zwei Stunden dauern, bis sie wieder zu Hause wäre. Die Fahrt nach Inari dauerte nur eine Viertelstunde, aber sie hatte einiges zu erledigen. Riitta drückte auf den Startknopf, rückte ihre Brille zurecht und fuhr mit ihrer metallic grünen Vespa den unbefestigten Weg entlang, der durch Birken- und Fichtenwald führte. Nach zweihundert Metern holpriger Fahrt bog sie auf die Landstraße Richtung Inari ab. An diesem Donnerstagnachmittag war wenig los, die meisten Bewohner der Gegend arbeiteten. Ein Schulbus fuhr in die entgegengesetzte Richtung und brachte die Kinder von der Schule wieder nach Hause in die umliegenden Dörfer oder Höfe. Nur ein paar Wohnmobile düsten nach Inari. Die Touristensaison hatte Mitte Mai begonnen. Letzten Samstag hatte Riitta einen Tangokurs geleitet, und vielleicht würde am nächsten Wochenende der zweite stattfinden, wenn sie dann noch hier wäre.

Riitta genoss den Fahrtwind in ihrem Gesicht. Es waren sicher kaum zehn Grad, aber die Sonne wärmte trotzdem, und der Anorak und die dicke Arbeitshose hielten den kühlen Wind ab. Während der Fahrt blickte sie an sich hinunter. Sie schmunzelte. Wo sonst, wenn nicht hier, könnte sie in diesen uralten Klamotten herumfahren? Schon öfter hatte sie bemerkt, wie sie im Dorf von Leuten auf der Straße angestarrt wurde, meist von Touristen. Die Einwohner Inaris machten sich nichts aus ihrem Outfit, sie kannten sie so. Beim Einkaufen, beim Gärtnern oder wenn sie mit ihrem Boot zum Angeln auf den See hinausfuhr, trug sie oft wetterabweisende Overalls und eine dicke Mütze, unter der sie ihre störrischen Haare verbarg. Wenn sie im Museum arbeitete oder Tango unterrichtete, schlüpfte sie dagegen in eine schwarze Hose und ein schwarzes T-Shirt, was fast elegant wirkte, denn sie hatte sich trotz ihrer vierundfünfzig Jahre ihre schlanke Figur bewahrt. Nur die Hände, die von zahlreichen hervorstehenden Adern durchzogen waren, zeigten, dass sie nicht mehr zu den Jüngsten gehörte. Riitta mochte diesen Zwiespalt, diese Verwandlung vom hässlichen Entlein in eine Prinzessin. Diese »Provokation«, wie ihre Mutter sich ausdrücken würde, wenn sie noch lebte.

Schon als Jugendliche hatte Riitta sich anders gekleidet, nicht konform mit der Garderobe, wie sie in ihrem kleinen schwäbischen Dorf üblich gewesen war und erwartet wurde. Statt des kratzenden Faltenrocks und des selbst gestrickten Pullunders trug sie Minirock mit kniehohen Lackstiefeln. Dazu ein buntes Stirnband, was ihre Mutter entsetzlich fand. Sie erinnerte sich, wie ihre Mutter sich zu Tode geschämt hatte, weil sie nicht nur zu Hause in dieser »schrecklichen Aufmachung« herumlief, sondern darin auch beim Dorfmetzger oder im Dorfladen einkaufte. Aber ihre Mutter konnte nichts dagegen unternehmen. Riitta erarbeitete sich ihre Kleidung selbst. Regelmäßig trug sie in den Sommerferien Post aus und sprang auch unter dem Schuljahr ein, wenn jemand ausfiel. Seit sie sechzehn Jahre alt war, verdiente sie ihr eigenes Geld und ließ sich nicht mehr von ihren Eltern aushalten. Auch später war sie nie von einem Mann abhängig. Bis auf die eineinhalb Jahre, in denen sie mit Phil zusammengelebt hatte.

Riitta blinkte und überholte einen Traktor, der ihr zu langsam fuhr. Sie winkte Anni, einer Bekannten, zu, die dorfauswärts mit ihrem Pick-up unterwegs war, passierte am Ortseingang einen Campingplatz und ließ das Hotel Inari, das vor einem Jahrzehnt endlich einen neuen Anstrich bekommen hatte und jetzt einladend aussah, rechts liegen. Am Seeufer des Inarisees standen ein paar Wasserflugzeuge, die auf Touristen warteten. Eigentlich hätte sie jetzt zur Tankstelle gegenüber abbiegen können, aber Riittas Weg führte immer zuerst über die Brücke, damit sie die vielen Boote und den Katamaran betrachten konnte, den Lauri, ein Freund von ihr, gebaut hatte. Und vor allem tauchte rechts von ihr im See die Insel Ukonsaari, die heilige Insel der Samen, auf. Und jedes Mal hüpfte ihr Herz, und sie spürte, hier war ihr Zuhause.

Am Parkplatz des Siida-Museums drehte sie wieder um, fuhr zurück Richtung Dorfmitte und parkte am Supermarkt. Am Schalter der Poststelle drückte ihr die Verkäuferin das Paket aus Italien in die Hand, an der Tankstelle schwatzte sie mit dem Tankwart und vergaß dabei fast das Fett für die quietschende Tür des Gewächshauses. Schließlich fuhr sie weiter zu ihrem alten Freund Adam, der in der Hauptstraße einen Laden hatte, in dem er samisches Kunsthandwerk herstellte und verkaufte. Eine kleine Türglocke bimmelte, als Riitta eintrat.

Adam saß hinter seinem mit unterschiedlichen Arbeitsutensilien übersäten Holztisch. Sein Kopf beugte sich über eine Holzschale, die er gerade mit feinstem Schleifpapier bearbeitete. Es dauerte, bis er zur Tür schaute, dann blitzten seine dunklen Augen auf.

»Oh! Welch unerwarteter Besuch. Lange her. Setz dich.« Er deutete auf den wackligen Holzstuhl vor seinem Arbeitstisch.

Riitta zog die Jacke aus und legte sie zusammen mit Helm und Brille auf das breite Fensterbrett, das Richtung Hauptstraße ging. Sie tauschte den Wackelstuhl durch einen stabileren aus, der in einer Ecke stand. Und wie immer durchbohrte Adams Blick sie, und obwohl er schwieg, wusste sie sofort, was er dachte.

Stell den Stuhl nachher genau wieder dahin, wo er stand. Ich will nicht, dass die Touristen lange bleiben und Unsinn schwatzen.

»Klar, mach ich«, antwortete Riitta auf seine unausgesprochene Ermahnung und setzte sich. »Ich war übrigens erst vor ein paar Wochen bei dir.«

»Da lag noch Schnee.«

»Da der Schnee bei uns bis in den Mai hinein liegen bleibt, ist das noch nicht so lange her.« Jetzt lächelte Riitta. Sie mochte ihr freundschaftliches Geplänkel. Und sie mochte Adam, mit dem sie vor vielen Jahren in einer WG gewohnt hatte, zusammen mit Sirpa, seiner jetzigen

Ex-Frau. Sirpa hatte irgendwann die Kälte nicht mehr ertragen und war in den Süden Finnlands gezogen.

Er schaute kurz von seiner Arbeit hoch. »Brauchst du mich wieder als Männerersatz für einen deiner nächsten Tangokurse?« Adam wartete ihre Antwort nicht ab. »Ich kann leider nicht, irgendetwas stimmt nicht mit meiner Hüfte. Muss zum Arzt.« Er pustete den feinen Holzstaub von der Schale und schaute sie an.

Riitta schüttelte den Kopf. »Kann ich bei dir ins Internet?«

Adam seufzte. »Wie oft hab ich dir schon gesagt, dass du dir zumindest ein Smartphone anschaffen sollst? Es muss ja nicht gleich ein richtiger Computer sein. Du bist so was von altmodisch. Oder …«, er grinste, »dickköpfig. Wenn dir da draußen mal was passiert, kannst du niemanden erreichen.«

»Was sollte mir denn passieren? Und zudem hab ich Festnetz.«

»Das hilft dir sicher, wenn du in deinem Boot kurz vorm Ertrinken bist und …«

»Darf ich?«, unterbrach Riitta ihn und deutete auf Adams Laptop, das hinter ihm in einem Regal lag. Sie kannte die Litanei zur Genüge.

»Klar.« Adam stand auf, klopfte den feinen Staub von seiner ledernen Arbeitsschürze und putzte seine Hände an einem Tuch ab. Er langte nach hinten und reichte Riitta den Laptop über den Tisch. »Wenigstens weißt du, wie man damit umgeht.«

Sie antwortete nicht, öffnete die Klappe und drückte auf den Startknopf.

»Das Passwort ist immer noch Hugo?«

Adam nickte. »Wenn ich mal einen neuen Hund hab, werde ich es ändern.« Er setzte sich wieder.

Riitta schaute ihrem Freund in die Augen. »Wird Zeit, oder?«

Adam nickte. »Irgendetwas fehlt.« Sein Blick fiel in die leere Ecke hinter sich, wo sonst Hugos Hundebett gestanden hatte. Er seufzte. »Was musst du denn so dringend im Internet suchen?«

»Weißt du, wie man einen günstigen Flug von Rovaniemi nach Stuttgart bucht?«, fragte Riitta.

Adam schaute erstaunt. »Was willst du denn da? Du warst doch ewig nicht mehr in Deutschland, oder?«

»Ich möchte jemanden besuchen«, sagte Riitta.

»Jemanden?«

»Jemanden sehr netten.«

»Geht's auch genauer?«

»Jemanden, der mir viel bedeutet.«

»Aha«, sagte Adam und griff wieder nach Schleifpapier und Schale.

Blödsinn, Blödsinn, Blödsinn!

Schon auf der Fahrt nach Hause ärgerte sie sich über sich selbst. Warum hatte sie nur dieses irrsinnige Hirngespinst, dass Phil etwas zugestoßen sein könnte? Sie und nach Deutschland fliegen … völlig daneben.

Adam hatte recht. Sie war seit Jahrzehnten nicht mehr dort gewesen. Genau genommen seit siebenundzwanzig Jahren. Warum sollte sie sich das noch einmal antun? Ihre letzte und einzige Reise war ein Desaster gewesen.

Riitta parkte die Vespa am späten Nachmittag, als sie aus dem Dorf zurückkam, in der Garage, schnallte das

Stoffpaket vom Gepäckträger, schloss die Haustür auf und stellte Rucksack und Paket in den Flur. Sie quälte sich aus der dicken Hose, der Jacke und den Stiefeln, ließ alles stehen und liegen, wo es war, und kochte sich in der Küche einen Ingwertee mit Zucker. Den brauchte sie unbedingt.

Adam hatte recht mit seinen Andeutungen. Was hatte er sie gefragt, als sie kurz vorm Gehen war? »Willst du diesen Mann, der dir so viel bedeutet, überraschen? So wie damals, vor Jahren, als du als heulendes Elend aus Deutschland zurückgekommen bist und dir geschworen hast, nie mehr zurückzugehen?«

Riitta hatte die Stirn gerunzelt. Aber wenn einer das Recht hatte, so mit ihr zu reden, dann Adam.

»Man kann seine Meinung ändern«, hatte sie zu ihm gesagt, hatte sich umgedreht und war ohne einen Gruß gegangen.

Natürlich war es verrückt, was sie vorhatte. Sie hatte nicht einmal einen handfesten Grund. Nur ein Bauchgefühl, das ihr sagte, Phil gehe es nicht gut. Was, wenn das an den Haaren herbeigezogen war? Dennoch, im letzten Jahr hatte er so blass ausgesehen. Und beim Tanzen hatte er des Öfteren schnell geatmet, so als ob er keine Luft bekäme. Und einmal hatten sie einen Tanz unterbrechen müssen, weil ihm schwindelig geworden war und er sich setzen musste. Aber mehr war nicht gewesen. Danach war alles wie immer. Sie genossen das Fest, tanzten mit Tausenden anderen auf der Straße und in der Festhalle Tango, vergnügten sich, lachten, aßen gut und lauschten der melancholischen Tangomusik, die sie beide so liebten. Sie küssten und liebten sich, ließen sich das Frühstück aufs Zimmer bringen, verschliefen, spazierten im Park, unterhielten sich über Politik, über die erste weibliche Ministerpräsidentin, die sie in Deutschland bewunderten und die es in Finnland nicht leicht hatte. Riitta hatte sich letzten Sommer sogar einmal überreden lassen, Golf mit Phil zu spielen. »Ich habe doch Hedi immer erzählt, dass ich deshalb nach Finnland fliege«, hatte er gesagt. Schon den Namen wollte sie nicht hören. Hedi, die Frau, die Phils Leben begleitete. Sie ließ sich dennoch zu einer Golfpartie verleiten. Und es machte ihr sogar Spaß. Trotzdem war ihr diese Szene, als Phil von Hedi gesprochen hatte, und das Spiel auf dem Golfplatz später immer mal wieder in den Sinn gekommen. Denn sie hatten vereinbart, dass sie bei ihren Treffen alles ausschlossen, was zum Privatleben jedes Einzelnen gehörte. Und dazu gehörte nun mal auch der Name einer Ehefrau. Sie selbst hatte Phil gegenüber nie Onnis Namen in den Mund genommen, auch wenn er sich sicher denken konnte, dass es in ihrem Leben nicht nur ihn gegeben hatte.

Und dann, Ende letzten Jahres, hatte Phil sich sogar entgegen aller Abmachungen zwischen ihren Treffen gemeldet und ihr geschrieben, dass Hedi an einer Hirnblutung gestorben sei. Sie hatte das nicht wissen wollen, sie wollte überhaupt nichts von Phils Leben in Deutschland wissen. Und jetzt kreisten ihre Gedanken um nichts anderes als um Phil.

Riitta setzte sich mit dem Ingwertee in ihren Lesesessel im Wohnzimmer. Der Tee war zu heiß, sie blies auf die Oberfläche und stellte ihn, ohne einen Schluck getrunken zu haben, auf den abgesägten Holzstamm, der ihr als Beistelltisch diente und der sie immer an Onni erinnerte. Onni war es, der vor Jahren die uralte kaputte Birke abgesägt und den Stamm von der Rinde befreit hatte. Er war es, der auf die Idee gekommen war, den Holzstamm als Tisch zu benutzen. Nein, sie hatte Onni Phil gegenüber nie erwähnt, auch nicht, als er gestorben war. Es wäre ihr überhaupt nicht in den Sinn gekommen, ihn darüber zu informieren. Onni und sie, das war eine Sache, Phil und sie eine völlig andere.

Am Abend kam kühler Wind aus Norden auf. Regen war angesagt. Eigentlich waren die Abende im Juni oft hell und klar, weil die Sonne sich nicht mehr hinter dem Horizont versteckte. Doch jetzt war es trüb und ungewöhnlich dunkel. Riitta schaute nach ihren Pflänzchen und sicherte die Plane auf dem Holzstoß mit dicken Scheiten, damit der Wind sie nicht abdeckte und das Holz nass würde. Dann ging sie in die Küche und kochte sich Rentiergulasch mit Pasta. Aber sie ließ den halb leeren Teller stehen. Sie hatte keinen Appetit. Ihre Gedanken kreisten ständig um Phil.

4

Bald fahren wir mit Opa weg«, sagte Leni.

»Freust du dich?« Johanna legte das Vorlesebuch beiseite, auf das sich Leni heute Abend kaum konzentrieren konnte, und deckte ihre kleine Tochter zu.

Leni nickte. Sie schwieg und schaute aus dem Fenster.

Draußen war es noch hell, und Johanna zog die Vorhänge vor.

»Ich glaube, Opa ist krank. Er schnauft manchmal so komisch. Ganz laut. Wie eine Lokomotive.« Leni grinste und versuchte, das Schnaufen nachzumachen.

»Er hat manchmal Probleme mit dem Atmen.«

»Und warum will er dann eine Reise machen?«

»Er möchte uns gerne ein Land zeigen, das er sehr mag, und …«

»Stirbt Opa bald?«, unterbrach Leni sie und schaute sie mit großen Augen an.

Johanna erschrak. Merkte ihre Kleine, dass sie sich um ihren Vater sorgte?

»Opa ist ja schon ganz schön alt. Er hat auch schon ganz weiße Haare«, fuhr Leni fort. »Annas Oma ist letzte Woche gestorben.« Sie setzte sich noch einmal auf. »Deshalb trägt sie jetzt immer eine Halskette. Da ist ein Bild von ihrer Oma drin. ›Dann hab ich sie immer bei mir‹, hat Anna gesagt. Ich will aber keine Halskette mit Opa drin. Die schlenkert immer so blöd, und man muss aufpassen, dass man beim Spielen nicht mit ihr hängen bleibt. Gestern ist Annas Kette kaputtgegangen, und sie hat den ganzen Nachmittag geweint.«

»Uns fällt bestimmt etwas ein, was du einmal von Opa bekommen könntest. Aber jetzt lebt er ja noch, und übermorgen gehen wir erst mal auf große Reise.« Johanna lächelte.

»Im Wohnmobil. Da haben wir alle Platz.«

»Genau, im Wohnmobil.«

»Startet das auch immer?«

»Keine Sorge, das Wohnmobil ist besser in Schuss als unser alter Golf.«

Ihr Vater hatte sie letzte Woche mit seinem Wunsch nach Finnland zu fahren völlig überrumpelt. Er hatte bereits alles geplant und sie vor vollendete Tatsachen gestellt.

»Das Wohnmobil ist top gepflegt«, hatte er gesagt. »Damit bin ich mit Hedi vor drei Jahren sogar bis nach Sizilien gefahren, ohne eine einzige Panne. Und seither stand es in der Garage. Da wird es auch nach Lappland kommen.«

»Lappland?« Johanna hatte ihn erstaunt angeschaut. »Ganz schön weit weg. Willst du dahin, wo du im Sommer immer mit Ludwig Golf-Urlaub gemacht hast?« Johanna wusste, dass ihr Vater seit vielen Jahren regelmäßig nach Finnland gereist war. Als Leiter der Volkshochschule hatte er viele freie Wochen gehabt, und ihre Mutter hatte sich nie etwas aus dem Norden gemacht. Sie hatte lieber Sonne und Strand genossen.

Auf dem Wohnzimmertisch breitete ihr Vater eine riesige Skandinavien-Karte aus. Mit dem Zeigefinger deutete er weit oben auf einen kleinen Punkt. »Zuerst will ich hierhin«, sagte er.

Johanna beugte sich vor. »*Rovaniemi.* Ist das nicht die Weihnachtsmannstadt?« Sie erinnerte sich vage an einen Artikel, den sie einmal gelesen hatte. War das nicht die Stadt, die in der Weihnachtszeit von Touristen überrannt wurde?

»Der Weihnachtsmann? Wohnt der da?«, fragte Leni, und ihr Opa lächelte. »Genau, und den besuchen wir. Den kann man sogar im Sommer besuchen. Und danach fahren wir an einen riesigen See.« Seine Augen leuchteten dabei spitzbübisch wie schon lange nicht mehr.

»Kann man da auch Boot fahren? Und schwimmen? Und Eis essen?« Leni ließ nicht mehr locker und löcherte ihn mit immer weiteren Fragen, aber er beantwortete alle geduldig. Seine Vorfreude steckte sogar Johanna an. Warum nicht nach Lappland fahren? Einfach so. Im Augenblick lief es ohnehin schlecht bei ihr. Sie hatte kaum Aufträge, und wenn, dann waren sie miserabel bezahlt. Vielleicht könnte sie sogar einen Artikel über ihre Reise schreiben und ihn bei einer Zeitschrift unterbringen. Seit die Sommer so heiß waren, wurde der Norden immer attraktiver für Touristen. Vielleicht könnte sie den Artikel an eine der vielen Tourismuszeitschriften verkaufen und …

»Freust du dich auch, Mama?«, unterbrach Leni sie in ihren Gedanken.

»Ja, ich freu mich auch.« Das war so spontan gekommen, dass sie sich fast wunderte. Dabei war sie noch nie im Norden Europas gewesen. Finnland verband sie bisher nur mit der Pisa-Studie oder mit den Kaurismäki-

Filmen. Sie wusste wenig über dieses Land, obwohl ihr Vater es schon so oft bereist hatte. Merkwürdig, dass er ihr nie Fotos von seinen Urlauben gezeigt hatte. Aber vielleicht hatte er angenommen, sie mit den Ansichten finnischer Golfplätze zu langweilen.

Wenn sie an Finnland dachte, kamen Johanna Themen wie Alkoholismus oder skurrile Wettbewerbe in den Sinn. Gab es dort nicht einen Wettbewerb im Luftgitarrespielen? Und waren es nicht die Finnen, die den Frauenweitwurf kreiert hatten? In jedem Fall hatten sie die Sauna erfunden. Saunieren und dann in einen eiskalten See springen. Das wäre es jetzt! Es war gerade mal Juni, und heute war es so heiß gewesen, dass sie beim Arbeiten alle Rollläden hatte schließen müssen, weil ihre Dachgeschosswohnung sich furchtbar schnell aufheizte. Doch – wenn sie es sich überlegte, hatte sie ungeheure Lust auf Finnland. Johanna küsste Leni auf die Wange und stand auf. »Schlaf schön, meine Süße.«

»Gute Nacht, Mama.«

Johanna schloss die Tür, holte sich in der Küche eine Flasche Radler aus dem Kühlschrank und trank in großen Schlucken. Es war immer noch furchtbar stickig in der Wohnung. Sie öffnete das Küchenfenster, steckte den Kopf nach draußen und genoss den kühlen Wind, der ihr die dunkelbraunen leicht gelockten Haare ins Gesicht wirbelte. Sie atmete tief durch. Gewöhnlich stand die Luft nach so einem heißen Tag in der Stuttgarter Innenstadt, aber wenn sie Glück hatte, würde es nachher gewittern und ein wenig abkühlen. Johanna drehte sich um, lehnte sich ans Fensterbrett und betrachtete die winzige weiße Einbauküche, die schon viele Mieter vor ihr benutzt hatten. Seit zwei Jahren wohnte sie hier, zusammen mit Leni. Paul war damals nach Berlin zu seiner neuen Freundin gezogen. Johanna hatte für sich und Leni eine billigere Wohnung gesucht und gefunden. Ab und an ließ sich ihr Ex-Freund blicken, wenn er mal in der Gegend zu tun hatte, und nahm Leni zu einem Ausflug in die Wilhelma oder zu einer Bootstour auf dem Neckar mit. Klar, Paul überwies regelmäßig Geld für Leni und ein wenig Unterhalt für sie selbst. Das konnte er sich als IT-Experte auch leisten. Aber sie wollte es ohne seine Unterstützung schaffen. Würde sie auch. Irgendwann. Johanna trank noch einen Schluck und stellte die Flasche auf den schmalen Tisch, an dem gerade mal für zwei Platz war.

»Warum willst du ausgerechnet mit mir und Leni nach Finnland fahren?«, hatte sie ihren Vater letzte Woche beim Verabschieden gefragt. »Warum nicht mit deinem Freund Ludwig oder mit Laura oder Manuel?«

»Mit Ludwig im Wohnmobil?« Papa lachte. »Der würde die Krise kriegen. Du weißt doch, Ludwig bucht immer zwei Plätze im Flugzeug, damit er bloß nicht zu nah an einer anderen Person sitzen muss.«

Hatte ihr Vater das einmal erwähnt? Johanna erinnerte sich nicht. »Hat er das auch gemacht, wenn ihr beide nach Helsinki geflogen seid?«

Kurz wirkte ihr Vater irritiert, aber dann schüttelte er den Kopf. »Neben mir hält er es aus.« Und fügte hinzu: »Und Laura und Manuel, die wohnen zu weit weg.«

»Aha, du willst also mit Leni und mir wegfahren, weil wir so praktisch in der Nähe wohnen.«

»Natürlich. Und weil du so gut Auto fährst. Wir müssen uns nämlich abwechseln. Ist ganz schön weit.« Er bedachte sie mit seinem spitzbübischen Blick, der ihn gleich um Jahre jünger wirken ließ. Aber dann wurde er ernst. »Nein«, sagte er, »ich möchte mit euch beiden wegfahren, weil ich euch Orte zeigen möchte, die mir viel bedeuten. Und vielleicht nicht nur Orte.«

Sie hatte erwartet, dass er weiterreden würde. Hatte er aber nicht. Er hatte ihren fragenden Blick ignoriert, hatte sie beide kurz umarmt, sich umgedreht und die Haustür hinter sich geschlossen.

Johanna ging ins Wohnzimmer, öffnete die großen Fenster, die auf die viel befahrene Schwabstraße hinausgingen, und genoss den Durchzug, der die stickige Wohnung langsam abkühlte. Von der Straße drangen die Stimmen einer Gruppe Jugendlicher zu ihr herauf, die laut miteinander diskutierten. Ein Motor heulte auf, Reifen quietschten, und die Sirenen eines Krankenwagens dröhnten. Sie legte sich auf das hellbraune abgeschabte Ledersofa, das sie nach ihrem Einzug bei der Diakonie erstanden hatte, und schloss die Augen. Wann war sie das letzte Mal mit ihrem Vater in Urlaub gefahren? Sie überlegte. Das musste zwanzig Jahre her sein. Sie war vielleicht dreizehn oder vierzehn Jahre alt gewesen und hatte mit Laura und Manuel zusammengepfercht hinten im vw-Käfer gesessen. Ziemlich eng war das gewesen, aber Papa hatte seinen Käfer geliebt, das tat er heute noch. Ein anderes Auto wäre niemals für ihn infrage gekommen. Später hatte er sich auf Drängen ihrer Mutter einen Daimler gekauft, weil Mama es leid war, einen solch, wie sie meinte, unbequemen Wagen zu fahren. Aber den Käfer hatte er nie verkauft.

Sie waren damals mit ihm in die Schweiz gefahren, zuerst zum Wandern, weil Papa und sie das mochten, dann an den Comer See, denn ihre Mutter und auch ihre Geschwister wollten unbedingt baden. Sie fanden immer Kompromisse. Die Urlaube mit ihren Eltern und Geschwistern hatte Johanna in guter Erinnerung.

Johanna verschränkte die Arme hinter dem Kopf und überlegte. Merkwürdig, dass sie so lange schon in Stuttgart wohnte, obwohl sie doch viel lieber Bäume und Wiesen um sich hatte als Betonklötze, Tausende von Fahrzeugen, laute Geräusche und stickige Luft. Aber zuerst hatte sie hier studiert, danach fand sie einen Job bei den *Stuttgarter Nachrichten;* sie bekam Leni und arbeitete im Homeoffice. Was nicht so gut klappte, weil ihr oberster Chef altmodisch war. Nach und nach blieben die guten Aufträge aus, dann die Trennung von Paul …

Johanna seufzte. Doch, es war gut, dass sie mit Leni hier rauskam. Schon allein der Gedanke an ein so einsames Land wie Finnland, wo es fast nichts als Natur gab, brachte sie zum Lächeln. Ob sie es allerdings lange mit ihrem Vater auf engem Raum aushalten würde? Da hatte sie schon Bedenken. Sie liebte ihren Vater, keine Frage, aber er hatte seinen Macken, genau wie sie.

5

Riitta konnte nicht schlafen. Ihre Gedanken kreisten ständig um Phil und ihre bevorstehende Reise. Seit zwei Stunden lag sie schon wach. Sie hatte es mit Lesen versucht, dann mit Schäfchenzählen, hatte sich einen Baldriantee gekocht und sogar einen fehlenden Knopf an ihre Strickjacke genäht. Aber nichts hatte geholfen. Sie lag im Bett, und wenn sie die Augen schloss, tauchte immer nur Phil auf, der sich nicht wohlfühlte.

Sie schlug die Bettdecke zur Seite, zog ihren dicken Wollpullover über, der immer griffbereit auf dem kleinen Holzschemel neben dem Bett lag, und ging barfuß in die Küche. Die Uhr an der Holzwand zeigte 0:30 Uhr, und wie immer im Juni war es nicht nötig, das Licht einzuschalten. Drinnen wie draußen war es um diese Zeit taghell.

Während ihrer ersten Monate in Finnland hatte sie diese ständige Helligkeit im Juni und Juli fast wahnsinnig gemacht. Damals hatte sie das Fenster ihres WG-Zimmers mit schwarzen Jalousien verhängt. Aber diese Dunkelheit hielt sie nicht aus, sie fühlte sich wie in einem Käfig. Also hatte sie die Jalousien wieder abmontiert und sich langsam an die ständige Helligkeit im Frühling und Sommer gewöhnt. Aus dem Hahn füllte sie ein Glas mit kaltem Wasser, trank es in einem Zug leer, stellte es in die Spüle und trat vor die Haustür. Kurz zuckte sie zusammen. Die Luft war kühl, sicher nur an die fünf, sechs Grad, aber sie hatte keine Lust, Schuhe oder eine wärmere Hose anzuziehen. Sie ging die Holztreppe hinunter und lief auf den Bohlen Richtung See. In einer hohen Pappel bemerkte sie mehrere Raben, die unruhig hin und her flatterten. Sie waren eine Störung um diese Uhrzeit nicht gewohnt. Schließlich beruhigten sie sich, ließen sich wieder auf den Ästen nieder und schliefen weiter. Riitta setzte sich auf den Bootssteg und schlang die Arme um die Knie. Die Sonne stand hoch am hellblauen Himmel, das Seewasser glitzerte. Weit draußen bemerkte sie ein kleines Boot, das mit leisem Motor vor sich hin tuckerte. Vielleicht jemand, der angelte oder der wie sie nicht schlafen konnte und seine Gedanken bei einer Spritztour auf dem See beruhigen wollte.

Phil. Konnte er schlafen? Wo schlief er eigentlich? Auf seiner Seite im Doppelbett? Oder hatte er sich ein neues Bett gekauft? Riitta schüttelte den Kopf. Solche Gedanken hatte sie sich sonst nie gemacht. Und sie wollte sich diese Gedanken auch nicht machen, wollte nicht grübeln. Sie wollte nur schlafen, sich ausruhen und keine Angst davor haben, dass sich ihre Bedenken bewahrheiten könnten. Sie rieb ihre kalten Füße. Auch ihre Waden kühlten langsam aus. Sie sollte zurückgehen, sich aufwärmen. Riitta stand auf und lief Richtung Haus.

Wenn nicht einmal der Blick auf den See sie ablenkte, gab es nur eines, was ihren Kopf frei machen konnte. Im Wohnzimmer ging sie ans Regal und hob den Deckel des Schallplattenspielers. Sie griff in das breite Fach darunter, das sicher an die hundert Platten barg, und legte ihre Lieblingsplatte auf. Sie lächelte. Adam schüttelte immer nur den Kopf, wenn er sah, wie sie ihre Plattensammlung hegte. Nie wäre sie auf den Gedanken gekommen, auch nur eine einzige davon zu verkaufen oder im Second-Hand-Laden abzugeben. Nicht mal, als ihr Plattenspieler kaputtgegangen und es eine Zeit lang unmöglich gewesen war, einen neuen zu erstehen, hatte sie sie entsorgt. Und dann, nach vielen Jahren, war es plötzlich wieder in Mode gekommen, Platten zu hören, und Riitta hatte, ganz gegen ihre sonstigen Vorsätze, einen neuen Hightech-Plattenspieler gekauft und war seitdem überglücklich, dass sie ihre alte Musik wieder hören konnte.

Wie von selbst legte sich die Nadel in die richtige Spur, Riitta drückte auf Wiederholung, und Reijo Taipales »Satumaa« erklang. Zuerst hörte Riitta die wehmütigen Töne des Akkordeons, dann sang Reijo mit seiner weichen Stimme, die ihr jedes Mal eine Gänsehaut über den Rücken laufen ließ. Sie schloss die Augen, lauschte und sang leise mit. Von einem Märchenland, das so unerreichbar war, weil nur Vögel mit Flügeln dorthin fliegen konnten. Schließlich bewegten sich ihre nackten Füße wie von selbst über den Holzfußboden. Sie ging, drehte und wiegte sich, sie breitete ihre Arme aus, und dann kam es ihr so vor, als ob Phil bei ihr wäre. Er fasste sie leicht bei der Hand und hauchte einen Kuss auf ihren Handrücken. Eine kaum merkbare Berührung, so, wie er es immer tat, wenn er sie zum Tanz aufforderte. Die zweite Hand legte er auf ihr Schulterblatt, und sie spürte seine langen schmalen Finger, die es leicht berührten. Er führte sie, wie nur er es konnte. Sanft und dennoch bestimmend. Riitta hielt die Augen geschlossen, legte ihre Wange an seine und fühlte die Wärme dieses Mannes, der ihr so vertraut war. Sie folgte seinen Schritten, ließ sich auf sie ein und genoss seine Bewegungen, denen sie folgte, ohne zu überlegen, wohin sie führen würden. Neben ihnen tanzten weitere Paare. Jedes versunken in seine eigenen weichen und zärtlichen Bewegungen. Sie waren auf der Straße von Seinäjoki, die warme Sonne kreiste über ihnen, und sie ließ sich ein auf diese wunderbar wehmütige Musik, die Phil und sie so sehr verband. Sie bemerkte seinen liebevollen Blick, erwiderte ihn und tanzte mit ihm, so lange, bis ihr Kopf völlig leer war und sie nur noch seine weichen Berührungen fühlte. Es gab keine dunklen Gedanken mehr, nur Zärtlichkeit.

6

Herbst, siebenundzwanzig Jahre zuvor

Er quälte sich. Weil es nicht sein durfte. Ein Referendar und seine Schülerin. Wenn es herauskäme, würde er nie seinen Traumberuf als Lehrer ausüben können.

Phil starrte auf die Uhr. Noch zwanzig Minuten. Sie würde ihre Eltern anschwindeln, hatte sie zu ihm gesagt, würde ihnen erklären, dass sie mit einer Freundin zuerst ins Café und danach ins Kino ginge. *Jenseits von Afrika* wurde gespielt, ein Film mit Überlänge, so hatten sie mehr Zeit, und sie konnte den letzten Bus nehmen, der in ihr Dorf zurückfuhr. Zudem sei es ihren Eltern egal, wann sie heimkomme. Hauptsache, sie kam heim, und die Nachbarn hätten nichts zu tratschen.

Er ging ins Bad und kämmte sich noch einmal die glatten braunen Haare. An den Koteletten zeigten sich schon einige graue Härchen. Bei ihrem letzten Treffen hatte sie seinen Kopf in ihre weichen Hände genommen, war mit ihrem Zeigefinger zuerst an seinen Ohren, dann weiter an den Koteletten entlanggefahren und hatte ihn auf die Ohrläppchen geküsst.

Im letzten Jahr, am ersten Schultag nach den Sommerferien, einem warmen Spätsommertag Anfang September, war sie ihm sofort aufgefallen. Er war einer Klasse seines

Mentors zugeteilt worden, der ihn früher am Hölderlin Gymnasium unterrichtet hatte. Zwei Jahre lang würde er die Klasse in Englisch und Deutsch begleiten. Phil stand neben seinem alten Lehrer, hielt die Arme verschränkt und beobachtete die Schülerinnen und Schüler, die plappernd ins Klassenzimmer strömten. Sie, in einem kurzen bunten Sommerkleid, nahm ihre Freundin am Arm und verzog sich mit ihr zielstrebig in die hinterste Reihe. Sein Blick erfasste ihre schlanke Gestalt sofort. Die braun gebrannten Beine, die ungebändigten Locken und vor allem ihr Lachen und das selbstbewusste Auftreten fielen ihm auf. Sie unterhielt sich lebhaft mit der Freundin und beachtete ihn überhaupt nicht. Dann stellte sie ihre bunte Umhängetasche neben dem Tisch ab, setzte sich auf den Platz am Fenster und schlug die Beine übereinander. Und da fiel ihr Blick auf ihn. Er wusste, dass er attraktiv war, er, Phil Lindemann, sechsunddreißig Jahre alt, groß, schlank, in Jeans und kariertem Hemd, das er immer leger über der Hose trug. Eigentlich schon zu alt, um Referendar zu sein. Aber er hatte nach einer Lehre zum Krankenpfleger und einem Medizinstudium, das er nur seinem Vater zuliebe begonnen hatte, viele Jahre durchgehalten und erst kurz vor dem ersten Medizinerexamen zum Lehramt gewechselt.

Der Blick dieser faszinierenden jungen Frau ruhte einen Moment zu lange auf ihm. Später hatte sie zu ihm gesagt, dass ein Blitz in sie gefahren sei, deshalb habe sie ihn so lange angesehen und gleich darauf so getan, als ob sie durch ihn hindurchgeschaut hätte.

Über ein Jahr dauerte es, bis sie sich näher kennenlernten. Rita war es, die auf ihn zugegangen war. Es ging um eine Englischhausaufgabe. Rita war keine Musterschülerin in Englisch, ihre Aussprache war gut, aber sie hatte Schwierigkeiten mit der Grammatik. Nach der Unterrichtsstunde kam sie zu ihm, wartete, bis all ihre Klassenkameradinnen und -kameraden aus dem Raum gingen, und stellte ihm eine Frage, die er eigentlich sofort hätte beantworten können.

Aber er hatte es eilig, musste ins Lehrerzimmer, weil sein Mentor ihn dort erwartete. Rita sagte, wenn er jetzt keine Zeit habe, könne sie ja vielleicht am Nachmittag bei ihm zu Hause vorbeikommen. Nur kurz. Nein, war sein erster Gedanke. Auf keinen Fall. Aber er konnte nicht Nein sagen.

Er nickte, und sie strahlte ihn an.

Beim Verabschieden vor der Klassenzimmertür hatte sie sich noch einmal umgedreht und gesagt: »Bis heute Nachmittag.« Kurz hatte sie die Hand gehoben, gelächelt und war dann in ihren langen Stiefeln, die ihr bis über die Knie reichten, davongegangen.

Phil verrieb etwas Aftershave in seinen Händen und strich sich über Kinn und Hals. Sein Herz klopfte lautstark. Noch nie war er so verliebt gewesen. Sicher hatte er hie und da Freundinnen gehabt. Aber die große Liebe? Nein. Deshalb hatte er auch noch nie mit einer Frau zusammengewohnt. Er lächelte sich im Spiegel an. Winzige Augenfältchen fielen ihm auf, aber seine Stirn war faltenfrei, und bisher waren keine Geheimratsecken sichtbar. Sein Vater hatte schon in jungen Jahren welche bekommen, sie hatten ihn früh älter erscheinen lassen, als er tatsächlich war. Was sein Vater wohl sagen würde, wenn er wüsste, dass sein Sohn sich mit einer Schülerin traf? Phil lachte auf, aber es war kein fröhliches Lachen, sein Gesicht verdüsterte sich dabei. Sein Vater würde ihn verurteilen, so wie er es immer getan hatte, noch bis kurz vor seinem Tod. Nicht offen, sondern mit einer spitzen Bemerkung. Das war seine Masche gewesen.

»Schade, dass du mir keinen Enkel geschenkt hast«, hatte er zu Phil gesagt. »War denn keine gut genug?«

Nein. Margret war die Favoritin seines Vaters gewesen. Sie war die Tochter seines besten Freundes Kuno, und sie hätte er sich als Schwiegertochter gewünscht. »Gebärfreudiges Becken, abgeschlossene Hauswirtschaftslehre, nicht zu klug, perfekt.« Sein Vater hatte seine Worte nie mit Bedacht gewählt. Ja, er hatte nicht einmal bemerkt, wenn sie verletzend waren. Kurze Zeit darauf war er gestorben, und Phil konnte nicht sagen, dass er ihn vermisste.

Er ging ins Wohnzimmer und legte eine Platte von Little Richard auf. Rita mochte Rock 'n' Roll, und er wollte auf andere Gedanken kommen, seinen Vater und dessen Vorwürfe vergessen und verdrängen, dass Rita seine Schülerin war. Gott sei Dank musste er sie nicht im Mündlichen nachprüfen, das übernahm sein Mentor bei den Abiturienten, und es konnte gut sein, dass Rita mit ihren schlechten Englischnoten dazu verdonnert werden würde. Phil seufzte. Er hatte mit seinen Gefühlen noch nie hinter dem Berg halten können. Schon nicht als Achtzehnjähriger, als er ein zwei Jahre älteres Mädchen kennengelernt und sich in sie verliebt hatte. Seine Mutter bemerkte damals sofort, dass mit ihm etwas nicht stimmte, und sprach ihn am Morgen nach der Party direkt darauf an. »Na, ist da was im Busch?« Er leugnete alles, aber natürlich glaubte sie ihm nicht. Oder später, als er mit Doris zusammen war und sich in Ella verliebt hatte, die so herzerfrischend lachen und Witze erzählen konnte. Doris bemerkte es natürlich sofort und machte Schluss. Aber Ella wollte ihn gar nicht. Sie ging ein paarmal mit ihm aus und erklärte ihm dann, dass ihre große Liebe gerade Wehrdienst machte. Deshalb habe sie Zeit für ihn gehabt. Nein, er hatte bisher kein Glück mit Frauen gehabt.

Phil drehte die Musik noch ein wenig lauter. Hier würde sie niemand stören. Er lebte im Haus seiner Großeltern, das er nach dem Tod seines Vaters vor drei Jahren geerbt hatte. Obwohl das Gebäude sicher an die hundertfünfzig Quadratmeter Wohnfläche hatte, lebte er alleine hier. Aber er bewohnte nur die drei Zimmer mit Küche und Bad im Erdgeschoss, die obere Wohnung stand leer. Phil öffnete eines der Sprossenfenster. Selbst jetzt würde keiner der Nachbarn die Musik hören. Das Grundstück war über tausend Quadratmeter groß und mit alten Eichen und Fichten bewachsen. Früher hatten alle Grundstücke viel Platz rund um das Eigenheim gehabt. In eines der Reihenhäuschen mit den schmalen Vorgärten, wie sie gerade in waren, wäre Phil nie gezogen. Aber dieses Sandsteinhaus mit dem alten Baumbestand mochte er sehr. Es hatte Winkel und Erker, hohe Stuckdecken in Wohn- und Schlafraum und einen praktischen Holzofen in der Küche, der es heimelig machte. Das Haus hatte Charme. Sein Großvater hatte damals seine Frau, die aus der französischen Schweiz kam, mit diesem Haus nach Nürtingen gelockt. »Ich baue ein großes Haus auf dem Berg für dich, umgeben von viel Natur, von dem aus du auf die Fachwerkhäuser der Altstadt schauen kannst.« Großvater Frederik hatte es sich als bekannter Garnfabrikant leisten können, und Großmutter Charlotte war geblieben. Neben seinen Großeltern, zu denen Phil immer ein innigeres Verhältnis gehabt hatte als zu seinen Eltern, war das Haus auch der Grund gewesen, weshalb er nach seinem Studium in München wieder nach Nürtingen zurückgekehrt war. Hier hatte er als Kind bei seiner Großmutter zu Mittag gegessen, wenn seine Mutter in der Arztpraxis seines Vaters ausgeholfen hatte. Und das hatte sie oft. Hier war er mit Carlo, dem schwarz-weißen Dackel, herumgetobt, und hier hatte er die meisten Freunde, mit denen er auf der Straße Fußball gespielt hatte und Fahrrad gefahren war.

Phil machte ein paar Tanzschritte zur Musik. Er stellte sich vor, Rita im Arm zu halten, sie zu drehen, sie in die Luft zu schleudern, so wie er es in seinen Tanzstunden mit anderen Mädchen getan hatte. Aber nie hatte er dabei etwas empfunden, außer der Freude an der Bewegung. Er drehte und wand sich und grölte Little Richards »Wababaluba« heraus, als wollte er sich die Kehle aus dem Leib schreien. Rita würde gleich zu ihm kommen, Rita, seine große Liebe.

7

Schau, Johanna, sieht er nicht gut aus?«

Ihr Vater hatte den Fiat Ducato, der sicher schon über dreißig Jahre auf dem Buckel hatte, aus der riesigen Abdeckplane geschält und strahlte sie an. »Drei Jahre hat er jetzt gestanden. Aber bevor ich ihn eingemottet habe, war er noch bei der Inspektion. Top gepflegt, hat Uli vom TÜV gesagt. Du weißt doch – Uli, der früher mit dir auf der Straße gespielt hat.«

Johanna nickte. Klar kannte sie Uli. Er hatte in der Grundschule neben ihr gesessen und bei ihr abgeschrieben. Später hatte ihr Vater ihn auf dem Gymnasium unterrichtet. Vielleicht hatte Uli ihrem Vater etwas Gutes tun wollen, weil der in der Notengebung immer so wohlwollend gewesen war.

Papa zückte einen Schlüssel und schloss die Tür des Fiats auf. Zögernd folgte Johanna ihm in das alte Gefährt, dessen braun-orange Polster an frühere Zeiten erinnerten. Johanna schnüffelte. Sofort stieg ihr der muffige Geruch in die Nase. Wahrscheinlich hatte Papa es auch gerochen, denn er öffnete die Luken oberhalb der Spüle.

»Mit Mückennetzen«, sagte er und deutete auf die beiden großen Fenster im hinteren Bereich des Wohnmobils. »Braucht man in Finnland im Sommer.« Er schmunzelte, und Johanna fielen die Lachfältchen auf, die sich um seine blauen Augen rankten.

Daran hatte sie gar nicht gedacht. Natürlich, Finnland, das Land der tausend Seen. Da musste es im Sommer unendlich viele Mücken geben. Sie trat ein paar Schritte hinein, um die Mückennetze zu inspizieren. Hoffentlich würden sie halten.

»Leni und du, ihr könntet oben über der Fahrerkabine schlafen. Einen Meter vierzig breit, reicht das?«

»Klar.« Johanna lächelte.

»Und ich kann mir mein Bett hier unten richten.« Er deutete auf die Polster. »Die kann man umbauen.«

Johanna war noch nie mit dem Wohnmobil unterwegs gewesen. Ihr Vater hatte es gekauft, als sie schon in Konstanz studierte und ihre Mutter den Wunsch geäußert hatte, etwas länger unterwegs zu sein. Mama hatte nie gerne in Hotels übernachtet. Früher, als sie mit der ganzen Familie mit dem Käfer unterwegs gewesen waren, hatten sie Urlaub auf dem Campingplatz gemacht. Zuerst in Deutschland, an verschiedenen Seen, später meist in Italien. Sie schliefen in einem riesigen Familienzelt, ihre Eltern in einem abgetrennten Raum, sie und ihre beiden Geschwister in einem zweiten. Später war es dann öfters eine Ferienwohnung, mal am Genfer See, mal am Lago Maggiore. Johanna erinnerte sich gerne an die gemeinsamen Urlaube. Es war immer harmonisch abgelaufen, zumindest zwischen ihren Eltern.

»Ich kann mich gar nicht mehr daran erinnern, dass ihr mit dem Wohnmobil auf Sizilien wart?«, sagte sie, kniete sich hin und öffnete die Schubladen neben der Spüle. Alles da. Teller, Besteck, Schüsseln und Töpfe. Exakt gestapelt und mit einem Band versehen, damit beim Fahren nichts verrutschte. Johanna traten Tränen in die Augen.

Wo sie auch hinsah, überall war ihre Mutter zu spüren. Ihre Mutter war gerne Hausfrau gewesen, hatte es geliebt, ein- und aufzuräumen, umzuräumen. Das Haus so zu gestalten, dass es gemütlich wurde. Johanna wusste sofort, es war Mama gewesen, die die Schubladen eingeräumt hatte. Verstohlen wischte sie sich die Tränen aus den Augenwinkeln und richtete sich wieder auf.

»Ist ja schon ein wenig her. Wir waren damals vier Wochen unterwegs, im Frühjahr, da war es noch nicht so heiß.« Papa machte sich an den Polstern zu schaffen und versuchte, sie zum Bett umzubauen. Aber es klappte nicht. Der Tisch, der zwischen den Polstern stand, bewegte sich nicht. Schließlich gab ihr Vater auf und setzte sich.

Johanna setzte sich neben ihn und legte ihre Hand auf seine. Sie lächelte unwillkürlich, denn ihre Hand sah auf der ihres Vaters aus wie die eines Kindes.

Er atmete schwer.

»Vermisst du Mama oft?«

Er nickte und schwieg. Schließlich fuhr er sich mit der freien Hand über die Stirn. »Es ist still ohne sie. Abends vor allem. Tagsüber kann ich mich beschäftigen.« Er lächelte, aber es war ein eher trauriges Lächeln. »Weißt du doch, ich gehe mit dem Schwäbischen Albverein wandern, spiele mit Ludwig Golf und Schach, mache zwei Mal die Woche mein Fitnessprogramm, damit mein Herz wieder richtig funktioniert. Aber manche Abende sind lang, so allein.« Er zog seine Hand unter ihrer hervor. »Aber jetzt fahren wir ja zusammen weg, und darauf freue ich mich sehr!« Er stand auf. »Nächster Versuch. Der blöde Tisch muss doch irgendwie abzumontieren sein.«

Johanna rückte ein wenig zur Seite und ließ ihren Vater machen. Aber es klappte immer noch nicht. Wie er auch zog und drückte, der Tisch schien wie festgewachsen. Entschlossen griff sie ein, schaffte es, die Tischplatte in eine Richtung zu ziehen, legte sie beiseite und platzierte die Polster so, dass ein Bett daraus entstand.

Er grummelte vor sich hin.

»Geht's dir denn wieder gut?« Sie musterte ihren Vater von der Seite. »Du hast so abgenommen.«

»Aber natürlich geht's mir gut. Machst du dir etwa Sorgen um mich?« Jetzt lachte er lauthals. »Ich bin fit wie ein Turnschuh. Das sagt auch Dr. Ningel, mein alter Hausarzt.«

»Okay.« Johanna lächelte und hoffte, dass es stimmte, was er sagte.

»Und jetzt machen wir eine Spritztour mit unserem Oldie. Wann musst du Leni abholen?«

Johanna schaute auf die Uhr. »In einer Dreiviertelstunde.«

»Das schaffen wir«, sagte ihr Vater und drückte ihr den Autoschlüssel in die Hand.

Am Abend saß Johanna mit einem Glas Weißwein vor dem Laptop und suchte für den nächsten Sonntag eine Fähre von Travemünde nach Helsinki. Sie scrollte weiter, aber der Preis wurde nicht billiger.

»Ich lade euch ein«, hatte Papa heute Abend noch einmal beteuert, »das ist ein Geschenk. Du hast es ja finanziell nicht so leicht«, hatte er noch hinzugefügt.

Er hatte recht, aber sie wollte nicht, dass ihr Vater alle Kosten übernahm. Tausend Euro für eine einfache Fahrt, was für ein Wahnsinn! Aber vielleicht konnte sie sich an den Dieselkosten beteiligen.

»Hier meine Kreditkarte«, hatte er zu ihr gesagt und ihr seine Visa-Karte in die Hand gedrückt. »Buche die Fähre, sie darf kosten, was sie kostet. Ich treffe mich nachher noch mal mit Ludwig zum Schachspielen, hab ich ihm versprochen, und wir sehen uns morgen. Dann packen wir den Rest.«

Johanna schrieb ihre drei Namen und die Fahrzeugnummer in die Liste. Kurz überlegte sie noch, dann drückte sie auf *Kaufen* und bekam gleich danach eine Bestätigung der Finnlines auf ihr Handy. Sie legte den Laptop auf den Holzboden im Wohnzimmer, trank einen Schluck Wein und zog die Beine zu sich. Wie krass! Am Sonntag würde sie zusammen mit ihrem Vater und Leni nach Finnland fahren. Sie hatten überhaupt nicht genau besprochen, wie lange, nur, dass das erste Ziel die Weihnachtsmannstadt sein würde und das zweite der Inarisee. Und dann?

»Keine Ahnung, wir lassen uns überraschen«, hatte Papa gesagt. Johanna hatte vorhin noch schnell einen Reiseführer über Finnisch-Lappland besorgt und versucht, ein paar Seiten darin zu lesen. Aber sie hatte sich nicht konzentrieren können, und im Grunde war es auch egal. Bald würde sie Finnland kennenlernen.

Sie stand auf, öffnete Lenis Zimmertür und schaute nach, ob ihre Kleine schlief. Leni lag verkehrt herum in ihrem Bett, das Kopfkissen war auf den Boden gefallen, die Bettdecke lag schräg auf ihr, Lenis Atem war kaum zu hören. Johanna drapierte die Decke wieder über ihren Schultern und lehnte das Kissen an den Rand des

Bettes. Leni mochte kein Kissen, jede Nacht landete es vor ihrem Bett. Johanna strich ihrer Tochter sanft über die Wange und schloss die Zimmertür leise von außen. Vor dem Schlafengehen hatte Leni ihr erzählt, dass ein älterer Junge sie heute geärgert habe. »Du hast ja keinen Papa«, hatte er zu ihr gesagt, »und deine Mama fährt ein Schrottauto.« Deshalb hatte Leni sich heute so gefreut, dass sie mit dem Wohnmobil von der Kita abgeholt wurde. Freudestrahlend rannte sie auf ihren Opa zu und streckte einem Jungen, der genau beobachtet hatte, wie sie ins Wohnmobil stieg, die Zunge heraus, bevor sie losfuhren. Johanna hatte Leni verständnislos angeschaut, aber Leni hatte so getan, als wäre nichts gewesen, und mit ihrem Opa geplaudert.

Johanna ging zurück ins Wohnzimmer. Es hatte angefangen zu schütten und regnete auf die weiße Fensterbank und den Holzboden. Rasch schloss sie das Fenster, schnappte sich ein Küchentuch und trocknete die feucht gewordenen Stellen. Sie hielt inne. Es war gut, dass sie für ein paar Wochen von hier wegkamen. Leni freute sich unbändig auf die Reise, ihr Vater genauso, und sie selbst würde endlich mal aus ihrem Alltagstrott herauskommen: Leni in der Kita abliefern und abholen, Artikel schreiben, die niemand haben wollte, einkaufen, kochen, in der Dachwohnung schwitzen. Ihre beste Freundin Anja hatte geheiratet und war vor ein paar Wochen nach Hamburg gezogen. Mit ihr könnte sie auch von Finnland aus telefonieren. Und vielleicht würde sie dort ihren Kopf endlich wieder frei bekommen.

8

Riitta griff sich eine Wollmütze und ihr dickes blaues Fell von der Garderobe, zog beides über und trat mit einer dampfenden Tasse Kaffee vor die Tür. Sie schaute nach oben. Das Grau des Himmels hatte sich aufgehellt, und die Sonne blinzelte zwischen zwei watteweich aussehenden Wolken hindurch, die sich mehr und mehr aufzulösen schienen. Riitta schlüpfte in ihre Gummistiefel, die vor der Tür standen, schaute auf das Außenthermometer – fünf Grad – ging die wenigen Treppenstufen hinunter und lief den Bohlenweg entlang, der direkt am Bootssteg endete. Ihr rotes Boot lag vertäut an einem Fuß des Stegs und schaukelte leise plätschernd vor sich hin. Nachdem sie heute Nacht auf gewesen war, musste es noch geregnet haben. Wasser war im Boot, sie würde es später ausschöpfen.

Wie sie diese Stille am Morgen liebte! Sie setzte sich an den Rand des Stegs, trank einen Schluck Kaffee, wärmte ihre Hände an der Tasse und schaute aufs Wasser. Es war ein Ritual. Wenn es das Wetter zuließ, saß sie jeden Morgen hier und blickte auf den See, beobachtete die Wellen und die Wolken und lauschte der Stille, die oft nur durch das Krächzen von Raben oder das Zwitschern von Grünlingen unterbrochen wurde. Im Winter musste sie darauf verzichten. Da machten ihr die Kälte und der tiefe Schnee einen Strich durch die Rechnung. Aber schon ab

Mitte März, wenn die Sonne bereits ein wenig wärmte, stellte sie einen ausrangierten Holzstuhl, auf den sie ein Rentierfell gelegt hatte, auf den Steg. Sie setzte sich dick eingepackt in eine wattierte Hose und Jacke, mit Mütze, Schal und Handschuhen, auf den klapprigen Stuhl und schaute und lauschte. Im Mai, wenn das Eis auf dem See brach, gab es jedes Mal ein grenzenloses Spektakel. Zuerst rumorte und grummelte das Eis, als ob es sauer wäre und mit ihr schimpfen wollte. Manchmal hörte sie auch nur ein leises Klingen, wie kleine Glöckchen. Gespannt wartete sie dann, beobachtete und hörte. Und plötzlich krachte und tobte der See. Die Eisdecke zerbarst, und die dicke Eisschicht zersprang nach und nach in tausend Stücke, die in den nächsten Wochen langsam zerschmolzen und wieder zu Wasser wurden.

Riitta stellte die Kaffeetasse auf den Steg, bückte sich und langte ins Wasser. Sie zuckte zurück. Eiskalt. Sie liebte diesen See, dennoch badete sie nur im Juli oder August darin, wenn die Wassertemperatur einigermaßen erträglich war. Dann wagte sie es, in der Mittagssonne kurz zu schwimmen. Die Freude, die viele Finnen daran hatten, im Winter ein Loch ins Eis zu bohren und sich ins Eiswasser zu tauchen, hatte sie nie nachempfinden können. Wenn sie daran dachte, schüttelte sie es. Vielleicht musste man hier geboren sein, um das eiskalte Vergnügen, das manchmal nur eine Minute dauerte, zu genießen. Sirpa, Adams Ex-Frau, hatte dem auch nichts abgewinnen können. Sie hatte die Kälte und den Winter, obwohl sie in Lappland geboren war, im Gegensatz zu Adam gehasst. Riitta erinnerte sich, wie sie damals vor vielen Jahren in der Küche ihrer WG mit Sirpa zusammengesessen hatte. Sirpa erzählte ihr, dass sie Adam gefragt habe, ob er mit ihr nach Helsinki ziehe. Sie weinte. Noch bevor sie Adam die Frage gestellt hatte, hatte sie gewusst, dass er niemals mitkommen würde. Adam war Same, in Inari geboren. Er war in der samischen Kultur verwurzelt und wäre in der Hauptstadt sicher eingegangen wie eine Rose, die nicht gegossen wird. Riitta nahm ihre Freundin in die Arme und versuchte, sie zu trösten, wo es nichts zu trösten gab. Sirpa war nach Helsinki gezogen, hatte dort einen anderen Mann getroffen, und seitdem lebte Adam allein. Er hatte sich bei einem Huskyzüchter einen Welpen gekauft, und jetzt war Hugo vor ein paar Monaten gestorben. Letztes Frühjahr hatte Riitta ihren alten Freund gefragt, ob er Sirpa vermisse. Seine Antwort darauf war nur gewesen: »Ich hätte Lappland noch mehr vermisst.«

Riitta griff nach ihrer Kaffeetasse und trank in großen Schlucken. Der Kaffee wurde schnell kalt. Ihr Blick fiel auf den See, auf die weichen Wellen, die so aussahen, als könnten sie niemandem etwas zuleide tun und die doch so unberechenbar waren. Im letzten Sommer waren in der Nähe zwei Jugendliche ertrunken. Sie hatten gefeiert, getrunken und das aufkommende Unwetter in ihrem winzigen Ruderboot völlig unterschätzt. Der riesige See hatte sie verschluckt, und trotzdem, nie könnte Riitta sich vorstellen, von Lappland wegzugehen. Das war die Landschaft, die sie liebte. Ihr ging das Herz auf, wenn sie morgens hier saß und den Blick über das endlose Wasser schweifen ließ.

Riitta nahm einen letzten Schluck und stand auf. Um zehn Uhr würde ihr Tangokurs beginnen. Elina vom

Touristenzentrum hatte sie gestern Abend darüber informiert. Zwei deutsche und zwei schwedische Pärchen hatten sich angemeldet. Diesmal würde es ein Kurs auf Englisch werden. Riitta lachte auf und eilte den Weg nach oben ins Haus. Wenn Phil gewusst hätte, dass sie einmal auf Englisch unterrichten würde! Was hatte sie sich mit den Konjunktionen und den Zeiten gequält. Die verdammten Grammatikregeln waren einfach nicht in ihrem Hirn hängen geblieben. Und jetzt plapperte sie kreuz und quer drauflos. Ihr war es egal, ob die Zeiten stimmten. Die Teilnehmer verstanden sie, und wenn nicht, schnappte sie sich einen der Männer und tanzte mit ihm vor, und alle begriffen die Tanzschritte.

Riitta schleuderte die Gummistiefel von den Füßen, ließ sie dort liegen, wo sie landeten, schälte sich im Flur aus ihrer Kleidung und stellte die Kaffeetasse in die Spüle. Sie musste sich beeilen. Ihre Tasche packen, sich anziehen, ins Dorf fahren. Gut, dass sie den Flug bereits gebucht und bei Adam das Flugticket ausgedruckt hatte. Die letzten Tage hatte sie oft überlegt, ob es richtig war, was sie vorhatte. Aber jetzt gab es kein Zurück mehr. Morgen würde sie mit dem Bus nach Rovaniemi fahren und bei ihrer alten Freundin Tiina übernachten. Am Montagmorgen würde ihr Flug nach Helsinki und von dort aus nach Stuttgart abgehen. Riittas Herz schlug schneller, wenn sie daran dachte, dass sie bereits in zwei Tagen vor Phils Haustür stehen würde. Wie würde er reagieren, wenn er sie sah?

9

Hast du dir das auch gut überlegt?«

Phil sah in die dunklen Augen seines alten Freundes. Wie immer, wenn Ludwig sich aufregte, zuckte sein linkes Augenlid. Phil schüttelte kaum merklich den Kopf. »Du bringst mich nicht davon ab«, murmelte er und schaute konzentriert auf die Schachfiguren.

»Warum willst du etwas an der Situation ändern? Ist es nicht gut, so wie es ist?«

»Hedi ist gestorben.« Phil schluckte, überlegte kurz, dann setzte er den letzten Zug. »Schach matt.« Er rückte seinen Stuhl zurück und griff nach einem weiteren alkoholfreien Pils, das Ludwig auf dem Küchentisch für sie bereitgestellt hatte. »Du verlierst immer, wenn du dich nicht konzentrierst«, sagte Phil, öffnete die Flasche und trank einen großen Schluck.

»Und was heißt das?« Ludwig schob mit einer Hand die Schachfiguren vom Brett und legte sie geräuschvoll in die Holzkiste. »Willst du wieder heiraten?«

»Quatsch!« Phil merkte, wie seine gute Laune schwand. Warum stellte Ludwig so unpassende Fragen? Er hätte ihm überhaupt nichts von seiner Reise nach Lappland erzählen sollen. Aber das wäre nicht gegangen. Schließlich trafen sie sich seit Jahrzehnten jeden Samstag zum Schachspielen und nicht nur das. Sie waren ehemalige Kollegen am Gymnasium und zudem langjährige

Wanderfreunde. Früher waren sie als Paare zusammen wandern gewesen, Hedi und er und Ludwig mit seiner Frau Sybille. Einmal waren sie von Nürtingen über die Schwäbische Alb bis an den Bodensee gewandert. Sie hatten in kleinen Gasthäusern übernachtet, hatten die Alb von neuen Seiten kennengelernt. Schön war das gewesen. Aber Sybille, Ludwigs Frau, war vor fünf Jahren gestorben. Krebs. Und Hedi ... Seitdem war die Freundschaft zwischen Ludwig und ihm noch inniger geworden. Phil stellte die Bierflasche etwas zu laut auf den Tisch. Trotzdem, er mochte es nicht, wenn Ludwig sich einmischte. Schließlich hatte er sich endlich mal wieder spontan entschlossen, etwas Verrücktes zu tun. Er, der immer so bedacht handelte, der zig Mal überlegte, bevor er eine Idee in die Tat umsetzte.

Vor Kurzem war er morgens aufgewacht. Er hatte geträumt, konnte sich jedoch nicht mehr daran erinnern, was es gewesen war. Aber er hatte das unglaubliche Gefühl von Freiheit gespürt, eine Lust auf das Leben wie schon lange nicht mehr. Und da hatte er gewusst, er musste etwas ändern. Der plötzliche Tod von Hedi, seine Krankheit – diese Schicksalsschläge konnten doch nicht dauernd sein Leben bestimmen. Und an diesem Morgen war ihm der Gedanke gekommen, mit Johanna und Leni nach Lappland zu fahren. Seitdem fühlte er sich großartig. Er hatte Pläne, hatte eine Zukunft. Und was hatte er denn zu verlieren?

Ludwig stand vom Küchentisch auf. »Auch 'nen Kaffee?«, fragte er und wirkte schon wieder etwas versöhnlicher.

Phil nickte.

»Was meinst du, wie Johanna auf Rita reagieren wird?«

Jetzt wurde Phil sauer. »Ich weiß es nicht!«, sagte er und betonte dabei jedes Wort. Merkte Ludwig denn nicht, wie er ihn aufregte? Phil schnappte sich die Schachtel mit den Holzfiguren und das Schachbrett und ging in Ludwigs Wohnzimmer. Hier atmete er tief aus. Meine Güte, wie sollte seine Tochter schon reagieren? Er hoffte, sie würde sich freuen. Er hoffte, sie und Rita würden sich gut verstehen. Plötzlich blieb er stehen und schaute sich um. Hatte Ludwig umgeräumt? Das dunkle Eichenregal, in dem sonst die Schachutensilien verstaut waren, war verschwunden. Stattdessen stand ein helles Birkenregal mit Glastüren an der Wand. Das alte, durchgesessene dunkelbraue Sofa, das Phil immer schrecklich gefunden hatte und in dem er sich geweigert hatte, Schach zu spielen, weil er Angst um seinen Rücken hatte, hatte Ludwig durch ein riesiges graues Sofa mit bunten Kissen ausgetauscht. Daneben zwei passende Sessel.

»Da staunst du, was?« Ludwig stand mit zwei dampfenden Kaffeetassen hinter ihm.

»Sag mal, willst du etwa von dir ablenken?«, fragte Phil und wandte sich zu seinem Freund um. »Was greifst du mich so an? Dabei bist du es, mit dem etwas nicht stimmt. Seit ich dich kenne, seit vierzig Jahren, hast du immer dieselbe grässliche Wohnzimmereinrichtung gehabt. Und jetzt?« Fragend schaute er seinen alten Freund an.

Ludwig lachte auf. »Du weißt doch, ich liebe es zu provozieren. Und? Wie findest du es?« Er deutete auf die graue Sofalandschaft.

»Modern. Luftig.« Phil setzte sich auf das Sofa. »Und bequem.« Anerkennend klopfte er auf die Polster.

»Dann können wir ja das nächste Mal hier spielen. Du auf dem Sessel, ich auf dem Sofa. Aber zuerst fahre ich nach Lappland.«

»Ich hoffe, es klappt alles so, wie du es dir vorgenommen hast.«

»Ich habe mir nichts vorgenommen«, sagte Phil, aber als er Ludwigs fragenden Gesichtsausdruck sah, ergänzte er: »Okay, ich will Rita fragen, ob sie mit mir zusammenleben will.«

Ludwig pfiff durch die Zähne. »Ein kühner Gedanke.« Er stellte die beiden Kaffeetassen auf den kleinen Glasbeistelltisch, rückte einen Sessel heran und setzte sich zu Phil. »Falls sie noch dasselbe Temperament hat wie früher, dann …« Er schien seine Worte herunterzuschlucken.

»Was dann?«

»Weißt du nicht mehr«, sagte Ludwig und grinste dabei, »wie sie einmal den Klempner bei euch zu Hause rund gemacht hat?«

»Den Klempner?« Phil schüttelte den Kopf.

»Ja. Ich war gerade bei euch. Irgendetwas mit dem Ablauf in der Küche hat nicht gestimmt. Der Klempner hat geschraubt und gedreht und hatte dabei wohl vergessen, den Haupthahn zu schließen. Das Wasser schoss plötzlich aus dem Ablaufrohr, und die ganze Küche stand unter Wasser.«

Stimmt. Jetzt erinnerte sich Phil an das Chaos.

Und an Rita, die nach dem Klempner das meiste Wasser abbekommen hatte. Kurzerhand hatte sie den Haupthahn abgedreht, den Handwerker schimpfend nach Hause geschickt und so lange überlegt und geschraubt, bis sie das Problem selbst gelöst hatte. Und als der Klempner die Dreistigkeit besessen hatte, eine Rechnung für seine Arbeit zu schicken, hatte sie ihm noch einmal die Meinung gesagt.

»Tja, so ist sie.« Phil lehnte sich zurück und lächelte in sich hinein.

»Ich wünsche dir auf alle Fälle viel Glück!«

Phil bemerkte, dass Ludwigs Augenlid immer noch zuckte. Er deutete darauf. »Hast du das jetzt öfter? Auch wenn du dich nicht aufregst?«

Ludwig grinste. »Blöd, nicht wahr? Jetzt kannst du meine Gedanken nicht mehr lesen.«

10

Johanna hatte Lebensmittel für die ersten Tage der Reise gekauft und sie in einen Pappkarton in den Flur gestellt, damit sie sie morgen früh nicht vergaß. Wenigstens ein paar Vorräte durfte sie zum Reiseetat beisteuern.

»Und denk dran«, hatte Papa ihr gestern Abend beim Verabschieden gesagt, »wir haben wenig Stauraum. Der Kühlschrank und die Regale für Vorräte sind klein. Und wenig Kleidung. Pack nur das Nötigste für euch beide ein.«

Aber was war das Nötigste? Sie öffnete Lenis Kleiderschrank und legte zwei lange Hosen und ein Paar Shorts, drei bunte T-Shirts und Lenis Lieblings-Fleece in Kornblumenblau in die Reisetasche. Ein beiger Wollpullover stach ihr in die Augen. Ihre Mutter hatte ihn Leni letztes Jahr im Januar zum vierten Geburtstag geschenkt. Er war ihr viel zu groß gewesen. Vielleicht passte er diesen Winter. Johanna langte nach dem Pullover und zog ihn heraus. Sie breitete ihn vor sich aus. Er war wirklich riesig. Merkwürdig. Mama hatte oft zu groß gestrickt. Das hatte sie bereits so gemacht, als sie selbst noch Kind gewesen war. Auch die Kleidung, die sie für Johanna kaufte, hatte oft nicht gepasst. Johanna erinnerte sich an einen Streit mit ihrer Mutter. Sie musste damals zehn oder elf Jahre alt gewesen sein. Mama hatte ihr eine Jeans gekauft, die mindestens zwei Nummern zu groß gewesen war, und sie hatte sich geweigert, sie zu tragen.

»Die passt!«

»Die rutscht«, sagte sie und streifte die Hose nach vielen Diskussionen widerwillig über. Natürlich war sie viel zu groß. Sie zog die Jeans so schnell wie möglich wieder aus und drückte sie ihrer Mutter in die Hand. »Die zieh ich nicht an.«

»Die gab's beim Haug zum Sonderangebot«, sagte Mama und betrachtete die Jeans genauer. »Ich mach hinten zwei Nähte rein.«

Aber Johanna schüttelte den Kopf und zog sie nicht an, auch nachdem sich Mama an die Nähmaschine gesetzt und die Hose enger genäht hatte.

Was hatte Mama mit ihr geschimpft! Sogar bei Papa beschwerte sie sich, aber auch er konnte damals nichts bei ihr ausrichten. »Dickschädel«, hatte Mama gesagt und sie mit gerunzelter Stirn angeschaut.

Johanna ging zum Fenster und betrachtete den Wollpullover genauer. Unglaublich, wie viel Arbeit sich Mama damit gemacht hatte. Zopfmuster an den Bündchen, genauso am Rollkragen, dazwischen weitere komplizierte Muster, die Johanna gar nicht beachtet hatte. Und wie weich die Wolle war! Sicher Angora. Sie hatte den Pullover damals einfach weggepackt. Der passt nicht, also weg damit. Johanna legte Lenis Winterpullover wieder zurück in den Schrank, der wäre sicher zu warm. Sie griff nach zwei Schlafanzügen, Lenis Unterwäsche und ein paar Söckchen und schloss den Reißverschluss der Reisetasche.

»Hast du dir die Zähne geputzt, Leni?«, rief sie Richtung Badezimmer. Als keine Antwort kam, ging sie die wenigen Schritte über den Flur und fand Leni auf einem Plastikhocker stehend. Sie zog sich mit dem einzigen Lippenstift, den Johanna besaß, die Lippen dunkelrot nach. An den Rändern war Leni etwas abgerutscht, sie erinnerte Johanna an einen Clown mit zu großem Mund und dicken Lippen.

Johanna grinste.

Leni lachte und streckte Johanna den Lippenstift entgegen. »Mal deine auch an. Dann schauen wir, wer schöner ist.«

Johanna griff den Stift, blickte in den Spiegel und legte Lippenstift auf.

»Oben und unten musst du noch ein wenig mehr drauftun«, sagte Leni. »Dann sehen wir beide aus wie Oma Hedi.«

Johanna stutzte. »Hast du dir deshalb so weit über die Lippen hinaus gemalt?«

Leni nickte. »Oma Hedi hat tolle Lippen gehabt. Mir gefällt das. Ich will auch so große rote Lippen haben.«

Dass Leni das aufgefallen war … Ihre Mutter hatte tatsächlich ungewöhnlich volle Lippen gehabt, die sie oft mit rotem Lippenstift betonte, sogar wenn sie nur zum Bäcker um die Ecke ging. Ihre Geschwister hatten beide Mamas Lippen geerbt. Sie hatte die schmalen Lippen ihres Vaters. Johanna trug noch mehr Farbe auf. »So?«

Leni nickte erfreut. »Wer ist schöner?« Sie stieg auf die Zehenspitzen, damit sie sich besser im Spiegel anschauen konnte, und machte einen Kussmund.

»Du natürlich.« Johanna küsste Leni auf die Wange.

»Ihh!« Leni rieb mit ihrer kleinen Hand über die Farbe und verschmierte sie noch mehr.

Johanna schaute auf ihre Tochter, die sie so sehr an ihren Vater erinnerte. Leni hatte die gleichen großen blauen Augen und die hohe Stirn wie Papa. Die blonden Haare und das Muttermal am Hals hatte sie von Paul. Und was hatte sie von ihr? Johanna hatte dunkelbraune gewellte Haare, Leni krause blonde, sie hatte grüne, Leni dunkelblaue Augen.

Als hätte Leni ihre Gedanken erraten, sagte sie: »Schau, Mama: Du hast die gleichen Backen wie ich.«

Leni zeigte auf ihre hohen Wangenknochen.

Stimmt. Sie und Leni waren die Einzigen in der Familie, die diese erhöhten Wangenknochen hatten.

»So, meine Süße, Gesicht waschen und dann ab ins Bett. Morgen müssen wir früh raus. Hast du dich von Marie und den anderen verabschiedet?«

Leni stieg vom Hocker und ließ diesmal ohne zu murren über sich ergehen, dass Johanna ihr das Gesicht mit einem Waschlappen wusch. Johanna drückte ihr ein Handtuch in die Hand, und Leni rieb sich das Gesicht trocken.

Sie nickte. »Marie war traurig, aber ich komm ja bald wieder. Und ich hab ihr versprochen, dass wir ihr eine Karte vom Weihnachtsmann schicken. Das machen wir doch, Mama, oder?«

»Klar machen wir das.«

Zwei Stunden später hatte Johanna auch ihre eigene Reisetasche gepackt. Laptop und Fotokamera lagen bereit. Sie hatte noch ein paar Mails an Zeitschriften geschrieben und ihnen eine Reportage über das Weihnachtsdorf in Finnland angeboten. Wäre schön, wenn sie einen Auftrag ergattern könnte. Dann könnte sie zumindest die nächste Monatsmiete bezahlen. Aber Johanna wollte jetzt nicht an ihre finanzielle Lage denken. Morgen ging es los – Finnland. Mit Leni und ihrem Vater. Spannend, aber sicher würde es auch eine Herausforderung werden. Sie drei auf so engem Raum …

Kurz überlegte sie, dann griff sie zu ihrem Handy. Sie sollte Paul Bescheid sagen, dass sie mit Leni verreiste. Er hatte nächste Woche geschäftlich in Stuttgart zu tun und hatte einen Nachmittag mit Leni verbringen wollen. Sie tippte zwei Zeilen, schickte die Nachricht ab, und gleich darauf kam die Antwort: *Wie schade! Hatte mich sehr gefreut.*

Johanna schluckte. Sie musste sich zurückhalten, nichts Böses zurückzuschreiben. Super, wenn man sich immer die schönen Dinge aussuchen konnte. Ein kleiner Ausflug, ein Eis, Zuckerwatte auf dem Frühlingsfest, mal ins Kino oder Puppentheater mit der Tochter und sie dann wieder abgeben. Leni erzählte jedes Mal begeistert von ihren Ausflügen, wenn Paul sie nach Hause zurückgebracht hatte, und Johanna hatte bereits mehr als einmal bemerkt, dass sie eifersüchtig auf Paul war. Eifersüchtig auf seine Situation. Besuchspapa mit Geld, immer bestens gelaunt, nie gestresst. Er hatte ja alles: einen guten Job, eine Drei-Zimmer-Neubauwohnung in Berlin, nahe am Großen Tiergarten, gekauft mit seiner neuen Freundin Lisa. Und Lisa war auch noch nett. Johanna hatte sie vor einem Jahr kennengelernt, als Leni die Osterferien bei Paul und ihr verbracht hatte. Sie war mit Leni zusammen nach Berlin geflogen, hatte widerwillig Leni zuliebe dort zu Abend gegessen, bevor sie eine Freundin besucht hatte. Lisa, erfolgreiche Werbegrafikerin, hübsch, intelligent und sogar lustig.

Johanna ging in die Küche. Das Geschirr vom Abendessen stand noch auf dem Küchentisch, und sie hatte niemanden, der es mal kurz spülte oder wegräumte, der den Boden staubsaugte oder ihr einfach mal einen Kaffee machte. Sie ließ das Spülwasser ein, panschte etwas zu heftig mit Tellern und Wasser und spritzte ihr T-Shirt nass.

Das Handy piepste in ihrer Hosentasche. Sie rieb sich die nasse Hand an ihrem Hosenbein trocken. Eine Mitteilung von Paul. *Wollte Leni so gerne eine Neuigkeit mitteilen. Sie wird bald ein Geschwisterchen bekommen – Doppelsmiley.* Genau das hatte sie befürchtet! Johanna pfefferte das Handy in die Ecke.

Nein, sie würde nichts zurückschreiben. Was auch? Vielleicht *Herzlichen Glückwunsch. Freut mich für euch?* Nein, es freute sie nicht. Sie vermisste Paul, immer noch. Obwohl sie genau wusste, dass sie nicht das Traumpaar gewesen waren, an das sie sich heute manchmal erinnerte. Vor allem nicht, nachdem Leni da war. Er hatte noch mehr gearbeitet als sonst, war überfordert gewesen, als Leni ein halbes Jahr lang so oft geschrien hatte, dass sie mehrmals deswegen beim Kinderarzt mit ihr waren. Dann die Quälerei bei der Physio, weil ihre Kleine sich nur nach links drehte, nicht nach rechts, und die Kinderärztin meinte, sie würde Probleme in der Schule bekommen. Damals hatte Paul sich mit der Ärztin angelegt …

Sie tauchte ihre Hände wieder ins Spülwasser und versuchte, sich auf den Abwasch zu konzentrieren.

Das Handy klingelte.

Wollte Paul, dass sie ihm gratulierte? Wie konnte er nur! Klar, sie war nicht unschuldig an ihrer Trennung gewesen, hatte Paul oft links liegen gelassen. Leni war ihr Ein und Alles gewesen, war es auch jetzt. Aber sie hatte es übertrieben mit der Fürsorge. Hatte Paul nichts zugetraut. Sie glaubte, sie könnte besser für Leni sorgen als Paul, und vergaß darüber völlig ihre Beziehung. Sie war kaputtgegangen, ohne dass Johanna es gemerkt hatte.

Endlich, das Läuten hatte aufgehört. Nein, sie wollte jetzt nicht mit ihm reden. Sollte er doch sein Glück genießen und ihr nichts mehr von seinem Leben erzählen. Sie griff nach dem Geschirrhandtuch.

Schon wieder dieses penetrante Geklingel. Genervt schmiss sie das Tuch auf das nasse Geschirr. »Meinen Glückwunsch!«, sagte sie etwas zu laut. Sie hatte sich zwar bemüht, ihre Stimme normal klingen zu lassen, aber wahrscheinlich würde jeder Idiot mitkriegen, dass sie nicht meinte, was sie gesagt hatte. Sie hatte sich noch nie verstellen können.

»Hab ich Geburtstag?«, kam eine verwunderte tiefe Stimme aus dem Handy.

»Papa?«

11

Fast hätte sie die Reise nach Deutschland kurzerhand abgeblasen. Riitta hatte ihren kleinen orangen Koffer in der Hand und fragte sich, was sie da überhaupt vorhatte. Aber das mulmige Gefühl in ihrem Bauch war nicht wegzukriegen, und als gegen neun Uhr morgens das bestellte Taxi auf dem Schotterweg vor ihrem Haus zum zweiten Mal hupte, schloss sie doch die Haustür hinter sich ab und stieg ein. Senja, die Taxifahrerin, öffnete den Kofferraum, und Riitta legte den Koffer hinein.

»Du verreist?«, fragte Senja, schloss den Kofferraum, zwängte ihren Bauch hinter das Steuer und fuhr, als Riitta eingestiegen war, los.

Riitta nickte, schwieg und schaute aus dem Fenster. Ein letzter Blick auf den See und die Sauna, die Onni bauen ließ, gleich nachdem er das Häuschen gekauft hatte. Gestern Abend hatte sie noch sauniert. Was für ein Blödsinn, von hier wegzufahren!

»Das Tangofestival findet doch erst in ein paar Wochen statt.« Senja schaute Riitta von der Seite an.

Aber Riitta hatte keine Lust zu reden. Wenn sie Senja von ihrer Reise nach Deutschland erzählte, wüsste morgen ganz Inari davon.

Senja fuhr den Schotterweg hinauf und bog in die Landstraße ein.

Riitta betrachtete die lila und weiß blühenden Lupinen am Straßenrand und überlegte, ob sie Kirsi, ihrer Nachbarin, die richtigen Instruktionen fürs Gießen ihrer Pflänzchen gegeben hatte. Den Hausschlüssel hatte sie ihr gestern Abend schon vorbeigebracht. Merkwürdig, im Juni zu reisen. Sie konnte sich nicht daran erinnern, jemals um diese Zeit weg gewesen zu sein.

Senja deutete nach links auf das samische Kulturzentrum, dessen Parkplatz voll belegt war. »Irgendein Treffen. Hab vorhin schon ein paar Sami in Trachten hierhergefahren.«

Riitta nickte abwesend. An der Bushaltestelle zückte sie ihren Geldbeutel und bezahlte die Fahrt.

Senja schaute sie kurz an, aber als von Riitta nichts mehr kam, wünschte sie ihr eine gute Reise, hob die Hand und fuhr davon.

Die Fahrt von Inari nach Rovaniemi dauerte fast sechs Stunden. Und obwohl es ein wunderschöner Frühlingstag mit wolkenlosem Himmel war, konnte Riitta sich an der ruhigen Fahrt in dem fast leeren Bus nicht erfreuen. Es ging durch endlose Kiefern- und Fichtenwälder, an Mooren und Seen vorbei. Aber weder die aus Glas gebauten Iglus in Kakslautanen noch die lichten Birkenwälder, deren kleine Blätter in der Sonne glänzten, konnten ihre Anspannung lösen.

Den Nachmittag und Abend verbrachte sie bei ihrer alten Freundin Tiina und deren Familie. Sie hatte Tiina seit mindestens einem Jahr nicht mehr gesehen. Tiina war verheiratet, hatte drei Kinder und arbeitete als Guide bei einer der vielen Touristenfirmen Rovaniemis, die im Winter tagtäglich Schlitten- und von Frühjahr bis Herbst Wandertouren durch die lappländische Landschaft anboten. Tiina freute sich riesig über ihren Besuch. Sie saßen im Café und erzählten von den alten Zeiten, als sie sich in den USA kennengelernt hatten. Sie hatten sich damals in einem Hostel in New York getroffen, waren eine Zeit lang zusammen Richtung Maine und von dort aus nach Kanada getrampt. Dann musste Tiina wieder nach Hause, nach Finnland. Sie war es, die Riitta damals nach Finnland gebracht hatte. Riitta hatte ja kein anderes Ziel gehabt und war neugierig auf alles gewesen, was die Welt zu bieten hatte. Warum also nicht Finnland? Zumal sie Musik und Tanz mochte und Tiina ihr den finnischen Tango nahebrachte, in den sie sich sofort verliebte.

Am Abend kochte Tiinas Mann Heino für sie. Lachssuppe mit selbst gebackenem Roggenbrot, und zum Nachtisch gab es Waffeln mit Moltebeeren. Auch Heinos drei Kinder waren da.

Schön war das, dennoch war Riitta froh, dass sie jetzt im Flieger von Rovaniemi nach Helsinki saß. So viel Trubel war sie nicht gewohnt.

Neben ihr hatte eine weißhaarige Frau Platz genommen, die sich gleich in ihren Krimi vertiefte. Die alte Dame schien öfter zu fliegen, denn sie wartete nicht mal den Start ab, bevor sie das Buch aufklappte.

Als das Flugzeug abhob, wurde Riitta übel. Jetzt fiel ihr wieder ein, warum sie es so lange vermieden hatte zu fliegen. Seit Jahrzehnten war sie wegen ihrer Reisekrankheit nicht mehr im Ausland gewesen, und wenn, dann nur mit dem Auto in Schweden oder Norwegen. Und einmal hatte sie mit Onni eine Reise in der Transsibirischen Eisenbahn gemacht. Das war ein Jahr vor seinem Tod gewesen. Riitta blickte aus dem schmalen Fenster.

Unter ihr wurde die Stadt immer kleiner, jetzt sah sie den lang gestreckten Glasbau des Artikums, eines der besten Natur- und Wissenschaftsmuseen, die Riitta kannte. Sie flogen höher, durchbrachen die Wolkendecke und stachen schließlich in das tiefdunkle Blau des Himmels. Sie war auf dem Weg in den Süden.

»Möchten Sie etwas trinken?« Die freundliche Stewardess ließ Riitta aufschrecken. Riitta drehte den Kopf und bemerkte, dass ihre lesende Sitznachbarin bereits vor einem Gläschen Rotwein saß. »Tee bitte, ohne Zucker.« Rotwein am Morgen würde ihren ganzen Tag durcheinanderbringen. Aber die alte Dame schien den Wein zu genießen, trank in kleinen Schlucken und steckte ihre Nase wieder in ihren Roman.

Die Stewardess reichte ihr den Schwarztee. Er war viel zu heiß, Riitta ließ ihn stehen und schaute noch einmal aus dem Fenster. Doch die Sonne blendete sie, und sie schloss die Augen.

Über ein Vierteljahrhundert war es her, seit sie das letzte Mal geflogen war. Nach Deutschland und dann wieder zurück nach Finnland. Kaum merklich schüttelte Riitta den Kopf, als könnte diese Bewegung ihr die Gedanken aus dem Kopf verbannen. Sie sah die Szene vor sich, die sie dazu gebracht hatte, sich umzudrehen und zu rennen. Sie meinte, den Schmerz noch einmal zu spüren, der sie damals übermannt hatte. Es war das zweite Mal, dass sie aus der Kleinstadt in Süddeutschland flüchtete.

Beim ersten Mal war sie dreiundzwanzig Jahre alt gewesen. Damals schien der einzige Ausweg in den USA zu liegen. Genügend weit weg, um alles hinter sich zu lassen, um zu vergessen und zu verdrängen. Hatte sie zumindest gedacht.

Bei ihrer zweiten Flucht aus Deutschland hatte sie sich geschworen, nie mehr zurückzukehren. Und jetzt saß sie hier im Flugzeug, trank ihren nach fast nichts schmeckenden Schwarztee, und konnte es nicht mehr ändern. In eineinhalb Stunden würden sie in Stuttgart landen.

12

Boah, ist das Schiff groß!«

Phil betrachtete seine Enkeltochter, die mit weit aufgerissenen Augen die Finnlines anstarrte, die sie in den nächsten eineinhalb Tagen von Travemünde nach Helsinki bringen würde.

»Opa, passen da alle Autos rein, die hier warten?«

Leni deutete auf die vielen PKWs mit und ohne Wohnanhänger sowie Wohnmobile und LKWs, die in mehreren Reihen nebeneinander darauf warteten, im Bauch des Fährschiffes zu verschwinden.

»Klar, da haben wir alle Platz.« Er lächelte seine Enkeltochter an, die auf ihrem Kindersitz saß, im Arm ihren Affen, den sie von Hedi und ihm zum dritten Geburtstag geschenkt bekommen hatte. Er hieß Rudi und musste überallhin mit.

Leni schaute nach hinten. »Mama schläft immer noch. Soll ich sie wecken?«

»Ne, lass mal. Es dauert noch ein wenig, bis wir fahren dürfen.«

»Okay.« Leni zog Strümpfe und Schuhe aus und legte ihre nackten Füße auf die Ablage.

»Mama schläft aber lange.«

»Sie ist heute auch weit gefahren. Ist ja nicht so einfach, so ein großes Wohnmobil zu lenken. Das ist sie nicht gewohnt.«

Leni kicherte. »Unser Golf fährt nicht so gut wie dein Wohnmobil. Manchmal springt er gar nicht mehr an. Dann muss Mama aussteigen und irgendwo vorne rütteln. Aber meistens fährt er dann wieder.«

»Und wenn nicht?« Phil war erstaunt. Johanna hatte ihm gar nicht erzählt, dass sie Schwierigkeiten mit dem Wagen hatte. Er hätte ihn sich ja mal anschauen können. Schließlich liebte er alte Autos und kannte sich gut mit Motoren aus. Den Motor seines alten vw-Käfers hatte er einmal völlig zerlegt und wieder zusammengebaut. Mit Ludwigs Hilfe zwar, aber immerhin.

»Mama will kein neues Auto kaufen.« Leni langte in die Studentenfuttertüte, die Phil ihr vor die Nase hielt. Sie holte sich ein paar Nüsse und Rosinen heraus und biss in eine Walnusshälfte. »Sie hat kein Geld.«

»Wer hat kein Geld?«

»Mama hat gesagt, wenn das Auto kaputt ist, können wir kein neues kaufen.«

»Das hat sie gesagt?«

»Wie kommen wir dann zu dir, Opa?« Leni kaute und kuschelte sich mit der Wange an Rudi. Schließlich gähnte sie laut. »Holst du uns dann mit dem Wohnmobil ab, wenn wir zu dir wollen? Oder mit einem von deinen anderen Autos? Du hast doch noch zwei.« Sie gähnte noch mal. »Das rote, bei dem man das Dach aufmachen kann, finde ich am schönsten.«

Ein Blick nach rechts, und Phil sah, dass Lenis Augen bereits halb geschlossen waren.

»Aber sicher hole ich euch ab«, sagte er zu ihr, langte nach hinten, griff die bunt karierte Decke, die auf einem der Polster lag, und deckte Leni damit zu. Die Fähre fuhr erst nach Mitternacht ab. Sie mussten sich noch ein paar Stunden gedulden, bis der Laderaum geöffnet würde. So konnten Leni und Johanna ruhig ein wenig schlafen.

Phil rieb sich die Augen. Auch für ihn war es anstrengend gewesen, fast zwei Tage in diesem alten Wohnmobil unterwegs zu sein, das schon mehr als zwei Jahrzehnte auf dem Buckel hatte. Die Sitze waren nicht die bequemsten, und es war ein Unterschied, einen modernen Mercedes A-Klasse mit Automatik zu fahren oder ein altes Fiat-Wohnmobil mit 5-Gang-Schaltung, bei der sich gezeigt hatte, dass der dritte Gang muckte. Vielleicht sollten sie in Helsinki erst einmal in eine Werkstatt fahren und nachschauen lassen.

Leni hatte die Augen jetzt fest geschlossen, und ihr Atem ging regelmäßig. Dass Johanna ihm nie von ihren Geldsorgen erzählt hatte! Sie arbeitete doch für die *Stuttgarter Nachrichten*. Seit Leni auf der Welt war, von zu Hause aus, aber es war ja heutzutage normal, im Homeoffice zu arbeiten. Das hatte doch nichts mit dem Gehalt zu tun, oder? Er überlegte weiter. Merkwürdig war es schon, dass Johanna so kurzfristig Urlaub nehmen konnte. Darüber hatte er sich gar keine Gedanken gemacht. Bisher hatte sie ihre Zeit ja auch immer flexibel einteilen können. Hatte sie am Ende ihren Job verloren?

Sein Handy piepste. Phil griff auf die Ablage vor ihm. Ein Blick auf das Display. Eine SMS von Ludwig.

Alles gut? Wo seid ihr? Hast du Johanna schon erzählt, was du vorhast?

Ludwig hatte ein Smiley hinter seine Frage gesetzt, aber Phil ärgerte sich über Ludwigs letzte Frage. Sein alter Freund wusste genau, dass er Johanna nicht einweihen würde. Nicht, bevor sie in Lappland waren. Sonst könnte es sein, dass seine älteste Tochter Leni schnappen und mit ihr abhauen würde. Hatte sie schon mal gemacht. Vor zwei Jahren, als Paul sie verlassen hatte. Sie war mit der Kleinen untergetaucht, drei Monate lang. Niemand wusste, wo sie war. Sie kam erst zurück, als Paul seine Sachen gepackt und nach Berlin gezogen war. Hedi hatte sich damals große Sorgen um die beiden gemacht und sich fürchterlich über ihn aufgeregt, weil er, wie sie meinte, so gleichgültig geblieben wäre. Aber er kannte dieses Verhalten. Es war ihm nicht fremd, sondern vertraut. Manche Menschen liefen eben weg, wenn die Probleme zu groß wurden.

Bis heute schwieg Johanna darüber, wo sie gewesen war. Hedi hatte damals alles versucht, um es herauszubekommen. Aber es hatte nichts genutzt. Und Phil hatte Johanna nie gefragt. Sie würde darüber reden, wenn sie so weit wäre.

Kurzerhand schaltete er sein Handy aus und legte es in das Handschuhfach. Er würde es sowieso nicht benützen, und solche Fragen von Ludwig wollte er nicht lesen.

13

Endlich! Es war kurz nach drei Uhr nachts, die Fähre war aus dem Hafen von Travemünde ausgelaufen. Die letzten Lichter der Stadt verblassten, bis nur das Tiefschwarz des Himmels und die schäumenden Wellen sie umgaben. Johanna setzte sich auf ihr schmales Bett und trank einen Schluck Wasser.

Von sechs Uhr abends bis kurz vor dem Verladen des Wohnmobils hatte sie geschlafen, fast fünf Stunden lang. Eigentlich hatte sie nur kurz dösen wollen, aber die Matratze war so weich gewesen, die Decke so kuschelig und sie so unendlich müde. Leni und Papa hatten sich vorne auf dem Fahrer- und Beifahrersitz unterhalten. Johanna hatte ihre leisen Stimmen gehört, und dann waren ihr die Augen zugefallen. Sie konnte sich nicht erinnern, wann sie das letzte Mal an einem frühen Abend eingeschlafen und sich stundenlang weggeträumt hatte. Vielleicht als Leni ein Baby gewesen war. Jetzt war Johanna so wach, dass sie kein Auge zutun konnte. Sie betrachtete ihre Kleine, die im Bett gegenüber schlief. Leni war vorhin so aufgeregt gewesen, hatte ständig gefragt, hatte alles wissen wollen. Wie viele Menschen auf der Fähre schlafen konnten, ob das Schiff auch wirklich nicht unterging, woher das Wasser aus der Dusche kam … Papa hatte all ihre Fragen geduldig beantwortet.

Papa. Er schlief in der Einzelkabine nebenan. Sie hatten sich für morgen zum Frühstück verabredet. Um acht Uhr würde er klopfen. Ganz schön früh. Aber sie wollte nicht an den Gewohnheiten ihres Vaters rühren. Vorhin hatte er sich verabschiedet und Leni und sie noch mal an sich gedrückt.

Johanna stopfte sich das Kopfkissen in den Rücken und legte die Beine aufs Bett. Das Schiff schaukelte. Hoffentlich würde der Seegang nicht stärker werden. Sie war schon einmal seekrank gewesen, vor zwei Jahren. Damals hatte ihr eine nette ältere Frau eine Tablette gegen Reisekrankheit geschenkt. So hatte sie die Überfahrt von Livorno auf die Insel Korsika gut überstanden. Diesmal hatte sie vorsorglich Tabletten eingepackt.

Merkwürdig, diese Reise. Ihr Vater war so erstaunlich gut gelaunt. Er pfiff beim Fahren, summte beim Abspielen der uralten Schlagerkassetten mit, die Johanna noch aus den Ferien ihrer Kindheit kannte, und erzählte Leni Witze, dass die Kleine sich vor Lachen bog. Fast als hätte er Mamas Tod verdrängt oder gar vergessen. Sie war doch erst seit einem halben Jahr tot. Überspielte er seine Trauer? Oder war er gar nicht traurig? Über dreißig Jahre waren die beiden zusammen gewesen, verheiratet nicht ganz so lange. »Wir mussten es uns etwas länger überlegen als andere«, hatte Mama immer lachend erzählt. »Aber die Entscheidung war richtig!« Und dann hatte sie Papa auf den Mund geküsst.

Johanna schluckte. Schon oft hatte sie sich überlegt, wie es gewesen wäre, wenn Papa vor Mama gestorben wäre. Das war der erste Gedanke, der ihr in den Kopf geschossen war, als Papa sie letzten Winter angerufen und ihr entsetzt erklärt hatte, dass ihre Mutter an einem

Hirnschlag gestorben war. Gott sei Dank nicht Papa!, hatte Johanna gedacht. Und sich sofort geschämt. Durfte eine Tochter so etwas denken?

Leni drehte sich um, strampelte ihre Bettdecke weg und lag aufgedeckt in ihrem leichten Lieblingsschlafanzug. Den mit dem Pony auf dem Shirt. Johanna beugte sich zu ihr. Sie legte ihr die Hand auf die Stirn. Leni schwitzte. Es war aber auch stickig in der Kabine. Vorsichtig drapierte Johanna die Decke um Lenis Beine und lehnte sich wieder gegen ihr Kissen.

Sie war schon immer Papas Liebling gewesen, das hatte sie immer gespürt, obwohl ihr Vater das nie zugegeben hätte. Aber wenn ihre Geschwister und sie etwas wollten, und sei es nur ein Eis, erlaubte Papa es ihr immer, wenn sie ihn darum bat. Laura und Manuel dagegen erteilte er öfters eine Abfuhr. Aber egal. Dafür waren die beiden Mamas Lieblinge gewesen. Mama hatte sich immer für sie stark gemacht. Wenn sie Probleme in der Schule hatten oder wenn es darum ging, wer ein neues Hobby ausprobieren durfte, lenkte Mama immer ein, auch wenn Papa meinte, das sei nicht nötig. So war das eben in Familien.

Johanna schloss die Augen. Ihre Mutter war so ... Johanna musste überlegen ... nett gewesen, so umgänglich. So ohne Probleme oder Allüren. Bis auf ihre Sparsamkeit beim Einkauf von Klamotten. Das war im Grunde das Einzige gewesen, wo Johanna mit ihr angeeckt war. Aber sonst? Mama war fröhlich, umgänglich, sie hatte viele Freundinnen gehabt, mit denen sie wandern ging, Rezepte austauschte, Bücher las und sich über sie unterhielt. Ihr war nie langweilig gewesen, obwohl sie später, nachdem sie und ihre Geschwister geboren waren, nie mehr in ihrem Job als Bürokauffrau gearbeitet hatte. Papa unterrichtete in der Schule, Mama war zu Hause bei ihrer Familie. Sie hatte gekocht, gebacken, und sie bastelte gern. Sie zauberte die besten Geburtstagskuchen. Johanna wünschte sich immer Karottenkuchen zu ihrem Geburtstag und hatte ihn auch immer bekommen. Bis sie ausgezogen war, mit achtzehn Jahren. Mama kochte an den Weihnachten Gans mit Rotkraut, an Ostern Lamm mit Knoblauch, so wie Papa es mochte. Mama war unersetzlich. Johanna hätte sich früher ihren Vater ohne Mama überhaupt nicht vorstellen können. Ihre Mutter hatte das Haus und den Garten im Griff, Papa war derjenige, der Urlaube plante und vorschlug, was man an den Wochenenden unternahm. Sie klapperten regelmäßig sämtliche Höhlen auf der Schwäbischen Alb ab, die Falkensteiner Höhle, die Bärenhöhle, die Nebelhöhle und wieder von vorn. Dann die Burgen und Schlösser: die Teck, die Hohenneuffen, das Schloss Hohenzollern … Früher, als es noch Schnee auf der Alb gab, fuhren sie Ski. Aber wenn Johanna es sich recht überlegte, waren es meist nur Papa und sie gewesen, die bei jedem Wetter rauf auf die Alb zum Langlauf durch die verschneiten Birken und Fichten gefahren waren.

Johanna rutschte nach unten, rückte das Kopfkissen zurecht und deckte sich zu. Papa schien den Tod ihrer Mutter so langsam zu verkraften. Warum machte sie sich so viele Gedanken? Sie sollte sich freuen, dass er wieder fröhlich war und sich so gut mit Leni verstand. Und sie konnte sich endlich ein wenig erholen. Schlafen, wenn sie müde war. Urlaub in einem neuen Land machen, ohne jeden Cent umdrehen zu müssen. Obwohl es ihr wirklich nicht recht war, dass ihr Vater alles bezahlte. Aber auf ihrem Konto sah es völlig mau aus. Und von den Zeitschriften, die sie wegen eines Artikels über Finnland angeschrieben hatte, hatte sie bisher keine Rückmeldung erhalten.

Die Finnlines schaukelte leicht, Leni atmete gleichmäßig, Papa schlief sicher schon lange. Sie hatte ihm vorhin angesehen, wie müde er war. Müde, aber voller Vorfreude. Johanna seufzte tief, dann fielen auch ihr die Augen zu.

14

Wie sich die Stadt verändert hatte! Riitta schaute sich um. Nürtingen war früher ziemlich hässlich gewesen. Jetzt waren die Fachwerkhäuser der Altstadt herausgeputzt. Kleine Läden hatte sich angesiedelt: ein Weinhändler, ein Spielzeugladen, ein Blumenladen und ein Café, das seine Tische und Stühle auf den Pflastersteinen unter einem gerade verblühenden Kastanienbaum platziert hatte. Auf den Tischen lagen pastellfarbene Decken, mit Klammern fixiert, damit sie bei Wind nicht davonflogen. In den kleinen weißen Vasen steckten Margeriten. Alles war ungewöhnlich hübsch. Nur das durchdringende Glockengeläut der St. Laurentiuskirche war noch das gleiche.

Riitta war heute Morgen um sechs Uhr davon wach geworden. Sie hatte nicht an dieses frühe Läuten gedacht, als sie von Adams Werkstatt aus das Pensionszimmer in der Kirchstraße für ein paar Tage angemietet hatte. Aber die Glocken hatten sie nur kurz aus dem Schlaf hochschrecken lassen. Sie war schnell wieder eingeschlafen, denn die Reise, die spät am Abend mit der Busfahrt vom Stuttgarter Flughafen nach Nürtingen geendet hatte, hatte fast zwölf Stunden gedauert.

Aber trotz des überraschend positiven Eindrucks, den die Stadt heute Morgen auf sie machte, konnte Riitta die Sonnenstrahlen, die Wärme und den blauen Himmel, der nur mit ein paar kleinen weißen Schleierwölkchen durchzogen war, kaum genießen. Schließlich war sie nicht hier, um die positiven Veränderungen der Stadt zu entdecken, in der sie nie gerne gewohnt hatte. Sie war hier, um Phil zu besuchen und herauszufinden, ob es ihm gut ging.

»Warum rufst du ihn nicht einfach an?«, hatte Adam sie ein paar Tage vor ihrer Abreise gefragt.

Kurz hatte sie gestutzt. Ja, warum eigentlich nicht? »Das haben wir so ausgemacht«, hatte sie gesagt und sich abgewandt. Telefonieren war tabu, so lautete die Abmachung. Abgemacht war abgemacht, und sie würde sich daran halten. Über gegenseitige Besuche hatten sie nie gesprochen. Das wäre ja auch absurd gewesen.

Als hätte er ihre Gedanken gelesen, hakte Adam nach: »Habt ihr dabei vergessen zu vereinbaren, euch gegenseitig nicht zu besuchen?« Seine Stimme hatte spöttisch geklungen. Riitta hatte ihn mit ihren grün-grauen Augen angefunkelt. Eigentlich war sie ziemlich schlagfertig, aber jetzt fiel ihr partout nichts ein, was sie darauf erwidern konnte.

Nun war sie hier, in der Altstadt von Nürtingen, und sie wusste, dass man bis zu Phils Haus zu Fuß nur zehn Minuten brauchte. Aber ihre Füße trugen sie ständig in eine andere Richtung. Vorbei am Rathaus, weiter zur Stadtbücherei, nach links in die Fußgängerzone, an der Sparkasse und dem alten Café vorbei, das schon ewig dort ansässig war und das von außen noch genauso aussah wie früher. Dann der neu gestaltete Ochsenbrunnen aus Granit. Etwas überdimensioniert, aber er machte etwas her. Schließlich blieb Riitta stehen. Was tat sie hier?

Sightseeing? Warum ging sie nicht schnurstracks zu Phils Haus? Hatte sie Angst davor, ihn krank zu sehen? Entschlossen drehte sie um. Sie ging Richtung Stadthalle, dann die wenigen Schritte an einem Kebab-Stand und einem chinesischen Restaurant vorbei und über die laute, stark befahrene Europastraße, die die Innenstadt umschloss. Sie ließ den Busbahnhof rechts liegen und bog in die nächste Seitenstraße, in der kein einziges Auto fuhr. Schließlich stieg sie die Treppe nach oben in Richtung Steinenberg.

Das alte stattliche Haus hatte sich nicht verändert. Immer noch die grau-beige Sandsteinfassade mit den kleinen Sprossenfenstern und den grünen Holzfensterläden. Im oberen Stock gab es ein großes halbrundes Fenster und eine Tür, die zu einem winzigen Balkon führte.

Der Garten war nicht mehr so verwildert wie damals, als sie mit Phil hier gewohnt hatte. Die Wiese, auf der Gänseblümchen, Löwenzahn und später im Frühling Margeriten und sogar Wiesenschlüsselblumen geblüht hatten, war verschwunden. Jetzt war Rasen gepflanzt. Zwischendrin standen Hochbeete, in denen nichts wuchs. Wahrscheinlich hatte früher Hedi die Beete bepflanzt. Riitta konnte sich nicht erinnern, dass Phil sich je für Blumen oder Gemüseanbau interessiert hätte. Ihr Blick wanderte nach rechts. Die Bäume, die Richtung Stadt standen, waren hoch gewachsen. Früher konnte man vom Garten aus direkt auf die Altstadt schauen. Aber jetzt war die Aussicht durch die hohen Pappeln und die enorme ausladende Eiche völlig versperrt. Links, hinter der Wiese neben dem Eingang, stand immer noch die alte Mauer, in deren Schutz Phils Großeltern Reben angebaut hatten. Damals, als sie das Haus erbauen ließen, war hinter der Mauer keine Straße gewesen so wie heute. Der restliche Steinenberg war unbebaut gewesen. Hinter dem Grundstück hatte es nur Felder und Wiese gegeben.

Riittas Blick fiel auf den Namen am Briefkasten. *Hedi und Philipp Lindemann.* Sie schluckte. Einmal hatte hier *Phil Lindemann und Rita Beck* gestanden. Aber nur für eine kurze Zeit.

Das ehemals weiße Tor war von gelb-grünen Flechten überzogen und passte gut zu dem urigen Gebäude, das irgendwie aus der Zeit gefallen zu sein schien. Eigentlich hatte sie dieses alte Haus immer gern gemocht. Der kleine Erker an der Seite, der gemauerte Balkon, auf dem kaum genug Platz für einen Wäscheständer war.

In Riittas Bauch grummelte es. Wenn sie nervös war, machte sich immer ihr Magen bemerkbar. Zögernd drückte sie die Klinke der Gartentür herunter und ging die wenigen Schritte auf den gepflasterten Natursteinplatten, in deren Ritzen Unkraut wuchs, bis zur Haustür. Es war immer noch die alte hölzerne Tür mit dem Glasfenster, das zwar von innen den Blick nach außen zuließ, doch von außen konnte man nichts erkennen. Obwohl die Sonne schien, fröstelte Riitta. Sie knöpfte die dünne dunkelblaue Strickjacke zu und atmete tief durch. Dann betätigte sie den weißen Klingelknopf. Ein harmonischer Dreiklang ertönte.

Nichts rührte sich. Sie drückte noch einmal und wartete. War Phil in der Stadt einkaufen? Sie schaute auf die Uhr. 10:30 Uhr. Könnte er beim Bäcker sein? Das Frühstück war an den sieben Tagen, an denen sie sich in Finnland getroffen hatten, immer seine wichtigste Mahlzeit gewesen. Obwohl, Phil war Frühaufsteher, wie sie auch. Sie überlegte. Sie kannte seine Gewohnheiten nicht, wusste nicht, was er am Vormittag tat oder wie er die Nachmittage verbrachte. Nicht hier in Deutschland.

Riitta ging ums Haus, und da erst fiel ihr auf, dass die grünen Fensterläden im Untergeschoss allesamt geschlossen waren. Im ersten Stock standen sie offen. Bewohnte Phil nur den oberen Teil des Hauses? Aber warum diesen? Es war doch bequemer unten, ohne Treppen. Riittas kleines Häuschen war einstöckig, und sie genoss das sehr. Alles war so einfach, so nah. Nur wenige Schritte von der Küche in ihr Nähzimmer, ins Wohn- oder ins Schlafzimmer.

Riitta ging an Johannisbeerbüschen vorbei, wo bereits dicke Beeren wuchsen, sie umrundete das Haus und erreichte wieder die Haustür. Ihr Blick fiel auf einen umgedrehten Blumentopf. Früher hatte dort … Aber nein, sie schüttelte kaum merklich den Kopf. Auch wenn der Schlüssel dort deponiert wäre, sie durfte das Haus nicht betreten. Noch einmal klingelte sie, obwohl sie ahnte, dass es sinnlos war. Es sah so unbewohnt aus, nein, hier war niemand. Nicht wie damals, als sie so schnell sie konnte davongelaufen war.

Plötzlich hatte Riitta das Gefühl, als würde ihr jemand eine Faust in den Magen rammen. Sie schnappte nach Luft, ging ein paar Schritte zurück und setzte sich auf die kleine moosbewachsene Mauer. Jetzt sah sie die Szenen genau vor sich. Diese Szenen, die sie so lange verdrängt hatte.

Damals hatte sie in einem Restaurant in Inari gejobbt, und ihre Chefin hatte ihr eine Abmahnung erteilt, weil sie ständig Bestellungen vergaß oder Speisen an falsche Tische brachte. Immer schlechter ging es ihr, oft wachte sie nachts auf, grübelte und konnte nicht mehr einschlafen. Und da schlich sich langsam der Gedanke in ihren Kopf, wieder zurück nach Deutschland zu gehen. Adam und Sirpa bemerkten, dass es ihr nicht gut ging, und redeten ihr zu. »Du wirst noch krank. Jetzt flieg endlich!«

Und das tat sie. Sie redete sich ein, Phil würde sich unendlich freuen, sie zu sehen. Sie stellte sich vor, sie würde vor ihm stehen und er würde seine starken Arme ausbreiten, sie festhalten und willkommen heißen.

Aber Riitta war nur bis zu dem weißen Zaun gekommen, der schon damals Flechten angesetzt hatte. Sie hatte Kindergelächter gehört und sich hinter einem Weidenbusch mit ausladenden Zweigen und großen grünen Blättern versteckt. Und sie hatte Kinder im Garten spielen sehen. Dann trat diese Frau aus der Tür. Mit einem Tablett in der Hand, auf dem ein Saftkrug und Gläser standen. Sie war nicht so jung wie Riitta, aber jünger als Phil. Vielleicht Mitte dreißig. Eine hübsche dunkelblonde Frau, eine helle gestreifte Schürze um die rundlichen Hüften gebunden. Die drei Kinder sprangen um sie herum, während sie das Tablett auf den kleinen Gartentisch abstellte. Und erst als das ältere Mädchen laut rief: »Mama, hast du auch Schokokekse für uns?«, begriff Riitta, dass Phils Leben weitergegangen war. Genauso wie ihres.

Der Stich, der sich wie ein Schwerthieb anfühlte, hatte ihrem Herzen eine Wunde versetzt, die nie mehr geheilt war. Sie hatte sich umgedreht, hatte weglaufen wollen, als sie plötzlich jemand an die Schulter gefasst hatte. Phil. Und dann war sie nur noch gerannt.

Riittas Magen zog sich unkontrolliert zusammen. Sie atmete tief aus und ein. Sie musste so schnell wie möglich hier weg.

15

Opi, gehst du noch mal mit mir zum Büfett? Ich will die kleinen Pfannkuchen probieren. Die haben vorhin nicht mehr auf meinen Teller gepasst.« Leni rutschte von der Bank und schaute ihn erwartungsvoll an. Klar würde er mitgehen. Er freute sich, dass es seiner Enkeltochter schmeckte. Das Frühstücksbüfett war aber auch ausgezeichnet. Es gab alles, was das Herz begehrte. Auch finnische Spezialitäten wie Pirogen mit Reis, Fischbrot oder Munkis, ein Hefegebäck, das er liebte. Er würde sich gleich noch ein Munki holen. Phil stand auf und schaute seiner Tochter, die etwas müde wirkte, in die Augen. »Möchtest du noch einen Kaffee oder etwas zu essen?« Er deutete auf Johannas leere Tasse.

»Ja, Kaffee, bitte.« Sie drückte ihm ihre Tasse in die Hand. »Aber nur halb voll. Er ist ganz schön stark.« Sie lächelte ihn an. »Zu essen nichts mehr. Ich bin satt.«

Leni war vorausgelaufen. Die Kleine hatte keine Scheu und verhielt sich, als würde sie täglich mit einem riesigen Schiff über das Meer fahren und sich am Büfett bedienen. Phil beobachtete, wie Leni sich einen frischen Teller holte, zielstrebig auf die Pfannkuchen zulief und sich zwei davon auflegte. Er folgte ihr.

»Ich komme da nicht hin.« Leni hatte sich auf die Zehenspitzen gestellt und deutete auf eine Schale mit Blaubeeren.

Phil schöpfte ihr einen Löffel davon auf den Teller.

Leni stand vor ihm und schaute ihn mit ihren großen Augen an.

»Fehlt noch was?«

Sie nickte.

»Natürlich«, Phil lachte, »das Beste fehlt noch. Schlagsahne.«

Sie grinste ihn an.

»Pfannkuchen ohne Schlagsahne, das geht gar nicht.« Phil tat ihr einen großen Löffel davon auf. »Reicht das?«

Sie nickte wieder.

»Geh schon mal vor, Leni. Ich hole den Kaffee und noch eine Kleinigkeit zu essen. Ich komme gleich nach.«

Leni drehte sich um, und Phil sah, wie sie ihren voll beladenen Teller mit beiden Händen vorsichtig zurück zu ihrem Tisch trug. Die Kleine war ungeheuer selbstbewusst. Wie selbstverständlich sagte sie, was sie wollte, hatte keinerlei Scheu, um etwas zu bitten, war interessiert, fragte ihm Löcher in den Bauch. Er liebte das, und ihr Verhalten erinnerte ihn sehr an Johanna, als sie klein gewesen war: aufgeschlossen, neugierig auf die Welt, unerschrocken. Johanna war auf sämtliche Bäume im Garten geklettert, auch auf die Steinmauer, die das Haus und die dahinter wachsenden Weinreben von der Straße abtrennte. Zwei Mal war sie heruntergefallen und hatte sich verletzt. Einmal hatte sie sich sogar den Arm dabei gebrochen. Aber das hatte Johanna nicht davon abgehalten, bei der nächsten Gelegenheit wieder hinaufzusteigen und wie eine Seiltänzerin auf der Mauer zu balancieren. Er erinnerte sich gut daran, wie ängstlich Hedi immer war, wenn Johanna auf den ausladenden Ästen der Eiche herumgeklettert war.

Phil lächelte und ließ am Kaffeeautomaten eine volle Tasse Kaffee für sich und eine halbe Tasse für Johanna heraus. Er legte ein Munki auf seinen Teller, zögerte kurz und griff nach einer Reispiroge. Vielleicht hatte Johanna doch Appetit. Sie war in den letzten zwei Jahren schmal geworden. Zwar behauptete sie immer, dass sie Pauls Auszug längst überwunden habe, und wie sie meinte, hätten sie eh nicht zusammengepasst. Aber Phil wusste, dass Johanna mit der Trennung zu kämpfen hatte und mit den Aufgaben einer alleinerziehenden Mutter. Zuerst hatte er sich Sorgen um Johanna und Leni gemacht. Würde Johanna das hinbekommen, oder würde sie vor der Verantwortung flüchten? Aber dann hatte er Probleme mit seinem Herzen bekommen, und Hedi war plötzlich gestorben, da war er oft mit sich selbst beschäftigt gewesen. Dabei hatte nicht nur er seine Frau, sondern Johanna hatte auch ihre Mutter verloren.

Er holte ein Tablett und stellte die beiden Kaffeetassen und den Teller mit dem Gebäck darauf.

Doch, es war gut, dass er Johanna aus ihrem Trott geholt hatte. »Möchtest du probieren? Eine Spezialität aus Karelien.« Er deutete auf die Piroge.

Zögernd nahm sie das kleine Roggengebäck in die Hand. »Ich bin wirklich satt, Papa.« Aber sie biss hinein und nickte anerkennend. »Lecker«, sagte sie und drückte ihm den Rest der Piroge in die Hand.

»Mama, ich geh da vorne hin, zum Fenster. Da kann ich aufs Wasser schauen.«

Phil reichte Leni eine Serviette und deutete auf ihren

Mund. Die Kleine hatte die beiden Pfannkuchen in Nullkommanichts verschlungen.

Sie wischte ihn sauber.

»Darf ich?«, fragte Leni Johanna.

Sie nickte. »Aber du gehst nirgendwo sonst hin, versprochen?«

»Versprochen«, sagte Leni beim Umdrehen und hüpfte behände zwischen den anderen Tischen Richtung Fenster davon.

»Sag mal, Papa«, Johanna schaute ihm in die Augen.

Phil biss in sein Munki.

»Hm?«, fragte er, kaute und schluckte.

»Vermisst du Mama nicht?«

»Warum fragst du?« Er trank einen Schluck Kaffee.

»Du bist so fröhlich. Du lachst, du erzählst Leni Witze. Irgendwie wirkst du so … unbeschwert.«

»Stört dich das?« Er verstand nicht, worauf sie hinauswollte. Natürlich vermisste er Hedi. Schließlich hatte er über dreißig Jahre lang sein Leben mit ihr geteilt.

»Nein, natürlich nicht. Aber …« Sie zögerte.

»Soll ich deshalb immer zu Hause bleiben, nichts mehr unternehmen, jeden Tag weinen, nicht mehr lachen? Ich glaube nicht, dass Hedi das gewollt hätte.«

Johanna rückte ihren Stuhl etwas weiter weg vom Tisch. »Es ist nur … Dir ging es die letzten Monate ziemlich schlecht. Zuerst deine Herzprobleme, dann Mamas Tod. Ich dachte, du erholst dich gar nicht mehr. Du warst wie weggetreten, hast dich zurückgezogen, wolltest nichts mehr unternehmen. Und jetzt plötzlich bist du ganz anders. Ich möchte es nur verstehen.« Sie legte die Beine übereinander.

Er zögerte. Sollte er ihr endlich gestehen, dass es eine andere Frau in seinem Leben gab, die ihm sehr wichtig war, und er wollte, dass Johanna und Rita sich kennenlernten? Phil schaute in die erwartungsvollen Augen seiner Tochter. Jetzt wirkte sie wieder ein wenig wie früher, interessiert, nicht mehr so müde. Sie wollte wirklich wissen, was in ihm vorging. Aber er kannte Johanna. Sie würde es nicht verstehen, würde weglaufen. Er musste sie mit der Situation konfrontieren, anders ging es nicht. »Weißt du«, fing er an, und merkte sofort, dass das, was er jetzt sagen wollte, nicht überzeugend klingen würde, aber er konnte nicht anders. »Ich …«, fuhr er fort, als Leni von Weitem über die Tische der anderen Gäste hinweg rief: »Mama, komm mal, schnell!« Sie winkte wild.

Johanna stand auf und schaute ihm kurz in die Augen.

Und Phil war dankbar, dass Leni ihn aus dieser unangenehmen Situation gerettet hatte.

16

Was war nur mit ihrem Vater los? Johanna stand mit ihm in einer kleinen Autowerkstatt etwas außerhalb von Helsinki. Wie es den Anschein hatte, war an ihrem Wohnmobil mehr kaputt als nur der dritte Gang, der auf der Fahrt von der Schiffsanlegestelle die wenigen Kilometer bis hierher nur eingerastet war, wenn er Lust dazu hatte. Johanna war fast verzweifelt, als sie das Gefährt durch die Hauptstadt gelenkt hatte. »Was für eine Schrottkarre!«, hatte sie ausgerufen und ihren Vater dabei vorwurfsvoll angeschaut. Er hatte doch behauptet, das Auto sei gut in Schuss. Erst als Leni ihr vorschlug, sie solle die Motorhaube aufmachen und wie bei ihrem Golf an einem Kabel rütteln, hatte sie lachen müssen, und ihr Ärger war fast verflogen.

Aber jetzt war sie wirklich sauer. Der Automechaniker im blauen Overall hatte ihnen gerade auf Englisch erklärt, dass wohl auch der Keilriemen erneuert und ein Loch im Unterboden geschweißt werden müsse und …

»Mann, Papa! Was für ein Mist!«

Ihr Vater nahm sie beiseite. »Ist doch alles halb so schlimm. Heute Abend ist unser Wohnmobil wieder fahrbereit, hat er doch gerade gesagt, und dann geht es weiter. Was ist das Problem?«

»Das kostet doch sicher Unsummen und …«

»Das lass mal meine Sorge sein«, unterbrach er sie und

winkte Leni zu, die im Wohnmobil geblieben war, während es auf die Hebebühne gehoben wurde. Ihr gefiel es wohl, dass sie so weit oben saß, denn sie strahlte Papa an. Wenigstens einer ging es gut.

Johanna atmete tief durch. Genau das war es ja. Sie wollte nicht, dass er alle Kosten übernahm. Es war ihr peinlich. Sie war eine erwachsene Frau, hatte einen Beruf und eine Tochter, sie war selbstständig. Sie sollte es auf die Reihe kriegen, mit solch kleinen Problemen wie einer Panne umzugehen. Aber wenn etwas Unerwartetes passierte, wenn Kosten auf sie zukamen, die ihren finanziellen Rahmen sprengten, dann … Sie wandte ihm den Rücken zu.

»Warum hast du mir nicht erzählt, dass du finanzielle Probleme hast?«, fragte er.

Johanna drehte sich um. »Woher …?«

»Leni hat mir erzählt, dass du dir kein neues Auto leisten kannst, wenn der Golf kaputtgeht«, unterbrach er sie.

»Weil … weil ich erwachsen bin und das alleine hinkriege.«

»Du hast doch eine Achtzig-Prozent-Stelle bei der Zeitung, oder nicht?« Er schaute ihr direkt in die Augen.

Sie hatte ihn doch nicht mit ihren eigenen Sorgen belasten wollen. Ihr Vater hatte in den letzten Monaten genug durchgemacht. Zudem hatte sie sich ständig beworben. Aber es gab nun mal keine freien festen Stellen in ihrem Beruf. Wer stellte denn heutzutage eine Journalistin ein, wenn keiner mehr Zeitschriften kaufte, alles nur online gelesen wurde, am besten umsonst … »Nein, sie haben mir gekündigt. Schon vor einem Jahr. Ich arbeite seitdem freiberuflich. Aber das wird schon.«

»Und warum hast du mir das nicht erzählt?«

»Und warum erzählst du mir nicht, was mit dir los ist? Warum du unbedingt in den Norden von Finnland möchtest?« Johanna merkte, wie sie zornig wurde. Auf ihren Vater und auch auf sich selbst.

Papa antwortete nicht.

Der Mechaniker hatte das Wohnmobil noch einmal von unten inspiziert und ließ es von der Hebebühne herunter. *»Six o' clock, then it's ready«*, sagte er und putzte sich die Hände an einem Tuch ab.

»Fine.« Ihr Vater lächelte ihn an. *»We will be here.«* Er winkte Leni zu und gab ihr zu verstehen, dass sie aussteigen sollte.

Johanna schaute ihren Vater an. Warum fragte er nicht, was die Reparatur kosten würde? Aber wie es schien, hatte er das nicht vor, denn er half Leni aus dem Wohnmobil, drückte dem Mechaniker nur noch den Wagenschlüssel in die Hand und holte seine Wertsachen und eine kleine Umhängetasche aus dem Wohnmobil.

»Na, Leni, hast du Lust auf Zoo?«, fragte er und schaute Johanna dabei von der Seite an.

Okay, und was, wenn sie keine Lust dazu hatte? Johanna schluckte. Nein, sie wollte den beiden nicht den Tag verderben. Sie wollte die Zeit mit ihrem Vater und Leni genießen, Kraft sammeln und ein neues Land kennenlernen. Warum also nicht mit dem Zoo in Helsinki beginnen?

17

Riitta überlegte. Was sollte sie tun? Am Tag ihrer Ankunft war sie nachmittags wieder zu Phils Haus gegangen und noch mal am Abend. Aber auch dann hatte er nicht auf ihr Klingeln reagiert. Dabei stand doch sein Mercedes in der Einfahrt.

Gestern dasselbe. Sie hatte sich sogar dazu durchgerungen, einen Zettel zu schreiben, und hatte die Adresse der kleinen Pension notiert, in der sie abgestiegen war. Unruhig wartete sie am Nachmittag und Abend dort, versuchte zu lesen. Aber sie konnte sich nicht konzentrieren. War Phil doch etwas passiert? Hatte sie deshalb ein solch ungutes Bauchgefühl gehabt? War er im Krankenhaus? Gestern Abend hatte sie die Gastgeberin um das Telefonbuch gebeten, aber die hatte sie nur verwundert angeschaut und hatte Riitta ihr Handy in die Hand gedrückt. Doch weder im Nürtinger noch im Kirchheimer Krankenhaus lag jemand mit dem Namen Philipp Lindemann. War er am Ende in der Universitätsklinik in Tübingen? Aber auch dort Fehlanzeige.

Und so machte sie sich an diesem trüben und nieseligen Mittwochvormittag auf in die Kantstraße, wo sich Einfamilienhäuser aus den siebziger Jahren aneinanderreihten, die sich kaum unterschieden. Riitta seufzte. So könnte sie nie wohnen. So eng und gleichförmig. Beim letzten Haus in der Straße blieb sie stehen und vergewisserte sich mit einem Blick auf das Klingelschild, dass sie richtig war. Kurz darauf öffnete ihr ein grauhaariger Mann mit runder Nickelbrille und einem spitzbübischen Lächeln auf dem Gesicht. Ludwig, Phils Freund seit Jahrzehnten, und Riittas damals junger, heute ergrauter Erdkundelehrer. Er schien keineswegs überrascht zu sein, sie vor sich zu sehen, und erkannte sie sofort wieder, obwohl sie sich seit damals, als sie Phil verlassen hatte, nie wiedergesehen hatten. Aber sie hätte den in eine helle Sommerhose und ein dunkelblaues T-Shirt gekleideten schlanken Mann auch erkannt, wenn sie ihn in der Fußgängerzone gesehen hätte. Dieses Grinsen auf Ludwigs Gesicht, das sie nie richtig einordnen konnte, war unvergesslich.

»Schön, dich zu sehen«, sagte Ludwig. »Komm rein.« Er bat sie nicht ins Wohnzimmer, sondern in die Küche, wie eine Bekannte oder Freundin, und setzte Kaffee auf, ohne sie zu fragen, ob sie gerne welchen trinken wollte. Wusste er noch, dass sie ein Kaffeefreak war?

»Du suchst sicher Phil«, sagte Ludwig jetzt und stellte zwei blaue Tassen mit weißem Rand auf den Tisch. Die Kaffeemaschine blubberte. Er holte Milch aus dem Kühlschrank und eine Zuckerdose aus einem der Küchenschränke und platzierte alles auf einem gewebten hellen Läufer, der auf dem Holztisch lag.

Sie nickte.

»Er ist in Finnland, zusammen mit Johanna und Leni. Auf dem Weg zu dir«, ergänzte Ludwig, und ihr schien, als ob er sich über ihr erstauntes Gesicht amüsierte.

Als sie eine halbe Stunde später wieder auf dem Gehweg stand und die Sonne durch die lichter werdenden Wolken blinzelte, hatte Riitta das Gefühl, sie wäre im falschen Film. Phil lag nicht im Krankenhaus. Es ging ihm gut, und er war mit Johanna und Leni auf dem Weg nach Lappland. Zu ihr. Sie schwitzte, zog ihre Strickjacke aus und legte sie sich über die Schultern. Und sie merkte, dass ihre Füße sich unbedingt bewegen mussten. Sie schaute sich um, überlegte kurz, wo sie sich befand, dann lief sie Richtung Galgenberg, rauf auf die Anhöhe, weg von den Häusern, weg von Ludwig.

Sie konnte es nicht fassen. Phil war auf dem Weg zu ihr. Aber es ging ihm gut. Gott sei Dank. Er hatte zwar Herzrhythmusstörungen gehabt, wie Ludwig erzählte, aber er bekam Medikamente, die ihm halfen und die er vertrug. Ihr Bauchgefühl hatte sie nicht getäuscht. Es war ihm schlecht gegangen. Aber jetzt war alles wie vorher. Alles war in Ordnung. Und sie könnte sich nun wieder ins Flugzeug nach Finnland setzen und so tun, als wäre sie nie hier gewesen. Sie würden sich in Seinäjoki treffen, sieben wundervolle Tage lang. Nur sie und Phil. Doch er war mit Johanna und Leni zu ihr unterwegs. Aber es war Phil, den sie treffen wollte. Es ging nur um ihn und sie. Es sollte genau so sein wie immer. Kein bisschen anders.

Riitta lief über den geteerten schmalen Weg, der zwischen Mais- und Weizenfeldern verlief. Eine Frau kam ihr entgegen. Sie führte einen Schimmel am Halfter. Riitta trat einen Schritt in das Maisfeld. Sie hatte Respekt vor großen Pferden. Die Frau wirkte verwundert, nickte ihr freundlich zu und ging schnell weiter.

Riitta hielt inne. Wie unhöflich sie zu Ludwig gewesen war. Sie hatte den Kaffee und die Kekse, die er ihr angeboten hatte, nicht angerührt. Sie war so entsetzt über den Gedanken gewesen, dass Phil mit Johanna und Leni bald bei ihr in Inari auftauchen könnten, dass sie kaum geredet und sich bald wieder auf den Weg gemacht hatte. Beim Verabschieden hatte sie sich noch einmal umgedreht und gesagt: »Du hast doch sicher Kontakt zu Phil.«

Ludwig hatte genickt.

Und sie hatte hinzugefügt: »Könntest du ihm bitte ausrichten, dass es okay ist, wenn er mich besucht. Aber ich möchte weder seine Tochter noch seine Enkeltochter sehen.«

18

Phil hatte das Wohnmobil am Abend abgeholt, während Johanna und Leni draußen vor der Werkstatt warteten. Johanna hatte ihn nicht gefragt, was die Reparatur gekostet hatte. Sie waren zum Bahnhof gefahren, er hatte Tickets für den Autoreisezug nach Rovaniemi gekauft, und auch dann hatte sie nicht nach dem Preis gefragt. Das hatten sie so vereinbart, und sie hatte sich daran gehalten.

»Komm her zu mir«, hatte er am Nachmittag zu Johanna gesagt, als sie im Zoo waren, und Leni fasziniert ein Elefantenjunges beobachtete, das an den Zitzen seiner Mutter trank. Er breitete seine Arme aus und merkte, wie sie sich an ihn schmiegte und seine Umarmung genoss. »Du bist meine Tochter, und ich liebe dich. Ich möchte, dass es dir gut geht und du keine finanziellen Sorgen hast. Und im Moment geht es dir finanziell nicht gut, also bezahle ich für unsere Reise. Schließlich habe ich dich ja auch dazu überredet. Okay?«

Johanna nickte und drückte ihr Gesicht an seine Schulter.

»Streitet ihr jetzt nicht mehr?«, fragte Leni, als sie sich zu ihnen umdrehte. Sie hatte wohl ihre Diskussionen mitbekommen.

»Nein, alles gut, Leni«, sagte Johanna. Sie löste sich aus seinen Armen und nahm Lenis Hand, aber die riss sich gleich wieder los und lief Richtung Eisbärgehege, und sie beide hinterher.

Jetzt lagen sie in ihrem Schlafabteil. Er unten, Leni in der Mitte, Johanna oben. Er hörte das regelmäßige Atmen der beiden, während der Zug vor sich hin ratterte.

Phil war froh, dass der Tag doch noch harmonisch verlaufen war. Trotzdem konnte er nicht einschlafen. Johanna hatte zwar nicht mehr nachgebohrt, warum er denn unbedingt in den Norden fahren wollte, aber er wusste, dass ihr diese Frage auf den Nägeln brannte. Wahrscheinlich hielt sie sie nur wegen Leni zurück.

Noch gut drei Wochen bis zum Tangofestival in Seinäjoki. Vielleicht könnte er Johanna davon überzeugen, so lange in Finnland zu bleiben? Sie hatte ja, wie sie ihm heute erzählt hatte, keinen Auftrag, den sie in nächster Zeit erledigen musste, und Leni könnte weiterhin von der Kita fernbleiben. Wäre das nicht großartig?

Er drehte sich um und schloss die Augen. Für ihn war Rita heute genauso so jung und lebendig wie damals, als er sich in sie verliebt hatte. Seine Rita, mit der er so aufregende Tage in Seinäjöki erlebt hatte. Wie schön sie war in ihren schillernden Kleidern, wie sie sich von ihm führen ließ, wie sie sich gemeinsam der Musik hingaben und jede Sekunde ihres Zusammenseins genossen. Er fände es großartig, wenn sie dieses Jahr alle gemeinsam zum Tangofestival fahren würden. Rita, Johanna, Leni und er.

Doch jetzt kamen Phil Zweifel über sein Vorhaben. War es richtig, Johanna die wahren Beweggründe der Reise zu verschweigen? War es eine gute Idee, ihr vorzumachen, dass er ihr neue Orte zeigen wollte, den finnischen Norden, die flachen Berge, den riesigen Inarisee, die Weite und Ruhe dieser wunderschönen Landschaft, wegen der er doch nie nach Finnland geflogen war. Er war immer nur wegen Rita gekommen. Seit damals, als er sie in Inari wiedergefunden hatte, hatte sich sein Leben verändert. Es war reicher geworden, lebendiger und leichter. Er hatte Probleme überwunden, die ihm früher unüberwindlich erschienen waren. Den neuen jungen Rektor am Gymnasium, der ihm das Leben schwer machte, weil sein Unterrichtsstil angeblich nicht modern genug war, hatte er reden lassen. Er wollte immer gut sein, wollte sein Bestes geben. Dass seine pädagogischen Fähigkeiten angezweifelt wurden, war ein herber Angriff auf seine Person gewesen. Irgendwann, als er merkte, dass er sich gegen den Rektor nicht durchsetzen konnte, wagte er eine Veränderung, bewarb sich bei der Volkshochschule und bekam die Stelle als pädagogischer Leiter. Zwei Jahre später stieg er zum Direktor auf. Auch als Manuel, sein Jüngster, das dritte Studium begann und Phil bereits Zweifel hatte, ob Manuel jemals im Berufsleben Fuß fassen würde, nahm Phil sich Ritas Optimismus, ihre Lebensfreude, ihre Kunst, jeden einzelnen Tag zu genießen, zum Vorbild. Er las Manuel nicht die Leviten, so wie er es vorgehabt hatte. Er redete mit ihm und verstand endlich, dass Manuel weder für Jura noch für ein Lehramtsstudium geboren war, sondern ein Handwerk lernen wollte. Später schloss Manuel eine Schreinerlehre ab und begann aus eigenem Willen ein Architekturstudium. Phil sprach mit Rita nicht über die Schule oder über Manuel. Wenn sie zusammen waren, lebten sie einfach. Sie tanzten, sie lachten, sie diskutieren über allgemeine Lebensfragen, über Lebensentwürfe und Politik. Nie nahm er die Namen seiner Lieben in Deutschland in den Mund, das hatten sie so abgemacht. Aber es war Ritas Einstellung, die ihm vor Augen führte, wie wichtig es war, jeden Tag voll zu leben und Probleme nicht zu ernst zu nehmen.

Phil hörte, wie sich Johanna oben schnäuzte und umdrehte. Leni atmete regelmäßig weiter.

Die erste Zeit, nachdem Rita ihn verlassen hatte, war die schlimmste seines Lebens gewesen. Aber er hatte es überlebt, auch wenn er gedacht hatte, er müsste sterben. Er hatte weitergemacht. Später hatte Hedi ihm über diesen schrecklichen Schmerz hinweggeholfen. Und natürlich seine Kinder, besonders Johanna. Ihr herzliches Lachen, das so ansteckend war, dass sich Phil und Johanna, schon als Johanna noch ganz klein war, oft kreischend auf dem Boden kugelten. Und ihre ungeheure Neugier auf alles, was sie nicht verstand. Deshalb hatte sie auch unbedingt Journalistin werden wollen. Schon als sie zehn, zwölf Jahre alt gewesen war, hatte sie den Wunsch geäußert. Journalisten hinterfragen, lassen sich nicht abwimmeln, geben nicht auf, bleiben so lange an einem Thema, bis sie es begriffen haben, bis sie die letzten Details verstanden haben. So war Johanna. Eine Eigenschaft, die Phil liebte und die ihn jetzt nicht schlafen ließ.

19

Wow! Johanna schaute sich um. Vor ihr lag ein riesiger Bergstollen, der sicher an die hundert Meter nach unten ging. Dort sollte der Weihnachtsmann Audienz halten, wie Papa Leni gerade noch einmal versichert hatte.

Leni, die sich angesichts der hohen Felswände bisher fest an Johannas Hand geklammert hatte, ließ sie plötzlich los und rannte voraus.

»Schnell, Mama! Der Weihnachtsmann wartet auf uns!« Die Kapuze ihrer roten Jacke hüpfte auf und ab.

Johanna lachte und lief Leni hinterher.

Schon den ganzen Morgen über war ihre Kleine fürchterlich aufgeregt gewesen. Sie hatte es kaum erwarten können, wieder ins Wohnmobil zu steigen und die wenigen Kilometer vom Bahnhof in Rovaniemi Richtung Bergstollen zu fahren. Auf dem großen Parkplatz hatten sie gefrühstückt, und Leni hatte die Hälfte ihres Marmeladenbrots liegen und den Kakao stehen lassen. Immer wieder hatte sie Johanna und ihren Opa angebettelt, sich doch zu beeilen.

Es war wirklich aufregend! Sogar Johanna klopfte das Herz. Sie würden gleich den Weihnachtsmann treffen, und das im Juni. Mit einem kurzen Blick in ihre große Tasche vergewisserte Johanna sich, dass sie ihre Kamera dabeihatte. Vielleicht würde sich doch eine Zeitschrift bei ihr melden, die gerne einen Artikel über den Santa-Park, wie der Stollen genannt wurde, abdrucken würde. Vorsichtshalber würde sie einige Fotos schießen. Johanna drehte sich kurz um. Ihr Vater steckte gerade die Eintrittskarten in seine Umhängetasche und mühte sich mit der Schließe ab.

»Geht ihr schon vor, ich komme gleich nach!«, rief er ihr zu. Er nestelte an seiner Tasche, und Johanna folgte Leni, die sich behände zwischen weiteren Familien mit Kindern hindurchschlängelte und fast nicht mehr zu sehen war.

Johanna beeilte sich, lief ihr nach, den roten Anorak immer im Blick.

»Mama, hier ist ein Zimmer, das ist ganz aus Eis!«, rief Leni.

Johanna hatte von Weitem gesehen, wie Leni den Kopf in eine Tür gesteckt hatte und erschrocken wieder herausgekommen war. »Da drin ist es eiskalt!« Sie schüttelte sich. »Da gehen wir nachher rein. Ich will zuerst zum Weihnachtsmann! Wo ist Opa?« Aufgeregt schaute sich Leni um. Sie winkte Johannas Vater zu sich, der im Gehen versuchte, den Reißverschluss seiner Jacke zuzuziehen, und näher kam.

Es war sehr kühl hier unten. Johanna klappte den Kragen ihrer Jeansjacke nach oben und knöpfte sie bis zum Hals zu. Jetzt drang die feuchte Kühle zumindest nicht mehr bis zu ihrem T-Shirt vor. Gut, dass Leni einverstanden gewesen war, ihr Fleece und die Jacke darüber anzuziehen.

Leni trat ein paar Schritte auf ihren Opa zu, nahm ihn bei der Hand und zog ihn energisch weiter. »Du hast doch gesagt, du weißt, in welchem Zimmer der Weihnachtsmann wohnt.«

»Klar weiß ich das. Ich kenne mich hier aus.« Ihr Vater grinste und deutete mit der Hand auf eine Tür. »Da vorne kommt das Postbüro, dort können wir Weihnachtspost verschicken. Wem möchtest du denn eine Weihnachtskarte schicken, Leni?«

»Marie, meiner Freundin aus der Kita. Aber ich will zuerst zum Weihnachtsmann!« Lenis Stimme klang ungeduldig.

Johanna bemerkte das Schmunzeln ihres Vaters. Sie grinste. Typisch Papa. Er würde Leni noch eine Weile mit seinen unmöglichen Vorschlägen auf die Folter spannen. Dieses Hinauszögern hatte er früher schon zelebriert. Wie hatten ihre Geschwister und sie gefiebert, bis endlich die Tür zum Wohnzimmer aufgegangen war und sie den geschmückten Weihnachtsbaum anschauen durften, um den herum ihre Geschenke lagen. Oder wenn einer von ihnen Geburtstag hatte, hatte Papa manchmal so getan, als hätte er ihn vergessen oder das Geschenk verloren. Mama war dann öfter eingeschritten, weil sie es nicht mehr ertragen konnte, die enttäuschten Gesichter ihrer Kinder zu sehen.

»Und hier geht's weiter mit dem Bastelgeschäft«, sagte ihr Vater zu Leni und deutete auf den Eingang eines kleinen Ladens, dessen Tür mit glitzernden Weihnachtsgirlanden geschmückt war. Dabei ließ er seine Stimme wie die eines Reiseleiters klingen, der die Vorzüge all dieser wunderbaren touristischen Attraktionen in den höchsten Tönen lobte. »Dort werden die Geschenke verpackt. Schauen wir doch mal, was …«

»Opa!« Leni war stehen geblieben und schaute Johannas Vater mit flehenden Augen an. »Bitte! Zuerst zum Weihnachtsmann!«

Jetzt klang Lenis Stimme schon fast enttäuscht. Johanna brauchte ihrem Vater nur einen Blick zuzuwerfen, und der verstand sofort.

»Natürlich, der Weihnachtsmann. Deshalb sind wir ja hier. Den hätte ich doch glatt vergessen!« Jetzt lachte er laut, nahm Leni bei der Hand und ging zielstrebig mit ihr auf eine Tür zu, wo in großen Buchstaben auf Finnisch und Englisch stand: *Hier wohnt der Weihnachtsmann.*

Johanna seufzte. Ihr Vater würde sich nie ändern. Aber es war auch ein erleichtertes Seufzen. Er verhielt sich wie früher, als Mama noch lebte. Er machte Scherze, neckte Leni, und genau das war es, was Johanna so sehr an ihm liebte. Das konnte sie ihm doch nicht vorwerfen!

Der Weihnachtsmann saß in seinem Lehnstuhl. Als Leni ihn sah, drückte sie sich nah an Johanna. Was für eine beeindruckende Erscheinung.

»Der sieht aus wie in meinem Weihnachtsbuch«, flüsterte Leni Johanna zu und nahm ihre Hand. Ein bis zu den Füßen reichender roter Mantel umhüllte den kugelrunden Bauch des Mannes. Er trug eine rote Mütze und einen langen weißen Bart, der ihm bis zur Brust ging, und schaute mit freundlichen Augen durch eine runde Nickelbrille. Langsam traute sich Leni an ihrer Hand nach vorne zu ihm. Zuerst sprach der Weihnachtsmann mit seiner tiefen Stimme Finnisch. Aber als er merkte, dass sie nichts verstanden, schwenkte er auf Englisch um, dann sogar auf ein gebrochenes Deutsch. Leni war völlig fasziniert. Ihre Augen leuchteten, und als sie vor ihm stand und er sie fragte, was sie sich denn zu Weihnachten wünsche, drehte sich Leni zu Johanna und ihrem Opa um, als überlegte sie Wünsche, die sie betrafen. Dann stellte sie sich auf die Zehenspitzen und flüsterte dem Weihnachtsmann etwas ins Ohr. Der lachte laut auf, Leni schaute noch mal verstohlen zu Johanna und ihrem Vater, grinste und flüsterte weiter. Danach ließ sich Leni mit dem Weihnachtsmann in einem eigens dafür eingerichteten Atelier fotografieren und trug das ausgedruckte Foto den ganzen Tag stolz in der Hand.

Später fragte Johanna Leni, welchen Wunsch sie ihm genannt hatte. Aber Leni legte den Finger auf den Mund und grinste sie an. »Geheimnis, Mama.«

20

Riitta zögerte, dann stieg sie in den Bus, der sie in das Dorf bringen würde, in dem sie fast zwanzig Jahre lang gelebt hatte. Sie fuhren aus dem Busbahnhof auf eine stark befahrene Umgehungsstraße, dann durch ein Wohngebiet, in dem sich die typischen Einfamilienhäuser mit nur wenigen Quadratmetern Grünfläche aneinanderreihten. An den Fenstern blühten üppige rote und weiße Geranien, die Grundstücke waren meist durch Thuja-Hecken getrennt. Wie nah man hier aufeinander wohnte! Wenn man im Garten saß, bekamen die Nachbarn jedes Gespräch mit. Riitta seufzte. Wie gerne wäre sie jetzt auf ihrem Bootssteg, eine Tasse Kaffee in der Hand, den Blick auf ihren See gerichtet. Es wäre sicher kühler als hier, denn auch an diesem Donnerstagvormittag schien die Sonne so intensiv wie in Lappland sonst nur an einem besonders warmen Sommertag. Aber mit einem Fleece und Wollstrümpfen würde sie die Kühle gut wegstecken, und vor allem könnte sie die Stille genießen. Hier kam ihr alles laut, voll und eng vor.

Das Nürtinger Krankenhaus, an dem ein paar wenige Leute aus- und einstiegen, erschien Riitta größer als früher. Der Gebäudekomplex wirkte unübersichtlich, und das Parkhaus hätte einer Großstadt alle Ehre gemacht. Der Bus schwenkte nach rechts, an Mais- und Weizenfeldern vorbei, und bog in die Ausfahrt von Reudern. Wie viel Verkehr durch das kleine Dorf fuhr! Autos und Lastwagen, die allesamt versuchten, sich an die Geschwindigkeitsbeschränkung zu halten, reihten sich dicht an dicht. Riitta reckte den Hals. War die Bushaltestelle immer noch da vorne in der Nähe vom Bäcker, bei dem sie als Sechzehnjährige ausgeholfen hatte? Ja, dort stand das Halteschild. Sie drückte auf den roten Knopf und schluckte. War es eine gute Idee hierherzukommen? Das letzte Mal, als sie ihre Eltern besucht hatte, musste mehr als dreißig Jahre her sein. Das war kurz bevor sie in die USA gegangen war. Weg von Phil, weg von Nürtingen, weg von ihren Eltern und ihrem Bruder Michael.

»Kommst du auch einmal?«, hatte ihre Mutter damals zur Begrüßung gesagt und im Kochtopf gerührt. Ihr Vater hatte sie kurz angesehen, geschwiegen, war nach draußen gegangen und hatte an seinem Traktor herumgeschraubt. Wo war ihr jüngerer Bruder damals gewesen? Sie überlegte. Wahrscheinlich bei Freunden. Michael musste um die zehn Jahre alt gewesen sein, gerade mal halb so alt wie sie.

Der Bus stoppte, und Riitta schreckte aus ihren Gedanken hoch. Sie schnappte sich ihren Rucksack, stieg aus und lief die lange Hülenbergstraße entlang, die sich Richtung Wiesen und Wald erstreckte. Hier, am Rand von Reudern, hatten ihre Eltern ihren Bauernhof bewirtschaftet, bis ihr Vater gestorben war. Damals, vor ungefähr fünfzehn Jahren, übernahm Michael den Hof. Die Mutter lebte noch ein paar Jahre, dann starb auch sie. Das hatte ihr Michael mitgeteilt. Der Brief mit der Todesanzeige kam damals an die falsche Adresse. Er landete bei Adam, der immer noch die Wohnung mietete, in der sie zusammen als WG gewohnt hatten. Sie hatte auf die Todesnachricht nicht reagiert. Warum auch? Seitdem hatte sie nichts mehr von ihrem Bruder gehört. Das war sicher schon mehr als fünf Jahre her.

Das alte Steinhaus sah nicht so düster aus wie früher. Die Fassade war in einem hellen Beige gestrichen, die Fensterläden, deren Farbe undefinierbar gewesen war, leuchteten in einem frischen Grün. Riitta schaute sich um. Zwei größere Gebäude waren dazugekommen. An einer der Türen stand: *Hofladen*. Daneben parkte ein kleinerer weißer Lieferwagen mit der Aufschrift *Michael Becks grüner Daumen*. Sie wollte gerade auf den Klingelknopf drücken, als die Tür aufging und ein Mann mit dunkelbraunen Locken heraustrat, in der Hand ein angebissenes Schokoladenbrötchen.

Wie hatte sie das vergessen können? Michael und Nutella. Er hätte sich als Kind nur von Nutella ernähren können. Aber das hatten die Eltern nicht zugelassen. Gegessen wurde das, was selbst angebaut wurde. Nutella gab es nur in Ausnahmefällen.

Michael stutzte, auf seiner Stirn bildete sich eine kleine Falte, dann sagte er: »Rita? Bist du das?«

Sie nickte, lächelte verhalten und hielt sich mit beiden Händen an den Riemen ihres Rucksacks fest. Michael, den sie zuletzt als kleinen Jungen gesehen hatte, war ein gut aussehender schlanker Mann, gekleidet in schwarze Arbeitshose und T-Shirt. Er überragte sie sicher um einen Kopf. Sein Gesicht war braun gebrannt, ebenso seine muskulösen Arme.

»Wo kommst du denn her?«

Riitta versuchte, seine Frage zu deuten. In ihren Ohren hatte sie freundlich geklungen. Meinte er es auch so? Eigentlich hatte sie erwartet, dass er ihr die Tür vor der Nase zuknallen oder zumindest ärgerlich reagieren würde. Schließlich hatte sie ihn mit den Eltern alleine zurückgelassen. Hatte sich nicht gekümmert, als der Vater an Krebs erkrankt war und Michael sie darum gebeten hatte, nach Hause zu kommen. Er hatte damals durch eine alte Nürtinger Freundin herausbekommen, wo sie sich aufhielt. Sie hatte nie reagiert auf seinen Hilferuf, hatte ihn im Stich gelassen.

»Du magst immer noch Nutella«, sagte Riitta und deutete auf sein Brötchen.

Er grinste schief. »Willst du auch eins?«

Sie schüttelte den Kopf.

»Kaffee?«

»Gern.«

Alles war anders in dem Haus, das sie kalt und abweisend in Erinnerung hatte. Die ehemals kleine Küche war nun ein großer Wohnessraum mit einer gemütlichen Sitzecke und einer farbenfrohen Wohnlandschaft vor einem offenen Kamin. Auf dem Boden lagen verstreut Autos, Bauklötze und Puppenutensilien. »Du hast Kinder?«

»Zwillinge. Sammy und Sarah. Sie sind vier Jahre alt.«

»Und …« Sie schaute ihn fragend an.

»Lisa. Meine Frau heißt Lisa«, sagte er und bat sie, am Küchentisch Platz zu nehmen. Er machte sich an der Kaffeemaschine zu schaffen. »Die Zwillinge sind in der Kita, Lisa arbeitet halbtags auf der Bank. Am Nachmittag hilft sie mir im Hofladen. Aber …«, er streute Kaffeepulver in den Filter und drehte sich zu ihr um. »Du bist sicher nicht hier, um meine Familie kennenzulernen, oder?«

Riitta meinte einen bitteren Unterton herauszuhören. Verständlich. Sie war die große Schwester, die weggelaufen war. Zuerst zu Phil, dann in die USA, schließlich nach Finnland. Es hatte sie nicht mehr hierhergezogen, warum auch? Die Eltern hatten sie verstoßen, Michael dagegen war deren Ein und Alles gewesen. Der lang ersehnte männliche Nachkomme, der einmal den Hof übernehmen sollte. Als er geboren wurde, lebten die Eltern wieder auf, lebten weiter, nach all dem, was geschehen war.

Sie schüttelte kaum merklich den Kopf. Nein, sie war nicht hierhergekommen, um Michaels Familie kennenzulernen. Sie hatte sich all die Jahre keine Gedanken um ihren jüngeren Bruder gemacht. Aber warum war sie überhaupt hierhergekommen?

Michael stellte zwei dampfende Kaffeetassen auf den Küchentisch und schaute ihr in die Augen. Er hatte die gleichen grün-braunen Augen wie sie. Das war ihr noch nie aufgefallen. »Erzählst du mir, warum du damals weggelaufen bist?«

21

Wie Leni sich freuen konnte! Auch Johanna schien entspannter zu sein. Der Besuch beim Weihnachtsmann hatte seiner Tochter ständig ein Lächeln auf die Lippen gezaubert. Und vor allem die Eisbar hatte Johanna fasziniert. Eine aus Eisblöcken gebaute, mit wunderschönen Ornamenten verzierte Bar, wo man seine Getränke in Eisgläsern zu sich nehmen konnte. Leni hatte Blaubeersaft getrunken, Johanna Preiselbeersaft, und er hatte sich Moltebeerensaft genehmigt. Er liebte diesen eigenartigen Geschmack, der für ihn zum finnischen Norden gehörte.

Johanna hatte ständig ihre Kamera gezückt und Fotos geschossen. Fasziniert hatte sie versucht, die unterschiedlichen Lichtverhältnisse der schimmernden Getränke einzufangen. »Wahnsinn, Papa! So was Schönes hab ich schon lange nicht mehr gesehen!« Sie hatte ihn umarmt und sich bei ihm bedankt, dass sie ihn bei dieser Reise begleiten durften. »Ich schicke die Fotos an eine Reisezeitschrift. Da kenne ich die Verlegerin. Sie liebt solch ungewöhnliche Aufnahmen. Vielleicht klappt es doch noch mit einem Auftrag!«

Jetzt waren sie im Santa Claus Village, nur wenige Kilometer vom Bergstollen entfernt. Leni sprang von einer Weihnachtshütte zur anderen, schaute sich die glitzernden Dekorationen an und konnte sich nicht entscheiden, ob sie sich einen Weihnachtsmann oder eine Weihnachtsfrau als Puppe wünschen sollte. Aufgeregt sprang sie hin und her, bis es Johanna zu viel wurde und sie Leni mit einem Besuch im Rentiergehege ablenkte. Und nun stand Leni zwischen kleinen zahmen Rentieren, fütterte sie mit Birkenblättern und wusste nicht, welches Rentier sie zuerst streicheln sollte.

»Schau, Opa, sie fressen mir aus der Hand!« Leni winkte ihm zu, und er winkte zurück. Phil hatte sich auf eine Bank gesetzt. Er musste sich ausruhen. Der Besuch im Bergstollen hatte ihn angestrengt. Vielleicht war er nicht ganz passend gekleidet. Es war dort unten im Stollen feucht und kalt gewesen, er hatte etwas gefroren, hatte aber nicht zum Wohnmobil zurückgehen wollen. Die beiden waren doch so begeistert gewesen.

Eigentlich sollte er sich freuen, mit seinen zwei Lieben Zeit zu verbringen. Aber es rumorte in seinem Bauch. Sie waren in Rovaniemi, nicht weit von Inari. Er wollte unbedingt zu Rita, wollte ihr Johanna und Leni vorstellen, sie zusammenbringen. Sie gehörten zusammen. Doch wie sollte er Johanna davon überzeugen, eine Frau zu besuchen, die er seit Jahrzehnten liebte? Eine Frau, mit der er Hedi betrogen hatte. Wie hatte er nur auf diesen Gedanken kommen können, mit ihr hierherzureisen? Phil öffnete seine Umhängetasche und zog seine Notfalltabletten heraus. Seine Herzrhythmusstörungen hatte er dank der Hilfe seines Arztes im Griff. Er nahm regelmäßig morgens und abends Tabletten, spürte keine Nebenwirkungen. Aber heute stimmte etwas nicht. Er regte sich auf, sein Herz schlug schneller als sonst. Entschlossen drückte er eine kleine Tablette aus dem Heftchen. Er musste sich beruhigen, bevor er mit Johanna redete. Sachlich wollte er auftreten. Ihr erklären, was Rita ihm bedeutete, woher er sie kannte, wer sie war. Er schluckte die Tablette und spülte mit einem Schluck aus der Wasserflasche nach, die er immer griffbereit in der Umhängetasche hatte.

»Alles in Ordnung, Papa?«, rief Johanna ihm zu.

Hoffentlich hatte sie ihn nicht beobachtet.

»Alles gut!«

»Leni möchte dich mit auf dem Foto haben«, rief Johanna und schwenkte ihre Kamera.

»Ich komme gleich.« Er verpackte Tabletten und Wasserflasche wieder, hängte sich seine Tasche um die Schultern und stand auf. Mit langsamen Schritten ging er auf Johanna und Leni zu. Heute Abend würde er mit seiner Tochter reden. Es wäre ein guter Zeitpunkt. Sie war so gut gelaunt wie lange nicht mehr. Und er musste sie vorbereiten, bevor sie Rita gegenübertreten würden, musste Johanna Zeit geben, die Neuigkeiten zu verarbeiten. Er wusste nur nicht, wie er das Gespräch beginnen sollte. Er hatte schreckliche Angst davor, Angst, dass er alles kaputtmachen könnte.

22

Super! Danke, Manuela. Ich freue mich sehr und melde mich morgen mit weiteren Fotos.« Johanna konnte ihr Glück kaum fassen. Vorhin erst hatte sie ein paar Fotos per Mail verschickt, und sofort hatte die Chefin der Zeitschrift *Life & Lust* bei ihr angerufen. Sie bräuchten einen Artikel mit außergewöhnlichen Fotos für die Sommerausgabe, und Weihnachten inmitten der Hitze Deutschlands wäre ein spannendes Thema.

Wie wunderbar! Drei Seiten Text bis in zwei Wochen, viele Fotos, und das Honorar passte. Manuela war Johannas Mentorin gewesen, als sie während des Studiums ein Praktikum bei der Zeitschrift gemacht hatte. Damals war Manuela Chefredakteurin gewesen, heute war sie Verlegerin. Sie hatte Johannas Texte schon immer geschätzt. Und sie war von den Fotos begeistert. »Das wird natürlich extra honoriert«, hatte sie gesagt. Endlich wieder Geld auf dem Konto!

Johanna klappte den Laptop zu, verstaute ihn in einem der Seitenfächer des Wohnmobils und schnappte sich ihre Jacke. Sie vergewisserte sich, dass sie ihr Handy eingesteckt hatte.

»Bist du telefonisch immer erreichbar?«, hatte Manuela gefragt.

Natürlich. Johanna hoffte, dass es für ihren Vater in Ordnung war, wenn sie noch ein paar Tage in Rovaniemi blieben. Vielleicht könnte er ihr freie Zeit verschaffen zum Schreiben. Irgendwann hatte er erwähnt, dass er nach Inari wollte. Aber das konnten sie sicher verschieben.

Nach dem Besuch im Weihnachtsdorf hatten sie einen Stellplatz auf dem Campingplatz in Rovaniemi gefunden. Er lag mitten in der Stadt an einem Fluss, war gut besucht, aber trotzdem ruhig. Sie schloss das Wohnmobil ab und schlüpfte in ihre Jacke. Papa und Leni waren auf dem Spielplatz. Die Sonne schien, es ging ein leichter Wind, und die Temperaturen im finnischen Norden waren im Juni deutlich niedriger als in Deutschland. Aber Johanna hatte schon immer lieber eine Jacke mehr angezogen als geschwitzt. Mit großen Schritten ging sie zwischen den zahlreichen Wohnmobilen hindurch, die deutlich jünger waren als das alte Modell ihres Vaters. Doch seit der Reparatur in Helsinki lief der Fiat wie geschmiert. Die Gänge ließen sich butterweich wechseln, nur bei Steigungen merkte man das Alter des Gefährts.

Sie lief an der Rezeption und an einer Reihe kleiner Hütten vorbei, die zu mieten waren. Direkt am Fluss befanden sich die Zeltplätze, und weiter hinten sah sie die spitze Stange des Klettergerüsts, das sogar die Birken und Kiefern überragte, die nahe des Flusses wuchsen.

Ihr Handy klingelte. Vielleicht hatte Manuela eine weitere Frage? Sie zog das Handy aus der Jeanstasche und schaute auf eine ihr unbekannte deutsche Nummer.

»Ja, bitte?«

»Hallo, Johanna, hier ist Ludwig.«

Der Freund ihres Vaters. Merkwürdig. Warum rief er sie an?

»Eigentlich wollte ich Phil sprechen, aber der hat wohl sein Handy ausgeschaltet. Kannst du ihm ausrichten, dass er es abhören soll? Ich hab ihm eine Nachricht hinterlassen, aber er reagiert nicht.«

»Natürlich. Ist etwas passiert?«

»Nein, nein. Ich wollte mich nur erkundigen, wie es euch geht. Ob alles nach Plan läuft und …«

Nach welchem Plan denn? Hatte Papa nicht gesagt, er wolle ihnen die schönsten Plätze Lapplands zeigen, wolle bleiben, wo es ihnen gefiel?

»Wo seid ihr denn gerade?«, unterbrach Ludwig ihre Gedanken.

»In Rovaniemi. Eine tolle Stadt! Wir sind vorhin durch sie hindurchgefahren und jetzt hier auf dem Campingplatz. Es gibt ein interessantes Museum und dann diese wunderschöne weiße Kirche. Die will ich unbedingt besuchen. Kennst du Rovaniemi nicht auch? Papa war doch in ganz Finnland mit dir zum Golfspielen.«

Zuerst kam keine Antwort. »Doch … ja, ich erinnere mich. Muss aber schon lange her sein«, sagte Ludwig.

»Soll ich dir Papa geben?«, fragte sie. »Er ist mit Leni auf dem Spielplatz. Ich bin nicht weit davon …«

»Nein, nicht nötig. Sag ihm einfach, er soll seinen Anrufbeantworter abhören und sein Handy eingeschaltet lassen. Einen schönen Urlaub noch.«

Weg war er. Sie wusste gar nicht, dass Ludwig ihre Telefonnummer hatte. Sie hatte auch sonst keinen Kontakt zu ihm. Sie sahen sich meist nur einmal im Jahr, an Papas Geburtstag. Das letzte Mal vor ein paar Monaten im Februar an Papas Zweiundsiebzigstem.

Johanna steckte das Handy weg und lief weiter. Leni

kletterte mit anderen Kindern auf dem Klettergerüst. Papa saß auf einer Bank und beobachtete sie.

»Hallo, Papa, gute Nachrichten!«, rief Johanna ihm schon von Weitem zu.

Ihr Vater hob den Kopf und drehte sich zu ihr.

Sie setzte sich neben ihn. »Ich kann einen Artikel über das Santa Claus Village und unseren Besuch beim Weihnachtsmann schreiben. *Life und Lust* – eine Zeitschrift mit vielen Abonnenten. Hab vor Jahren mal ein Praktikum dort gemacht. Was sagst du dazu?« Sie strahlte ihren Vater an.

»Wunderbar! Das freut mich für dich.« Er drückte ihre Hand.

»Ich muss allerdings morgen noch mal ins Santa Claus Village, noch mehr Fotos machen. Und dann würde ich auch gerne ein paar Interviews führen. Das wird vielleicht ein wenig dauern. Ist das okay für dich? Du hattest doch mal erwähnt, dass du nach Inari möchtest. Vielleicht könnten wir das ein paar Tage verschieben und …«

»Auf keinen Fall!«, unterbrach ihr Vater sie.

Sie stutzte. »Warum nicht? Hast du dich mit jemandem verabredet?«

Er zögerte. »Nein, nein, das nicht. Aber …« Auf Papas Wangen zeigten sich rote Flecken.

»Was ist denn dort so wichtig, Papa? Ich habe einen Auftrag. Endlich! Und er ist gut bezahlt. Es macht doch nichts, wenn wir ein paar Tage später dort ankommen, oder?«

Er schwieg. Dann fiel sein Blick auf das Klettergerüst. »Komm runter, Leni!«, rief er ihr zu. »Das ist gefährlich!«

Leni reagierte nicht. Sie hatte ihn wohl nicht gehört.

»Das ist nicht gefährlich.« Johanna schüttelte den Kopf. Sie verstand ihn nicht. Er war doch sonst nicht so ängstlich. Sie war als Kind auch auf alle möglichen Hürden gestiegen, und er hatte sie damals eher ermuntert als zurückgehalten. »Papa, sag endlich, was mit dir los ist.«

Sein Blick war weiterhin auf Leni gerichtet, als würde sie gleich abstürzen.

»Leni kann gut klettern. Das weißt du doch!«

»Die Seile sind viel zu weit auseinander.«

»Ludwig hat vorhin angerufen. Du sollst dein Handy abhören.«

»Ludwig? Was wollte er denn?« Endlich wandte er ihr den Kopf zu.

»Er wollte dich wohl fragen, ob alles nach Plan läuft.« Sie legte ihre Hand auf seine Schulter. »Was hast du denn für einen Plan?«

Er schwieg.

»Papa, geht's dir nicht gut? Ich habe gesehen, wie du heute eine Tablette außer der Reihe genommen hast.«

»Mir geht es blendend.« Er schien zu überlegen. »Wir können noch einen Tag in Rovaniemi bleiben. Dann möchte ich nach Inari.«

Sie schaute ihn verständnislos an. Aber er hatte sich schon wieder dem Klettergerüst zugewandt, stand auf und rief Leni zu: »Pass auf, da vorne geht es steil nach unten.«

23

Riitta lag in ihrem viel zu weichen Bett in der Nürtinger Pension und konnte nicht schlafen. Eine Stunde hatte sie mit Michael zusammengesessen, hatte ihm erzählt, wie es war, mit Eltern aufzuwachsen, die sie ständig gemaßregelt hatten, weil sie anders war als die anderen Mädchen im Dorf. Sie hatte sich nicht für Landwirtschaft interessiert, hatte sich nichts aus Kochen gemacht und sich geweigert, in den Reudener Sportverein einzutreten, in dem ihr Vater engagiert war. Sie wollte immer weg, weg aus dem Dorf, weg aus der Enge, weg von diesem muffigen Haus, in dem es durch die Fenster zog und wo es kein unbeschwertes Lachen gab. Sie passte nicht hierher, kleidete sich anders, ausgefallen, so, dass ihre Mutter sich für sie schämen musste. Sie war Rita, die sich nichts gefallen ließ, die bei der Post denselben Stundenlohn durchsetzte, den ein Schulkamerad von ihr bekam. Sie war eine, die den Mund nicht hielt, so wie es sich für ein Mädchen gehörte, sondern konterte, wenn jemand sie angriff. Sie wollte unbedingt aufs Gymnasium, obwohl ein Mädchen doch sowieso heiratete und nicht unnötig lange auf der Schule bleiben sollte, wo man nichts fürs Leben lernte. Und diese unnütze Kreatur verliebte sich dann auch noch in einen Referendar des Gymnasiums, zog nach dem Abitur zu ihm und lebte mit ihm in wilder Ehe. Sie hatte es ihren Eltern nie recht machen können, war ein Kind, das es am besten nicht gegeben hätte.

Es war schwer gewesen, über all diese schlechten Erinnerungen zu reden, und sie hatte viel erzählt.

Trotzdem hatte Riitta das Gefühl gehabt, dass Michael noch mehr von ihr hatte hören wollen. Eine echte Begründung, warum sie nie nach Hause gekommen war, warum sie ihre Eltern nicht ein einziges Mal besucht hatte, als sie schwer krank waren. Michael saß ihr gegenüber, der Kaffee in seiner Tasse war kalt geworden. Er hörte ihr zu und schien dabei ständig zu grübeln. Seine glatte Stirn bekam eine Falte zwischen den Augenbrauen. Sie merkte, dass er ihr nicht ganz glaubte. Doch den wahren Grund, warum ihre Eltern sie nicht liebten, sondern sie bereits als Fünfjährige verstoßen hatten, verschwieg sie ihm. Es war ein Geheimnis zwischen ihren Eltern und ihr.

Sie drehte sich um, schluckte, Tränen liefen ihr über die Wangen. Sie schnäuzte sich, wälzte sich hin und her, stand auf und trank Wasser, schaute aus dem Fenster auf die Nürtinger Altstadt, auf die Kneipe gegenüber, wo die Musik leiser wurde und schließlich verstummte. Sie hörte die Glocken der Laurentiuskirche, die einmal, dann zum zweiten Mal schlug, und dann erlebte sie die schreckliche Szene noch einmal, die sie Michael bei ihrem Gespräch verschwiegen hatte.

Samstag war Badetag.

Die Mutter hatte das Wasser in der Badewanne eingelassen. Bis zur Hälfte. Wenn ihre Schwester und sie zusammen badeten und der kleine Heizkörper an der

Wand etwas aufgedreht war, würde es warm genug sein. Wasser und Strom sparen. Mama bestand drauf.

»Seife oder Haarshampoo?«, fragte die Mutter wie immer, und die Große durfte entscheiden.

Die Große, das war sie. Sie war schon fünf Jahre alt.

Die Kleine war Christine. Letzte Woche hatten sie ihren Geburtstag gefeiert, mit einem Marmorkuchen und zwei Kerzen. Geschenke hatte es keine für sie gegeben.

»Bekommt sie ja doch nicht mit«, hatte der Vater gesagt.

»Sie kann mit deinem Spielzeug spielen«, hatte die Mutter ergänzt.

Sie hatte Christine bedauert. Nicht mal ein klitzekleines Spielzeug hatten die Eltern ihr geschenkt. Deshalb hatte sie in ihrer Schatzkiste gekramt und ihrer Schwester ein kleines Pony in die Hand gedrückt. Ein Gummipony, das sie vor ein paar Wochen von der Sprechstundenhilfe beim Zahnarzt bekommen hatte, weil sie so tapfer gewesen war.

Zu ihrem fünften Geburtstag hatten die Eltern ihr einen grünen Roller geschenkt. »Ausnahmsweise, und nur, weil Opa was dazugegeben hat«, hatte Mutter gesagt. Bald würde sie den Roller ausprobieren können, wenn der Schnee geschmolzen und der geschotterte Weg vor dem Haus nicht mehr so schmutzig war.

»Träumst du schon wieder?«

Sie zuckte zusammen. Was hatte die Mutter gefragt?

»Seife oder Shampoo?«, fragte die Mutter noch einmal.

»Seife«, sagte sie und meinte den wunderbaren Lavendelduft zu riechen, der sie bis in die Nacht begleiten würde. Sogar ihre dunkelblonden krausen Haare, die

Mama kaum mit dem Kamm bändigen konnte, würden nach Lavendel duften. Sie liebte es, nach dem Baden ein frisches Nachthemd anzuziehen, sich in ihr durch eine Wärmflasche angewärmtes Bett zu kuscheln und noch ein wenig in den Bilderbüchern zu blättern. Regelmäßig ging sie in die katholische Gemeindebücherei und lieh sich Bücher aus. Erst letzte Woche war sie dort gewesen und hatte sich *Wo die wilden Kerle wohnen* geholt. Vier Wochen durfte sie das Buch behalten. Es war jetzt schon ihr Lieblingsbilderbuch.

Ursula, ihre Freundin von nebenan, hatte es ihr vorgelesen. Sie war schon acht Jahre und hatte lesen können, bevor sie in die erste Klasse kam.

Sie liebte diese Geschichte, und sie liebte Max, der gemeinsam mit den wilden Kerlen Krach machte und mit ihnen tobte und brüllte. Sie hatte das Buch unter ihrem Kopfkissen versteckt, denn die Mutter mochte es nicht, wenn sie sich so »wilde« Geschichten auslieh.

»Nachher schaust du mit Christine *Henriette Bimmelbahn* an. Das mag sie doch so gerne, und dann schläft sie sicher schnell ein.«

Sie nickte. Es war schön, wenn ihre kleine Schwester sich an sie kuschelte und laut lachte, wenn sie die Reime vorsagte. Sie konnte sie schon lange auswendig. »Henriette heißt die nette, alte kleine Bimmelbahn. Henriette, Henriette fuhr noch nie nach einem Plan. Henriette …« Manchmal sagte Christine sogar den Text mit. »Heniette, Heniette …« Dann lachte sie mit ihren wenigen Zähnchen, und auf ihrer rechten Wange zeigte sich ein Grübchen.

Sie zog sich aus und legte die Skihose mit dem Steg, die

schon so viele Knöllchen an den inneren Hosenbeinen hatte, und den von Oma selbst gestrickten Rollkragenpullover auf den Stuhl, der neben der Badewanne stand. Dann folgten Unterwäsche und Strümpfe. Morgen, am Sonntag, durfte sie frische Sachen anziehen. Hoffentlich würde die Mutter ihr nicht wieder den kratzigen Wollrock herauslegen, den sie so oft in die Kirche anziehen musste. Aber vielleicht würde morgen endlich die Sonne scheinen, und sie könnte so lange betteln, dass sie in den Gottesdienst eine Hose anziehen durfte.

Die Mutter hatte Christine ausgezogen. Ihre Schwester freute sich. Mit ihren dicken Händchen patschte sie gegen die Badewanne.

»Auf geht's! Du zuerst.« Die Mutter schaute sie an, und sie setzte sich vorsichtig auf den Badewannenrand und tauchte die rechte große Zehe ins Wasser.

Erschrocken zog sie den Zeh zurück. »Zu heiß!«

Die Mutter ließ kaltes Wasser nachlaufen. Ihre kräftige Hand glitt hinein und durchmischte das kalte mit dem heißen Wasser. »Jetzt aber!«

Zögerlich tauchte sie die Zehe ins Badewasser, dann den Fuß, und setzte sich an den hinteren Rand der Wanne. Das warme Wasser ging ihr bis zur Brust.

»Mach die Beine auseinander.« Die Mutter hob Christine hoch und setzte sie vor ihre gespreizten Beine. Sie ließ die gelbe Gummiente vor ihrer Schwester schwimmen, und Christine patschte auf die Ente und juchzte dabei. Das Wasser spritzte ihr ins Gesicht, und sie lachte.

Die Mutter griff nach zwei beigen Waschlappen, reichte ihr einen davon, und gerade als sie Christine am

Rücken einseifen wollte, mit der Lavendelseife, die sie so gerne roch, rief der Vater vom Flur.

»Telefon für dich! Dein Bruder.«

»Du passt auf deine kleine Schwester auf«, sagte Mutter und schaute ihr in die Augen. »Ich bin gleich zurück!«

Sie nickte.

Kalte Luft drang ins Badezimmer, als die Mutter die Tür zum unbeheizten Flur aufmachte und eilig hinter sich schloss.

Sie griff nach der gelben Ente, die Christine immer noch in ihren Händchen hielt. Sie wollte den roten Schnabel genau betrachten. Es war ein leuchtendes Rot, ein grelles Rot, so grell wie das Lippenrot der Frau, die ein paar Häuser weiter vorne in der Dorfstraße wohnte. Mutter mochte sie wohl nicht, denn einmal hatte sie gesagt, dass die Frau ein Flittchen sei, als sie sich mit Vater über die Frau unterhalten hatte. Und dabei hatte Mutter merkwürdige Falten um den Mund bekommen.

Als sie nachfragte, was ein Flittchen sei, hatte die Mutter geschwiegen und sie weggeschickt.

Christine schrie kurz verärgert auf, langte dann nach dem Waschlappen, der im Wasser schwamm. Er hatte sich vollgesogen und sank langsam auf den Grund der Badewanne. Ihre kleine Schwester steckte den Waschlappen in den Mund und saugte das warme Wasser auf.

»Nicht! Das ist bäh!«, sagte sie und riss ihr den Waschlappen aus der Hand. Sie hatte so heftig gezogen, dass Christines Po zur Seite rutschte. Ihr kleiner Körper schwankte, ihre Arme schnellten in die Höhe. Dann schlug Christines Kopf am Wannenrand auf und sackte nach hinten. Unter Wasser.

Ihre Schwester lag lang gestreckt in der Wanne. Alles ging so schnell. Sie erschrak, griff nach Christine, um sie aufzurichten.

Aber sie war schwer. Furchtbar schwer.

Sie langte unter Christines Rücken und versuchte, ihn hochzudrücken, rutschte jedoch ab.

Christine strampelte mit den Beinen, das Wasser spritzte ihr in die Augen. Es gelang ihr, sie hochzustemmen, aber Christine hustete und schlug um sich, und sie glitt ihr aus den Händen.

Wieder lag Christines Kopf unter Wasser.

Und sie bekam ihre Schwester nicht mehr hoch. Es ging nicht. Sie wollte schreien, wollte schreien: »Mama! Maamaa!« Aber da kam nichts aus ihrem Mund, kein einziger Ton. Und Christine war so schwer, und ihre Beine strampelten.

Sie versuchte es immer und immer wieder. Das Wasser tobte und tobte. Bis es schließlich still wurde. Christine strampelte nicht mehr, und sie hatte den Mund immer noch geöffnet und die Augen geweitet. Und dann war da nichts mehr, nur noch entsetzliche Stille.

24

Er ärgerte sich über sich selbst. Über seine Unruhe, seine völlig überzogene Reaktion, als Johanna ihn darum gebeten hatte, ein paar Tage länger in Rovaniemi zu bleiben. Warum hatte er es denn so eilig? Er wusste doch, dass Rita nie verreiste. Sie würde zu Hause sein, in ihrem Häuschen am See, in dem er noch nie gewesen war, weil sie sich immer in Seinäjöki trafen. Aber Rita hatte ihm von ihrem Zuhause erzählt, von ihrem kleinen Blockhaus, dem Blick aus dem Wohnzimmerfenster auf den Inarisee, von ihrem morgendlichen Ritual, Kaffee auf dem Bootssteg zu trinken, egal, wie kalt es war. Er wollte endlich sehen, wie sie lebte, es nicht immer nur aus ihren Erzählungen hören. Er wollte mit ihr gemeinsam morgens Kaffee trinken, wollte fühlen, was sie fühlte, wenn sie das Plätschern des Wassers hörte, das gegen ihr Boot schlug, wollte mit ihr gemeinsam angeln und im kalten See baden. Und er wollte so gerne, dass Johanna und Leni in Ritas Leben traten.

Aber diese Spannung in ihm war unerträglich. Er wollte mit seinem Geheimnis nicht mehr hinter dem Berg halten.

»Tut mir leid«, hatte er gestern nach dem Gespräch auf dem Spielplatz zu Johanna gesagt. »Natürlich können wir noch bleiben. Wir bleiben so lange, dass du deinen Artikel schreiben kannst. Es ist doch wunderbar, dass du wieder einen Auftrag hast.« Er hatte versucht, seine Stimme fröhlich klingen zu lassen, und hoffte, dass es ihm gelungen war.

»Und dir geht's wirklich gut?«, hatte sie noch mal besorgt gefragt.

Er hatte sie beruhigt und ihr versichert, dass mit ihm alles in Ordnung war. Er sei nur etwas müde von der Reise gewesen.

Sie hatte genickt und ihn nicht mehr auf Inari angesprochen.

Jetzt war Johanna für ihre Recherchen unterwegs, und er mit Leni zusammen noch mal im Rentiergehege des Weihnachtsdorfes. Leni fütterte die Tiere, streichelte sie, und sie durften sogar einen Spaziergang mit einem zahmen Rentier machen. Leni hielt es an der Koppel. Phil betrachtete seine Enkeltochter, die das kleine Rentier, das mit einem farbenfrohen samischen Halsband geschmückt war, den schmalen Weg im Kiefern- und Fichtenwald entlangführte. Die junge Begleiterin passte auf, dass das Rentier nicht übermütig wurde. Ab und an griff sie ein, tätschelte das Tier, damit es sich beruhigte, dann ging es gemächlich weiter durch den Wald. Leni drehte sich um und winkte Phil stolz zu. Er winkte zurück. Fünf Jahre war Leni alt und so ungeheuer selbstbewusst! Schade, dass Hedi das Aufwachsen ihrer kleinen Enkeltochter nicht mehr erleben konnte. Aber vielleicht würde Rita ihre neue Großmutter werden. Phil wünschte es sich so sehr.

Es ging ihm besser heute. Sein Herz hatte sich beruhigt, Johanna fragte nicht weiter, sondern freute sich über ihren Auftrag, und er konnte warten. Zumindest hatte er sich vorgenommen, diese Tage, bis sie Rita treffen würden, so gut wie möglich zu genießen. Er wollte nicht noch einmal ungeduldig oder gar unwirsch werden wie gestern. Ihm fiel ein, dass Ludwig ihn darum gebeten hatte, sein Handy abzuhören. Aber genau das würde er nicht tun. Ludwig wollte sicher wieder wissen, ob er Johanna schon über seine Pläne unterrichtet hatte. Aber das war seine Sache. Er wollte sich nicht unter Druck setzen lassen, auch nicht von seinem besten Freund. Druck machte er sich schon selbst. Und der richtige Zeitpunkt, um mit Johanna zu reden, würde sicher bald kommen.

Mit einer Hand vertrieb er die Mücken, die um seinen Kopf schwirrten. Es war gewittrig heute, und es schien, als ob die aufgeregten Tierchen zu Tausenden ausschwärmten und sich ihre Opfer suchten. Doch für Phil gehörten die Mücken zu Finnland wie der Tango und die Sauna, die er heute Abend auf dem Campingplatz genießen würde. Um achtzehn Uhr war Männersauna, und bis dahin wollten sie wieder zurück in Rovaniemi sein.

Phil beobachtete Leni, die mit festen Schritten neben dem Rentier herging, es führte und ab und an die weiche Schnauze des Tiers streichelte. Sie schien die Mücken überhaupt nicht zu bemerken. Phil war froh, dass die Mückennetze an den Fenstern des alten Wohnmobils dicht waren. Gestern Abend hatte er sie alle noch mal überprüft. Er wollte, dass Johanna und Leni sich wohlfühlten, wollte, dass sie sich freuten, mit ihm unterwegs zu sein, und bisher hatte es ja – größtenteils – geklappt.

25

Mami, ich muss mal.«

Johanna lag mit Leni im Alkoven. Sie musste sich kurz orientieren, passte auf, dass sie nicht nach oben schnellte und den Kopf anstieß, und griff nach ihrem Handy. Es war kurz vor Mitternacht.

»Mami.«

»Ja, klar. Wir gehen auf die Toilette«, flüsterte Johanna. Sie schlug die Bettdecke zurück. »Ich klettere zuerst nach unten, dann kommst du. Ich helfe dir. Und sei leise, damit wir Opa nicht wecken.«

Leni nickte und wartete, bis sie unten neben der kleinen Küchenzeile stand. Johanna half ihr herunter und deutete auf Lenis Fleecejacke und die Sandalen. Ein Blick nach hinten. Papa lag auf den Polstern, die Decke hatte er fast bis zur Nasenspitze hochgezogen. Seine weißgrauen Haare, die immer noch sehr dicht waren, waren gut zu erkennen, obwohl die dunklen Jalousien nur wenig Helligkeit hereinließen. Johanna schnappte sich ihre Jacke, zog sie über den Schlafanzug, schlüpfte in die Flipflops und öffnete die Seitentür des Wohnmobils. Sie blinzelte. Mit dieser Helligkeit hatte sie nicht gerechnet. Ein Blick nach oben. Die Sonne schien am Himmel, es war taghell. »Komm«, flüsterte sie Leni zu und schloss leise die Tür.

Leni nestelte am Reißverschluss ihrer Fleecejacke. Johanna half ihr, sie zu schließen, und ging rasch mit ihr an der Hand in Richtung Toilette.

Die Sanitärgebäude waren nicht weit von ihrem Stellplatz entfernt. Nahe am Fluss saßen noch ein paar Leute um eine Feuerstelle, die schwach glimmte. Johanna hörte Stimmen, dann Gläserklirren. Sonst war alles ruhig.

»Wartest du hier auf mich?«, fragte Leni, als sie vor der Toilettentür standen.

»Klar«, sagte Johanna und lächelte ihre Kleine an. Leni schloss die Tür hinter sich, und kurz darauf hörte Johanna leises Plätschern, dann das Rattern der Papierrolle und das Rauschen der Spülung. Schon stand Leni wieder vor ihr. »Hände waschen nicht vergessen«, sagte Johanna, und ihre Kleine ging, ohne zu murren, noch mal zurück.

Sie traten zusammen nach draußen.

»Ich bin gar nicht müde, Mami«, sagte Leni und sah zu ihr hoch.

»Ich auch nicht. Wir können ja ein wenig zum Fluss gehen. Magst du?«

Leni nickte und fasste ihre Hand.

Sie liefen an den Wohnmobilen und Hütten vorbei, hörten einen Hund bellen, der rasch wieder verstummte, und liefen auf den Spielplatz zu. Dort setzten sie sich auf eine Bank mit Blick auf den Fluss und die Häuser der Stadt. Johanna schaute sich um. Es war unglaublich. Wenn sie nicht gewusst hätte, dass Mitternacht war, hätte sie vermutet, es wäre mitten am Tag. Die Finnen nannten diese Tage, an denen die Sonne nicht mehr unterging, weiße Nächte oder nachtlose Nacht. Das hatte sie in ihrem Reiseführer gelesen.

»Warum ist es so hell?«, fragte Leni. »Es ist doch schon spät.«

»Wir sind weit im Norden, und hier geht im Sommer die Sonne nicht mehr unter.«

»Nie mehr?«

»Doch, in ungefähr einem Monat wird es langsam auch nachts wieder dunkel.«

Leni schien nachzudenken. »Daheim wird es aber dunkel.«

»Ja, das stimmt.«

»Ich finde es schön, wenn es so hell ist. Hier kann man nachts auf den Spielplatz gehen. Dabei ist es gar nicht Nacht.« Leni grinste. »Wie können die Rentiere schlafen, wenn es immer hell ist?«, fragte sie jetzt und kuschelte sich an Johanna.

Sie legte den Arm um ihre Kleine. »Ich glaube, sie machen einfach die Augen zu.«

Leni schloss die Augen. »Wenn ich die Augen zumache, ist es immer noch ein wenig hell«, sagte sie und öffnete die Augen wieder.

»Die Rentiere sind das sicher gewohnt. Sie schlafen einfach, wenn sie müde sind.«

Leni grummelte vor sich hin. »Das war schön heute mit dem Rentier. Es hatte eine ganz weiche Schnauze. Damit hat es mich sogar angestupst.« Sie lachte. »Aber ich bin nicht hingefallen. Und es hat sogar einen Namen.«

»Wie heißt es denn?«

»Nauti.«

»Ein schöner Name.«

Sie nickte. »Ich hab Nauti ins Ohr geflüstert, dass ich Leni heiße.«

»Und? Hat sie geantwortet?«

»Quatsch. Rentiere können doch nicht sprechen.« Leni schüttelte entrüstet den Kopf, so als würde sie sich über ihre Mutter wundern. »Willst du wissen, was ich dem Weihnachtsmann ins Ohr geflüstert habe?« Leni schaute sie erwartungsvoll an.

»Verrätst du es mir denn?«

»Wenn du es nicht weitersagst.«

»Großes Ehrenwort.« Johanna schmunzelte.

»Ich hab mir gewünscht, dass Opa ganz gesund wird und dass er eine neue Frau findet. Weil er doch so alleine ist, jetzt, wo Oma gestorben ist.«

»Hat er denn erzählt, dass er alleine ist?«

»Nein, hat er nicht. Aber früher hat er mehr gelacht.«

Sie wunderte sich über Lenis Gedanken. Dass ihr so etwas auffiel …

»Und dann hab ich mir noch was gewünscht.«

»Wie? So viele Wünsche?«

Sie nickte. »Ich hab den Weihnachtsmann gefragt, ob ich mir noch was wünschen darf. Und er hat Ja gesagt.«

»Und was war das?«

Leni zögerte. Schließlich sagte sie: »Ich hab mir gewünscht, dass du und Opa nicht mehr streitet.«

Johanna stutzte. »Na, dieser Wunsch wird ja bestimmt in Erfüllung gehen.«

»Versprochen?«

»Versprochen.«

Johanna überlegte. Ihr Vater war heute Abend nach der Sauna und dem Abendessen rasch schlafen gegangen. Er war etwas wortkarg gewesen und hatte sich, nachdem sie mit Leni ein paar Runden Uno gespielt hatten, bald hingelegt. Vielleicht war er müde von der Sauna gewesen. Leni hatte die Stimmung sicher aufgeschnappt. Aber eigentlich war doch alles gut. Johanna hatte heute die nötigen Fakten für ihren Artikel bekommen, hatte Fotos geschossen und hatte sogar die Möglichkeit gehabt, mit dem Künstler zu sprechen, der die Eisbar gestaltet hatte. Und morgen würden sie nach Inari weiterfahren. So wie ihr Vater es vorgehabt hatte. Und sie hatte nicht mehr weitergebohrt. Spätestens in Inari würde er ihr erzählen, wen er dort besuchen wollte. Vielleicht wollte er aber auch niemanden besuchen, sondern sie mit irgendetwas überraschen.

Johanna erinnerte sich, wie spannend er es immer gemacht hatte, wenn sie und ihre Geschwister im Urlaub waren und er ihnen morgens am Frühstückstisch mitgeteilt hatte, dass sie heute an einen geheimen Ort fahren würden. An einen besonders spannenden. »Überraschung!«, hatte er gesagt und gegrinst. Er hatte nichts verraten, obwohl sie immer versucht hatten, aus ihm herauszukitzeln, wohin er sie wohl diesmal bringen würde. Meist waren es tolle Überraschungen gewesen: ein Freizeitpark oder eine lange Rutschbahn, die sie dann mit ihm und ihren Geschwistern hinuntergeschossen war.

Leni rieb ihre Waden.

»Ist dir kalt?«

»Ein bisschen.«

»Dann lass uns zurückgehen«, sagte Johanna und küsste Leni auf die Stirn.

»Einmal schaukeln?« Leni schaute sie verschmitzt an.

»Klar, einmal schaukeln.«

»Wer zuerst an der Schaukel ist.«

26

Jetzt komm, sei keine Spielverderberin!« Tiina stupste Riitta an und deutete auf den Korb mit den Sommerblumen, die sie am Morgen in aller Frühe gepflückt hatte. Sieben verschiedene Blumensorten, wie es an Mittsommer üblich war.

Riitta zog ihre Strickjacke aus und legte sie auf die Holzbank neben sich. Die Sonne schien heute genauso grell wie gestern Abend, als sie in Rovaniemi angekommen war. Zögerlich nahm sie eine Margerite aus dem Korb und schlang sie um den Drahtring, den ihre Freundin ihr in die Hand gedrückt hatte. Heute war Mittsommer, heiliger Feiertag in Finnland, der gefeiert werden musste. Und ein Blumenkranz im Haar gehörte nun mal dazu.

Gestern, als sie Hals über Kopf von Deutschland abgereist war, hatte sie überhaupt nicht daran gedacht, dass heute der längste Tag des Jahres war und sie ihn natürlich zusammen mit Tiinas Familie in deren Sommerstuga am Salmijärvi-See feiern musste. Sie hatte nicht Nein sagen können. Tiina wäre fürchterlich beleidigt gewesen. Und dabei hätte Riitta sich am liebsten eingeschlossen, im Bett verkrochen und unsichtbar gemacht.

Die schreckliche Szene aus ihrer Erinnerung hatte sie verfolgt und in jener Nacht nicht mehr schlafen lassen. Und so hatte sie sich kurzerhand am nächsten Morgen um sechs Uhr ein Taxi bestellt. Sie hatte sich zum Stuttgarter Flughafen fahren lassen, das nächste Flugzeug nach Helsinki genommen und war von dort aus nach Rovaniemi geflogen. Am späten Nachmittag war sie angekommen, und da die Fahrpläne wegen Mittsommer eingeschränkt waren, ging kein Bus mehr nach Inari, und sie ließ sich zu ihrer Freundin fahren. Am Abend waren sie die zwanzig Kilometer zur Hütte gefahren, die Tiinas Familie gehörte, übernachteten dort in ihren Stockbetten, und jetzt saß sie hier mit ihrer Freundin zusammen auf der Bank vor der Sommerhütte. Tiinas Mann war mit dem Ruderboot angeln, die beiden Kinder würden am Abend mit ihren Freunden zum Feiern kommen.

Tiina strahlte. Sie freute sich, wenn viele Menschen um sie herum waren, und sie liebte es, Feste vorzubereiten. Vorhin hatte sie schon die blau-weiße Fahne an der Fahnenstange gehisst. Frühkartoffeln, warm geräucherten Lachs, Dill und finnische Erdbeeren aus dem Süden des Landes, die beim Mittsommeressen nicht fehlen durften, hatte sie bereits gestern besorgt. Später wollte Riittas Freundin mit ihr zusammen in den Wald gehen, um frisches Birkenreisig für die Sauna zu schneiden. Aber jetzt sollte Riitta zuerst ihren Blumenkranz binden. Doch sie konnte sich nicht darauf konzentrieren, konnte sich nicht mal entscheiden, wie sie die Blumen anordnen sollte. Unentschlossen ließ sie den Draht auf ihren Schoß sinken.

Tiina schaute sie kurz an, nahm ihr den Draht aus der Hand und band den Kranz für sie.

Gestern, als sie angekommen war, hatte ihre Freundin sie in Ruhe gelassen, hatte nicht gefragt, wie es in

Deutschland gewesen war. Sie kannten sich seit dreißig Jahren, und Tiina wusste, dass Riitta sich nicht drängen ließ. Aber jetzt war die Schonzeit wohl vorbei. Tiina schaute sie aufmunternd an.

»Was war denn so schlimm in Deutschland? Warum bist du so überstürzt abgereist?«

Riitta trank einen Schluck Kaffee, den Tiina ihr aus der Thermoskanne nachgefüllt hatte.

»Geht es Phil nicht gut? Ist er doch krank, wie du vermutet hast?«

Riitta schüttelte den Kopf.

»Aber was war denn dann?«

Sie konnte Tiina nicht von diesem schrecklichen Ereignis in ihrer Kindheit erzählen. Bisher hatte sie diese fürchterliche Szene nur mit einem einzigen Menschen geteilt, wenn man von ihren Eltern absah. Mit Phil. Er wusste, was damals geschehen war. Deshalb hatte er verstanden, warum sie ihn verlassen hatte.

Sie umschloss den Kaffeebecher mit den Händen, obwohl es warm war. Sicher um die zwanzig Grad, perfektes Mittsommerwetter. Sie sollte sich mit den anderen über diesen wunderschönen Tag freuen. Nicht immer war Ende Juni das Wetter so perfekt, und schon oft waren die Feiernden vom Regen überrascht worden.

»Phil war gar nicht in Deutschland. Er ist auf dem Weg zu mir.«

»Nach Inari?«

Sie nickte.

»Wie schön! Besucht er dich endlich mal vor dem Tangofestival? Ich dachte schon, das würde nie passieren. Aber jetzt, wo seine Frau gestorben ist …«

Riitta hob den Kopf.

»Ist doch verständlich. Er liebt dich, du liebst ihn. Er will dich länger um sich haben als nur eine Woche lang im Jahr. Was ist dagegen einzuwenden?«

Riitta schluckte. Sie hatten vereinbart, sich auf dem Tangofestival zu treffen. Ihr Leben war gut so, wie es war. Sie wollte keine Veränderung. Natürlich freute sie sich, dass er sie besuchte. Aber doch nicht so.

»Er bringt Johanna und Leni, seine Enkeltochter, mit. Er ist mit ihnen im Wohnmobil unterwegs«, sagte Riitta jetzt leise. »Phils Freund Ludwig hat es mir erzählt.« Ihr Herz klopfte lautstark. Sie hatte das Gefühl, sie könnte es hören. Vielleicht konnte sogar Tiina es hören.

»Oh!«, sagte Tiina und schaute ihr in die Augen. »Aber auch das musste so kommen. Das kannst du nicht verhindern.«

»Natürlich kann ich das verhindern!« Riitta merkte, wie sich ihre Stimme überschlug.

»Und wie?«

Sie schwieg und umfasste ihre Kaffeetasse noch fester. Hoffentlich hatte Ludwig Phil ausgerichtet, dass sie ihn nur ohne Johanna und Leni sehen wollte. Zumindest hatte sie Phils Freund deutlich zu verstehen gegeben, dass sie es nicht zulassen würde, dass er sie mit den beiden besuchte.

»Ich weiß, was du denkst«, sagte Tiina und rückte etwas näher an sie heran. Sie legte den Arm um Riitta. »Am liebsten würdest du das Ganze aussitzen und eine Weile nicht nach Hause gehen. In drei Wochen beginnt das Tangofestival. Phil soll mit dir zusammen im Hotel wohnen, wie immer. Johanna und Leni können im

Wohnmobil schlafen, sind alleine irgendwo unterwegs und gabeln Phil nach dem Festival wieder auf.«

Sie schwieg. Tiina hatte recht. Genauso wäre es perfekt. Sie wäre ja damit einverstanden, dass Phil sie zu Hause besuchte. Aber nur alleine.

»Dinge verändern sich«, sagte Tiina. »Du kannst nicht davon ausgehen, dass alles so bleibt, wie es einmal war.«

»Mein Leben ist gut so, wie es ist!«, sagte Riitta und stand auf. »Ich brauche keine Veränderungen. Ich will keine Veränderungen.«

»Vielleicht du nicht, aber Phil.«

27

Phil fühlte sich etwas müde. Vielleicht war die Sauna am Abend zu heiß gewesen. Über achtzig Grad. Eine völlig normale Temperatur für die Finnen. Wenn er in Nürtingen nach dem wöchentlichen Schwimmen saunierte, war die Hitze etwas gemäßigter. Er lehnte sich zurück in den Beifahrersitz und schaute aus dem Fenster. Perfektes Mittsommerwetter. Die Sonne hatte die ganze Nacht über geschienen, und auch jetzt strahlte sie in einem fast wolkenlosen Himmel. Seit sie nach einem späten Frühstück von Rovaniemi losgefahren waren, saß Johanna am Steuer. Und er genoss es, Beifahrer zu sein, durch die endlosen lappländischen Fichten-, Kiefern- und Birkenwälder zu fahren, die nur ab und zu durch kleine Dörfer und Wiesen unterbrochen wurden.

Leni blätterte auf dem Kindersitz neben ihm in ihrem Tierstickerbuch und platzierte konzentriert Hunde, Pferde und Hühner in einem Bauernhof. Er hatte eine uralte Kassette mit finnischem Tango ins Kassettenfach eingelegt. Sie stammte aus seinem wie einen Schatz gehüteten Bestand aus den siebziger Jahren, als er selbst Kassetten bespielt und Musikstücke aus dem Radio aufgenommen hatte. Jetzt kam ein Stück, das auf dem Tangofestival immer wieder gespielt wurde. Es begann mit einem Akkordeon, das wehmütige Töne anschlug, und nun hörte er die klangvolle Stimme von Arja Saijonmaa, einer der bekanntesten finnischen Interpretinnen. Wenn er diese melancholische Musik hörte, die Rita und ihn verband, ging es ihm gut. Er seufzte entspannt und summte die Melodie mit.

Johanna lächelte ihn von der Seite an.

»Schön, nicht wahr?«, sagte er.

Sie nickte. »Sehr schön!«

Es tat gut, zu sitzen, zu schauen, die grünen Wälder an sich vorbeiziehen zu lassen und der Musik zu lauschen. Die Straße zwischen Rovaniemi und Inari war angenehm zu fahren. Es war wenig los. Ab und zu versuchten ein paar Rentiere unkontrolliert die Straße zu überqueren, was Leni in Begeisterungsstürme ausbrechen ließ. Aber sonst war es ruhig. Die meisten Finnen waren wohl in ihren Hütten und feierten dort Mittsommer. Vorhin hatte Johanna ihn gefragt, ob er das Fest schon einmal in Finnland miterlebt habe. Aber er war ja immer im Juli während des Festivals hier gewesen, nie um diese Zeit. Und damals, als er Rita in Inari wiedergefunden hatte, hatte er noch als Lehrer gearbeitet und mit Hedi im August Urlaub gemacht. Phil war froh, dass Johanna nicht mehr von ihm über Finnland wissen wollte, sondern lieber in ihrem Reiseführer las. Er hätte ihr auch nicht viel erzählen können, schließlich war er immer nur auf dem Flughafen in Helsinki gewesen und von dort mit dem Zug nach Seinäjoki zum Tangofestival gefahren.

Diese einzige Reise vor sechzehn Jahren nach Finnisch-Lappland mit Hedi hatte er damals nur gemacht, weil er von einer ehemaligen Mitschülerin Ritas, mit der sie noch im Kontakt stand, erfahren hatte, wo sie lebte. Inari. Von diesem Dorf hatte er noch nie gehört. Er hatte in seinem

Atlas geschaut. Wie weit oben im finnischen Norden dieses Dorf mit nur sechshundert Einwohnern lag! Was hatte Rita nur dorthin verschlagen? Es war damals wie ein Sog, er musste dorthin. Hedi wunderte sich, schließlich waren sie sonst fast nur in den Süden in Urlaub gefahren. Aber er konnte sie überzeugen, einmal einen Urlaub zu machen, in dem sie vor allem Natur erleben würde. Zwar mit einer Jacke mehr im Gepäck, denn Hedi fror leicht, aber gesund war es sicher, viel zu wandern und draußen zu sein. Und sie willigte ein. Schließlich war sie auch bisher mit all seinen Urlaubsplänen einverstanden gewesen. Er überlegte. Damals folgte er einfach seinem Instinkt. Er las ein Plakat, Tangounterricht am Wochenende, die Leiterin war Riitta Beck. Riitta mit zwei i und zwei t. Es passte zu ihr, den Namen zu ändern, ihn anzupassen an das Land, in dem sie lebte. Er rief die Telefonnummer an, die angegeben war. Die Frau bei der Anmeldung bestätigte ihm, dass Riitta ursprünglich aus Deutschland kam. Wenn er sich an diese Begegnung vor so vielen Jahren erinnerte, machte sein Herz einen Sprung. Wie er sich gefreut hatte! Und dass Hedi damals am Tangokurs nicht teilnehmen wollte, lag nur daran, dass sie sich beim Wandern kurz vorher den Fuß verstaucht hatte.

»Geh du nur«, sagte sie zu ihm. »Ich schone meinen Fuß, dann bin ich bald wieder fit.« Er wusste damals, wenn er Rita treffen würde, würde sich sein Leben ändern. Aber er konnte seine Gefühle nicht unterdrücken. Er musste sie sehen.

Phil drehte die Tangokassette um und versuchte, seine Gedanken wieder in die Gegenwart zu lenken.

Vorhin hatten sie einen Stopp in Tankavaara eingelegt,

einem Goldgräbermuseum, in dem die Leute heute wie früher Gold wuschen. Jeden Sommer fand dort ein Goldwaschwettbewerb statt. Im Museum konnte man sich über die Geschichte des Goldrausches in der Gegend informieren, und Leni hatte sogar selbst Gold waschen dürfen. Johanna hatte ein Schild gelesen, *Tankavaara-Golf*, und hatte ihn gefragt, ob er hier schon gespielt habe. Er hatte kurz angebunden geantwortet, dass er nur einmal so weit oben in Finnisch-Lappland gewesen war. Was ja stimmte. Er wollte nicht, dass Johanna sich darüber wunderte, dass er nur einige Gegenden und Städte hier oben im Norden kannte. Und überhaupt so wenig wusste. Hoffentlich würde sie ab jetzt keine Fragen mehr stellen.

In dem kleinen Ort Kakslauttanen fuhren sie an Glasiglus vorbei, die in Johannas Reiseführer als Top-Übernachtungsgelegenheit angepriesen wurden. Entsprechend waren die Preise. Vor allem bei Chinesen seien diese Iglus beliebt, hatte ihm Johanna vorhin lachend erzählt, weil sie wohl daran glaubten, dass Kinder, die unter dem Nordlicht gezeugt wurden, ein glückliches Leben hätten. Phil freute sich, dass Johanna so gut gelaunt war. Es schien ihm, als ob sie sich langsam entspannte. Die anfänglichen Unstimmigkeiten zwischen ihnen waren bereinigt, und er bemerkte, dass sie die Ruhe der Landschaft und auch der Menschen genauso genoss wie er. Im Unterschied zu Deutschland schienen die Uhren hier langsamer zu gehen. Das lag sicher daran, dass auf den unendlich weiten Flächen weniger Menschen wohnten, aber auch an der Mentalität, die im Norden anders war als auf dem Kontinent. Die Einwohner hier waren nicht so hektisch, hielten sich mehr draußen in der Natur auf, angelten auf den Zigtausenden Seen, wanderten oder saßen in ihren Hütten und ließen die Beine im Wasser baumeln. Auch auf dem Campingplatz in Rovaniemi, der mitten in der Stadt lag, war es gemächlicher zugegangen, als auf vielen Plätzen in Deutschland oder im Süden Europas. Was für ein schönes Land sich Rita zum Leben ausgesucht hatte! Und trotzdem hoffte er, dass sie ihm seinen Wunsch, mit ihm zusammen in Deutschland zu leben, erfüllen würde. Er schloss die Augen, lauschte dem Gesang, der von einer langsamen dunklen Männerstimme aus dem Kassettenrekorder erklang, und seine Gedanken wanderten zu der Frau, mit der er den Rest seines Lebens verbringen wollte.

28

Johanna genoss es, den alten Fiat Ducato durch die einsamen Straßen Lapplands zu fahren. Ab und zu warf sie einen Blick auf ihren Vater, der mit einem Lächeln auf den Lippen immer wieder einzunicken schien. Leni beschäftigte sich versunken mit ihren Stickerbüchern. Inari war nur noch circa dreißig Kilometer entfernt, aber Johanna brauchte unbedingt eine Pause. Papa hatte ihr heute den ganzen Tag das Steuer überlassen. Sie waren sicher schon vierhundert Kilometer gefahren, und Johanna hatte einigen kleineren Rentierherden ausweichen müssen, die sich um Fahrzeuge nicht zu scheren schienen und immer wieder vor oder neben dem Wohnmobil herrannten. Für Leni war das ein Heidenspaß, aber sie musste sich konzentrieren. Schließlich wollte sie keinen Unfall verursachen.

»Papa?« Sie schaute ihren Vater von der Seite an und wollte ihn fragen, ob er einverstanden wäre, vor Inari zu rasten.

Ihr Vater reagierte nicht.

Leni schaute ihn von der Seite an. »Opa schläft. Und er schnarcht sogar ein bisschen.« Sie kicherte.

Johanna überlegte, setzte kurzerhand den Blinker und fuhr in eine kleine Seitenstraße, die rechts in einen Waldweg führte. Der Weg war ausgefahren, so als würde er oft benutzt. »Wir rasten hier ein wenig.«

»Ich hab Hunger, Mami.«

Sie hatten im Goldgräbermuseum zu Mittag gegessen. Aber das war schon Stunden her. Jetzt spürte auch Johanna, dass es in ihrem Magen grummelte. »Wir haben Würstchen eingekauft. Die essen wir gleich.«

»Und Erdbeeren. Opa hat gesagt, am längsten Tag des Jahres muss man in Finnland Erdbeeren essen.«

»Klar, machen wir.« Johanna schaute in den Rückspiegel und wunderte sich, dass hinter ihr ein Pick-up fuhr. Aber nach einem weiteren Kilometer wusste sie, warum. Der Waldweg endete an einem See, und ein wenig abseits vom Ufer parkten hier kreuz und quer mehrere PKWs. Direkt am See standen halbrunde Holzunterstände, die Johanna schon öfter aufgefallen waren. Das waren Rastplätze mit Feuerstellen, an denen man grillen und sogar übernachten konnte. Holzvorrat war immer vorhanden.

»Da sind aber viele Leute«, sagte Leni.

Johanna nickte, parkte das Wohnmobil und öffnete die Fahrertür. An einem Bootsanlegesteg saßen einige Jugendliche. Zwei von ihnen sprangen ins Wasser, die anderen kreischten und lachten erschrocken auf, weil sie wohl nass gespritzt wurden. An den drei Grillstellen waren etliche Erwachsene mit kleineren Kindern dabei, ein Feuer anzuzünden, und weit draußen auf dem See entdeckte Johanna mehrere Ruderboote.

»Da ist Feuer. Da können wir unsere Würste braten«, sagte Leni und rüttelte ihren Opa etwas unsanft an der Schulter. »Opa, aufwachen!«

Er öffnete verschlafen die Augen. »Wo sind wir denn? Oh!« Er richtete sich auf.

»Papa, meinst du, wir könnten hier rasten, oder …«

»Ich muss wohl eingenickt sein …«, sagte er mit verschlafener Stimme. »Gute Idee. Wir machen eine Pause.«

»Du hast schon seit einer ganzen Weile geschlafen«, sagte Johanna und lächelte. »Ist das unhöflich, wenn wir hier unsere Würstchen grillen?«

»Aber nein. Die Finnen sind gesellige Menschen. Sie freuen sich sicher, wenn wir uns zu ihnen setzen. Aber ich frag sie gerne.«

Jetzt schien er wieder wach zu sein, denn er öffnete die Beifahrertür, ging die zwei Treppenstufen nach unten und schnurstracks auf die Grillenden zu.

Leni folgte ihm auf den Fersen.

Kurz darauf kamen sie wieder zurück. »Wie ich gesagt habe, sie freuen sich!«

Mit dieser spontanen Herzlichkeit hatte Johanna nicht gerechnet. Sofort machten die Leute Platz für sie auf dem Grill und auf den halbrunden Holzbänken, die um die Feuerstelle platziert waren. Sie fragten sie in perfektem und weniger perfektem Englisch, wo sie herkamen, wohin sie wollten, wie viel Zeit sie hatten, in ihrem wunderschönen Land Urlaub zu machen. Papa blühte auf. Er redete und lachte, sie grillten und aßen ihre Würstchen. Er schien völlig entspannt zu sein. Johanna probierte die Felchen, die zwei ältere Männer aus dem See gefischt und gebraten hatten, und Papa und sie tranken das angebotene Dosenbier, prosteten sich zu, und die Verständigung gelang immer besser.

Leni spielte, nachdem sie zuerst etwas scheu neben Johanna gesessen hatte, mit den anderen Kindern Ball. Gerade hatte sie ihren Badeanzug angezogen und sprang zusammen mit zwei älteren Mädchen in den See. Immer wieder schaute Johanna nach ihr, etwas unruhig, denn das Wasser war sicher kalt. Aber Leni schien das nichts auszumachen, und schwimmen konnte sie gut. Sie hatte bereits letztes Jahr das Seepferdchen gemacht, auch weil Papa immer wieder mit ihr im Nürtinger Frei- und Hallenbad geübt hatte.

Johanna hätte nicht sagen können, wie spät es war. Die Sonne kreiste über ihren Köpfen, es war angenehm warm, nicht heiß oder schwül. Es wehte ein Lüftchen, und sogar die Mücken ließen sich heute nur selten blicken. Vielleicht, weil sie das Feuer scheuten. Die Jugendlichen hatten sich um ihre eigene Feuerstelle geschart, und jetzt erscholl Musik aus dem Ghettoblaster. Ab und an beobachtete Johanna drei ältere Frauen, die immer wieder zu einem etwas abseits gelegenen Häuschen gingen, dessen Kamin rauchte. Sie tuschelten miteinander, lachten und kamen schließlich auf Johanna zu, die sich gerade die Beine vertreten, Leni beobachtet hatte und jetzt wieder zurück Richtung Feuerstelle ging. Die Frauen bemühten sich, sie etwas zu fragen. Aber anscheinend konnte keine von ihnen Englisch. Eine nette jüngere Frau in ihrem Alter, mit der sie sich vorhin unterhalten hatte, übersetzte. »Sie fragen, ob du Lust hast, mit in die Sauna zu gehen. Mach das doch, ich komme auch mit. Mitternachtssauna an Mittsommer, das ist Tradition bei uns in Finnland.« Sie lächelte Johanna aufmunternd an.

Johanna stutzte und warf ihrem Vater einen fragenden Blick zu. »Natürlich, ich passe auf Leni auf. Vielleicht wird sie auch bald müde, dann lege ich mich mit ihr schlafen. Schau, sie kommt gerade aus dem Wasser.«

Papa griff nach dem Badetuch, das sie vorhin aus dem Wohnmobil geholt hatte, und lief Leni entgegen.

Warum nicht? Mitternachtssauna, das klang gut.

Lilja, so hieß die nette Finnin, folgte zusammen mit Johanna den drei älteren Frauen, die Richtung Sauna gingen. Sie zogen sich in einem Vorraum aus, hängten ihre Kleidung an die dafür angebrachten Haken aus Rentierhorn und betraten die mit Holz aufgeheizte Sauna, wo das Feuer in einem großen Ofen brannte. Oben auf dem Ofen lagen viele heiße runde Steine. Es duftete herrlich nach frischem Holz und nach noch etwas, was Johanna vertraut vorkam, doch sie konnte den Geruch nicht zuordnen. Die alten Damen betraten nacheinander den aufgeheizten Raum.

»Das ist Teer«, sagte Lilja, als hätte sie Johannas Gedanken erraten, und folgte den Frauen. Johanna schnüffelte noch einmal. Das roch gut, nach Feuer und Sommer. Sie betrat als Letzte den Raum. Ihr stockte der Atem. Ein Blick auf die Temperaturanzeige, es waren fast achtzig Grad. Daran musste sie sich langsam gewöhnen. Die anderen Frauen setzten sich auf die oberen Bänke, sie legte ihr großes Badetuch auf die untere Bank, setzte sich und schloss die Augen. Langsam breitete sich die Hitze in ihrem Körper aus. Schön, dass es still war, dass niemand sprach. Jetzt machte eine der älteren Frauen einen Aufguss mit kaltem Wasser, das in einem Wassereimer neben dem Ofen stand. Johanna stöhnte kurz auf, als Lilja mit einem Handtuch in der Luft herumwirbelte.

Die lachte auf. »Das muss so sein«, sagte sie, »erst dann ist es eine richtige finnische Sauna« und wirbelte weiter. Johanna begann zu schwitzen, ihre Haut wurde feucht. Nach ein paar Minuten wagte sie es, sich zu den anderen nach oben zu setzen. Eine der alten Frauen grinste und zeigte ein paar Zahnlücken. Sie drückte Johanna und den anderen frische Birkenzweige in die Hand und begann sich damit auf die Oberschenkel und den Rücken zu schlagen. Alle taten es ihr gleich, auch Johanna. Ihr Körper brannte, sie schien Feuer zu fangen, aber es tat so gut.

Nach circa fünfzehn Minuten standen die alten Damen auf, hüllten sich in ihre Badetücher, Lilja nickte Johanna zu, und Johanna folgte ihnen. Sie schlang sich ihr Handtuch um den Körper und trat mit den anderen vor die Saunahütte. Der Temperaturunterschied von achtzig auf wohl um die zwanzig Grad war erfrischend.

Lilja deutete auf den Bootssteg, der gleich an die Sauna anschloss. »Und? Ein Bad?« Sie wartete Johannas Antwort nicht ab, sondern folgte den drei alten Frauen, die ihre Badetücher abgelegt hatten und an der kleinen Leiter nacheinander ins Wasser stiegen. Johanna zögerte, dann tat sie es den anderen gleich, ließ sich ins Wasser gleiten, schnappte kurz nach Luft und schwamm. Sie schwamm ein paar Züge weg vom Ufer und schloss die Augen. Was für ein Genuss! Sie fühlte sich so lebendig wie schon lange nicht mehr. Ihr ganzer Körper kribbelte und bebte. Sie wusste nicht, ob sie fror. Sie spürte nur, wie gut es tat. Mit großen Zügen bewegte sie sich Richtung Mitte des Sees, die anderen blieben hinter ihr. Vor ihr war nur die glatte Oberfläche des Sees, und sie alleine schwamm darin, wie ein Fisch, der nichts dachte und sich voller Wohlbehagen mit seinen Flossen durch den klaren kalten See gleiten ließ. Ein Sonnenstrahl schien auf den See, sie schwamm geradewegs in ihn hinein, drehte sich auf den Rücken, schwamm mit langsamen Zügen weiter und dachte: Das ist das wahre Leben!

29

Riitta war mit Tiina und ihrem Mann von Rovaniemi nach Inari gefahren. Ihre Freunde waren Richtung Varanger Halbinsel in Norwegen unterwegs, wo sie ein paar Tage Urlaub machen wollten. Zuvor hatten sie Riitta zu Hause in ihrem Häuschen am See abgesetzt. Sie hatten einen Kaffee zusammen getrunken, dann hatten sich ihre Freunde auf den Weg gemacht. Am liebsten hätte Riitta Tiina darum gebeten, bei ihr zu bleiben. Sie wollte nicht alleine sein, wenn …

Wie ein Tiger strich sie seitdem im Haus umher, schaffte es nicht, ihren Koffer auszupacken oder nachzuschauen, ob ihre Pflanzen überlebt hatten. Aber warum sollten sie nicht? Sie war schließlich nur eine Woche weg gewesen, und Kirsi hatte sich sicher liebevoll um ihre Tomaten-, Lauch- und Zucchinipflänzchen gekümmert.

Vorhin war sie noch einmal um das ganze Haus gegangen, um zu sehen, ob irgendetwas anders war als sonst. Aber alles war an seinem Platz: der Besen lehnte in der Ecke des überdachten Eingangsbereichs, die Fußmatte lag wie immer schräg vor der Haustür. Nirgendwo hatte sie eine Nachricht von Phil gefunden. Nirgendwo steckte ein Zettel oder war ein anderes Zeichen von ihm zu sehen. Den Anrufbeantworter ihres Festnetzes hatte sie noch nie benutzt, nichts blinkte. Vielleicht hatte er sie angerufen, vielleicht auch nicht.

Riitta stand in der Küche, eine Tasse Zitronentee in der Hand, und schaute aus dem Fenster, an das der Regen, der inzwischen eingesetzt hatte, mit voller Wucht prasselte. Sie konnte kaum den Bootssteg, geschweige denn den See erkennen. So hell wie gestern die Sonne von einem dunkelblauen Himmel gestrahlt und die Nacht zum Tag gemacht hatte, so bedrohlich brauten sich nun immer dichtere dunkle Wolken zusammen und schienen sich allesamt gleichzeitig über dem See zu entleeren. Was sollte sie tun? Sollte sie warten, bis Phil mit Johanna und Leni hier bei ihr auftauchen würde? Wie sie Ludwig einschätzte, wenn sie ihn überhaupt einschätzen konnte, hatte er Phil Bescheid gesagt. Aber würde Phil sich deshalb von seinem Vorhaben abbringen lassen? Er war niemand, der andere Menschen überrannte, der seine Meinung oder seine Vorhaben durchdrückte. Phil war rücksichtsvoll, fragte stets danach, was sie sich vorstellte und wünschte. Aber bisher war es immer um harmlose Dinge gegangen, welches Hotel sie wählen oder welche Veranstaltung sie besuchen sollten, niemals um solch wichtige Familienangelegenheiten.

Sie stellte die Tasse auf den Küchentisch, der Tee schwappte über, aber das kümmerte sie nicht. Sie musste raus hier. Im Flur stolperte sie über ihren Koffer, schob ihn, so gut es ging, unter die Garderobe, schlüpfte in Regenhose und Regenjacke, setzte die Kapuze auf und versuchte sich zu erinnern, wo sie ihre Gummistiefel gelassen hatte. Im Gewächshaus wurde sie fündig. Kurz ließ sie ihren Blick über die kleinen Pflanzen schweifen, die allesamt gesund aussahen, schnappte sich einen Plastikeimer und ging mit großen Schritten zum Bootssteg.

Sie musste etwas tun, musste sich betätigen, sonst würde sie wahnsinnig werden.

Der Boden ihres roten Ruderbootes stand bereits voll unter Wasser. Riitta stieg hinein, setzte sich auf die Zwischenbank und schöpfte das Wasser, das ihr bis zu den Knöcheln reichte, mit kräftigen Armbewegungen in den See. Sie schwitzte unter ihrer Gummikleidung. Es war schwülwarm, aber die Bewegungen taten gut. Es goss in Strömen. Sie hatte das Gefühl, dass dieselbe Menge Wasser, die sie in den See schüttete, von oben wieder ins Boot fiel.

Nach zehn Minuten hielt sie erschöpft inne. Was tat sie hier nur?

Wie hatte Tiina vorhin zu ihr gesagt? »Gib Phil und dir eine Chance.« Aber hatte sie das nicht die ganzen letzten fünfzehn Jahre getan? Eine ganz besondere Liebe, sieben Tage im Jahr, war doch besser als eine Liebe, die an Alltagsproblemen zugrundeging. Und nicht nur an Alltagsproblemen, an Familienproblemen. Einmal hatte sie versucht, mit Phil zusammenzuleben, und war gescheitert. Sie war für diese Art Leben nicht geschaffen. Phil war der Mann, den sie liebte, der in ihr Leben gehörte. Er war es, der ihr die Kraft gab, ihren Alltag auf die Reihe zu bekommen. Natürlich fühlte sie sich manchmal einsam hier draußen in ihrem Häuschen, obwohl sie es sich so gemütlich eingerichtet hatte. Natürlich hätte sie gerne öfter jemanden, an den sie sich anlehnen könnte, wenn es ihr nicht gut ging. Aber sie war stark, schon immer gewesen. Probleme, egal welcher Art, löste sie alleine.

Als sie mit Onni zusammen war, war es nicht anders gewesen. Er hatte sein Leben in Helsinki, besuchte sie nur ab und an in Lappland. Manchmal fuhren sie zusammen in Urlaub. Er hatte immer nur kurz Zeit. Aber das passte gut! Und Onni war nicht der Mann fürs Leben gewesen. Er war nett und liebeswürdig, aber er trank zu viel. Jedes Mal, wenn er sie besuchte, brachte er Alkohol mit: Bier, Wein und Stärkeres. Und sie trank nur aus Höflichkeit mit, immer nur Schlückchen. Er war nie ausfällig geworden. Nein, Onni war ein melancholischer Trinker, einer, der eher in Tränen ausbrach und sich in ihren Armen ausweinte. Am nächsten Morgen wusste er oft nichts mehr von seinen Gefühlsausbrüchen.

Riittas Blick wanderte nach oben. Der Regen schien nachzulassen. Sie saß in ihrem Boot, das Gummizeug klebte an ihrem Körper. Warum hatte sie nicht die richtige Regenkleidung angezogen, den dicken Ölmantel und die passende Hose, in denen sie angeln ging? Jetzt war alles an ihr feucht und durchgeschwitzt. Sie würde duschen und … kurz überlegte sie … frische Sachen packen. Und wenn der Regen aufgehört hätte, würde sie mit der Vespa zu Adam fahren. Er würde sie sicher für ein paar Tage bei sich aufnehmen. Wenn Phil mit Johanna und Leni auftauchen würde, wäre sie ganz einfach nicht da. Und bei Adam würde er sie nicht finden. Zwar hatte sie Phil ein paarmal von ihrem alten Freund erzählt, aber sie konnte sich nicht erinnern, dass sie seinen Namen erwähnt hatte. Nein, sie wäre weg, würde wie abgemacht nach Seinäjoki zum Tangofestival fahren, und alles wäre wie immer.

30

Schon den ganzen Tag ging es Phil nicht gut. Er fühlte sich müde, jede Bewegung schien ihn anzustrengen, und manchmal hatte er das Gefühl, jemand würde ihm auf der Brust sitzen. Beklemmend war das.

Dabei hatte er den Mittsommerabend sehr genossen. Er hatte sich mit netten Finnen unterhalten, hatte sich über Johanna gefreut, die so entspannt wie selten gewirkt hatte, und er hatte sich mit Leni noch vor Mitternacht im Wohnmobil hingelegt, und die Kleine war in seinen Armen eingeschlafen. Die paar Flaschen Bier, die er getrunken hatte, hatten nur 3,5 % Alkohol gehabt, viel weniger als das Bier in Deutschland, und er hatte sich überhaupt nicht beschwipst gefühlt. Eigentlich war alles gut! Doch je näher sie Inari kamen, desto schneller schlug sein Herz. Er war ungeheuer aufgeregt. Heute wollte er Rita treffen. Aber würde sie überhaupt zu Hause sein? Vielleicht hatte sie mit Freunden zusammen Mittsommer gefeiert und war gar nicht da. Verstohlen hatte er vorhin in sein Portemonnaie geschaut. Hier hatte er den Zettel mit Ritas Adresse und ihre Festnetznummer aufbewahrt. Er könnte sie anrufen. Aber wie sollte er das anstellen? Johanna und Leni waren ständig um ihn. Und zudem sollte er zuerst mit Johanna reden. Aber bisher hatte er es nicht geschafft. Er traute sich nicht. War es wirklich eine gute Idee gewesen, hierherzufahren und Rita zu besuchen?

»Was unternehmen wir in Inari?«, fragte Johanna ihn und schaute ihn unternehmungslustig von der Seite an.

Heute saß er am Steuer. Auch wenn er sich nicht wohlfühlte, wollte er Johanna entlasten. Zuerst tat er so, als hätte er sie nicht gehört.

»Papa, was machen wir in Inari?«, fragte sie etwas lauter.

Er überlegte kurz, dann deutete er auf die dichten Wolken vor ihnen. »Es wird Regen geben.« Was für ein blödsinniges Ablenkungsmanöver. Aber ihm war auf die Schnelle nichts Besseres einfallen.

Sie schaute ihn an, und er wusste genau, dass sie etwas anderes von ihm hören wollte. Sie wollte wissen, wen er in Inari kannte, wen sie besuchen würden. Sie hatten die letzten Tage, an denen sie unterwegs waren, nicht mehr über dieses Thema geredet. Wahrscheinlich hatte Johanna bemerkt, dass es ihm nicht gut ging, und hatte ihn schonen wollen.

»In Inari gibt es ein Sámi-Museum, das wohl ziemlich bekannt sein soll. *Siida* heißt es. Kennst du das?«

Johanna lächelte ihn aufmunternd an.

»Ja«, sagte er. »Genau, wir gehen ins Museum. Hast du Lust, Leni?«

»Gibt's da ein Rentier, das ich streicheln kann?«, fragte sie.

»Ich weiß es nicht, ich war nur ein einziges Mal dort, und das ist schon lange her. Wir schauen einfach. Und wenn es keines gibt, dann fragen wir jemanden, wo wir eines finden können.«

»Okay«, sagte die Kleine und blätterte weiter in ihrem Bilderbuch. Sie hob noch einmal den Kopf. »Opa, können wir nicht mal ein wenig länger an einem Ort bleiben? Ich hab keine Lust mehr, jeden Tag Auto zu fahren.«

Er hatte fragend zu Johanna geschaut, die in ihrem Reiseführer las.

»Klar können wir das. Wir bleiben ein paar Tage in Inari, nicht, Papa? Dann kann ich auch mit meinem Artikel für die Zeitschrift anfangen.« Er konnte ihren Blick nicht deuten. War es eine Aufforderung, ihr endlich zu sagen, was los war, oder wünschte sie sich wirklich Zeit zum Schreiben? Er nickte. Ja, vielleicht könnten sie ein paar Tage bei Rita bleiben. Wenn sie überhaupt da wäre.

Kurz darauf erreichten sie Inari, das, wie Johanna vorlas, knapp über sechshundert Einwohner hatte.

Vor sechzehn Jahren war er einmal hier gewesen, und als er jetzt das Hotel Inari mit seiner frisch angemalten Fassade und gegenüber den neu gepflasterten Parkplatz mit dem großen modernen Supermarkt sah, fiel ihm auf, wie einladend alles wirkte. Er hatte die Gebäude an der Hauptstraße, die über den See Richtung Sámi-Museum führte, grauer in Erinnerung. Jetzt sah alles frisch aus, farbiger, wie aus dem Ei gepellt. Neben dem Hotel standen zwei weiße Helikopter am Fluss. Vor ihnen hatte sich eine Menschenansammlung gebildet, sicher Touristen, die einen Rundflug machen wollten, obwohl die Wolken immer dichter wurden. Vor einem großen Souvenirladen parkten viele Wohnmobile und PKWs. Inari war bekannt für seine samische Kultur. Die Koltsamen waren hier beheimatet, das hatte ihm Rita erzählt. Hatte sie nicht auch einen alten Freund unter den Koltsamen, mit dem sie lange in einer WG gewohnt hatte?

Sie ließen rechts einen Bootsanlegesteg liegen. Dann passierten sie die Brücke, die über den Inarisee führte, und parkten gleich darauf auf dem gut besuchten Parkplatz des Museums. Phil atmete aus. Vielleicht würde er hier die Möglichkeit finden, für einen Moment alleine zu sein und Rita anzurufen.

Mehrere Stunden waren sie im Museum gewesen. Draußen hatte es geschüttet, drinnen hatten sie sich über das Leben in der Arktis informiert, ausgestopfte Bären und Luchse angeschaut und samisches Handwerk bewundert. Als Leni keine Lust mehr hatte, hatten sie im Restaurant gegessen und im Museumsshop kleine Andenken gekauft. Leni hatte ihn ständig belagert. Phil hatte keine Minute für sich alleine gehabt. Und jetzt saßen sie wieder im Wohnmobil, Leni stolz mit einem roten T-Shirt, auf dem ein aufgedrucktes Rentier prangte, und Johanna blätterte in einem englischen Buch über das Leben der Skoltsamen. Phil startete den Fiat, der Regen schien langsam nachzulassen. Phil schluckte und atmete aus. Es war an der Zeit. Er wandte sich an Johanna. »Ich würde gerne jemanden besuchen, den ich gut kenne.«

Johanna hob den Kopf.

»Gibt's da Kuchen?«, fragte Leni.

»Weiß ich nicht, vielleicht.« Er versuchte, ein Lächeln aufzusetzen.

»Und dann will ich doch noch ein Rentier streicheln.« Sie schaute ihn an. Und immer, wenn Leni oder auch Johanna ihm das Gesicht zuwandten, sah er Rita in ihnen, Rita mit ihren hohen aparten Wangenknochen.

»Mal schaun.«

»Aber …«

»Du hast gerade ein T-Shirt bekommen«, kam ihm Johanna zu Hilfe. »Bestimmt kannst du bald wieder ein echtes Rentier streicheln.« Leni schmollte, und Johanna musterte ihn von der Seite. »Ist das weit von hier?«, fragte sie.

Er schüttelte den Kopf, holte sein Portemonnaie aus seiner Hosentasche und griff nach dem handgeschriebenen Zettel. Dann tippte er die Adresse in das Navi. »Zehn Minuten.«

Johanna nickte.

Er lenkte das Wohnmobil vom Parkplatz und schwenkte nach links, über die Brücke, am Hotel vorbei.

»Fahren wir wieder zurück?«, fragte Johanna. »Aus dieser Richtung sind wir doch gekommen.«

»Scheint so.«

»Du warst also noch nie dort?« Johanna runzelte die Stirn.

»Wen besuchen wir denn?«, fragte Leni und strich versonnen über das Rentier auf ihrem Shirt.

»Eine … sehr liebe Person.« Mehr brachte Phil nicht heraus.

»Eine Frau?«, fragte Leni.

Er bemerkte Johannas forschenden Blick. »Ja, eine sehr liebe nette Frau.«

Leni drückte sich zurück in ihren Kindersitz. »Die hat bestimmt Kuchen und vielleicht auch ein Rentier.«

Phils Herz raste. In ein paar Minuten würden sie bei Rita sein. Sein Blick fiel auf Johanna, die stumm aus dem Beifahrerfenster schaute.

31

Riitta war startklar. In der kleinen Reisetasche hatte sie alles Nötige gepackt, was sie für ein paar Tage brauchte, und Adam hatte sie auch informiert. Er hatte zwar etwas gezögert, als sie ihm erzählte, warum sie bei ihm untertauchen wollte, aber er hatte zugesagt. Auf Adam konnte sie sich verlassen, auch wenn er ihre Entscheidungen nicht immer guthieß.

Sie trat vor die Haustür. Der starke Sommerregen war in ein leises Nieseln übergegangen. Über dem Inarisee lockerte die Wolkendecke auf. Es würde nicht mehr lange dauern, und sie könnte fahren.

Sie schluckte. Immer wieder floh sie. Damals war sie von Deutschland in die USA geflohen. Später hatte sie es nach Finnland verschlagen, dreitausend Kilometer weit weg von Süddeutschland. Ein paar Jahre danach dann dieser schreckliche Besuch vor Phils Haus, bei dem sie Hedi mit den Kindern, und auch Phil, gesehen hatte. Und wieder war sie geflohen. Jetzt hatte sie es gerade mal eine Woche in Deutschland ausgehalten und war Hals über Kopf abgereist. Und nun?

Aber es war nicht nur wegen ihres unerwünschten Besuches gut, dass sie ging. Nach einem so heftigen Sommerregen würden die Mücken in Schwärmen kommen, und die konnten einem das Leben zur Hölle machen. Zumindest bestätigte sie sich damit selbst in ihrem Entschluss. Oftmals hatte sie überlegt, die Wochen nach Mittsommer bis zum Tangofestival und auch ein paar Wochen danach woanders zu verbringen, weiter im Süden. Vielleicht sollte sie nach dem Tangofestival Sirpa in Helsinki besuchen. Sie hatten sich seit Jahren nicht gesehen, und Sirpa würde sich sicher freuen. Und in der Hauptstadt war man vor den Mücken sicher, zumindest nahm sie das an.

Riitta ging zurück in den Flur und zog ihre Rollermontur über Jeans und T-Shirt. Sie würde darin sicher schwitzen, aber die Kleidung würde auch die lästigen Mücken abhalten. Dann griff sie ihre Reisetasche und schloss die Haustür hinter sich ab.

Im Schuppen stand die grüne Vespa, wie immer startklar. Riitta setzte Brille und Helm auf und klemmte ihre Reisetasche mit Gummiringen fest. Dann schob sie die Vespa auf den Hof, stellte sie auf den Ständer und schloss die Schuppentür. In ihrem Magen rumorte es. Sie hatte heute nicht viel gegessen, hatte überhaupt nicht daran gedacht, sich etwas Warmes zuzubereiten. Sie hätte auch nichts hinunterbekommen.

Ein Blick in den Himmel, der Regen hatte aufgehört. Der See lag still da, als hätte es überhaupt keinen Starkregen gegeben. Das Boot bewegte sich kaum. Auf den Fichten, die nahe am durchnässten Bootssteg wuchsen, bemerkte sie ein paar Kukellis, Unglückshäher, die sich in den Zweigen der Bäume versteckten. Sie mochte diese runden Raben, die ihren rötlich gefärbten Schwanz wie einen Fächer aufklappen konnten und oft merkwürdige Schreie ausstießen. Einmal hatte sie gelesen, dass Unglückshäher über zwanzig unterschiedliche Laute verfügten, die ihren Artgenossen verrieten, welcher Feind in der Nähe war. Riitta lachte auf. Warum verfügten Menschen nicht über so eine Eigenschaft? Aber sie hätte, als sie noch bei ihren Eltern lebte, gar niemanden gehabt, der sie vor den Schlägen der Mutter hätte warnen können. Ihre jüngere Schwester hatte nicht mehr gelebt, und Michael war erst später auf die Welt gekommen.

Riitta nahm den Helm noch einmal ab. Heute schrien die Häher nicht. Alles war still. Sie betrachtete ihr Holzhaus mit den roten Dachziegeln und den hellen verwitterten Fensterläden, die so heimelig wirkten. Links neben dem Haus hatte sie im Mai zusammen mit ihren Nachbarn eine Holzfinne aufgetürmt, damit ihr Holz ablagern konnte. Daneben stand die Sauna, die Onni gebaut hatte, und hinter ihrem Häuschen war ihr Gewächshaus, wo sie ihr Gemüse zog. Das alles war ihr Zuhause, sie fühlte sich wohl hier – eigentlich.

Bisher war sie immer nur von anderen Orten geflohen, jetzt floh sie sogar aus ihrem Zuhause.

Sie steckte den Schlüssel in das Zündschloss, versuchte, ihre widerborstigen Haare unter den Helm zu schieben, als sie ein Motorengeräusch vernahm, das immer näher kam.

Sie erstarrte. Gedanken purzelten durch ihren Kopf. Heute war Sonntag. Da kam der Postbote nicht. Außerdem fuhr er keinen Diesel, sondern einen Benziner. Adam würde nicht zu ihr kommen. Sie hatten vereinbart, dass sie wartete, bis der Regen vorbei wäre und dann mit dem Roller fahren würde. Und Tiina und ihr Mann … War ihnen etwas passiert? Kamen sie zurück? Sie hatten einen Diesel, aber der hier hörte sich anders an. Dumpfer. Sie lauschte wieder auf das näher kommende Fahrzeug. Es fuhr langsam auf dem Waldweg direkt auf ihr Haus zu. Kurz überlegte sie wegzurennen, sich zu verstecken. Aber hier stand ihr Roller, ein Zeichen, dass sie zu Hause war. Wie angewurzelt blieb sie stehen, die Augen erschrocken aufgerissen.

Ein beige-braunes Wohnmobil älterer Bauart fuhr im Schritttempo direkt auf sie zu. Der Fahrer hob die Hand.

Phil.

Neben ihm saßen eine junge Frau und ein Kind, Johanna und Leni.

Der Motor erstarb. Riitta beobachtete, wie Phil etwas zu Johanna sagte, dann öffnete er die Fahrertür, stieg aus und kam auf sie zu.

Er wirkte schmaler auf sie. Sein Körper, sein Gesicht. Noch letztes Jahr hatte er ein leichtes Bäuchlein gehabt. Das war jetzt ganz verschwunden. Nur seine weißgrau melierten Haare waren voll wie immer. Er lächelte. Aber sie war wie erstarrt, spürte nur ihren Herzschlag, der an ihrer Halsschlagader pulsierte. Riitta trat einen Schritt zurück. Unmerklich schüttelte sie den Kopf. Sie wollte das nicht, wollte keine Begegnung mit Johanna. Das hatten sie so vereinbart. Sie hatte ihre Tochter vor Jahrzehnten verlassen, sie wollte diesen fürchterlichen Schmerz nicht noch einmal erleben. Sie hatte ihn so viele Male in ihren Träumen erlebt, so schrecklich viele Male. Es war genug. Warum wollte Phil, dass sie so litt? Er wusste doch, wie sehr es sie schmerzte, welch furchtbare Schuldgefühle sie quälten.

»Rita«, sagte Phil mit seiner melodischen dunklen Stimme und breitete die Arme aus.

Einen winzigen Augenblick spürte sie das Verlangen, sich in seine Arme zu werfen. Sich fallen zu lassen, seine Wärme zu genießen. Aber sie konnte nicht.

»Du bist schön, wie immer.«

Sie sah an sich hinunter, auf ihr Gummizeug. Scherzte er etwa mit ihr? »Warum kommst du mit Johanna?«, fragte sie mit einer tonlosen Stimme, die ihr selbst fremd vorkam.

»Ich wollte dir gerne deine Tochter und deine Enkelin vorstellen«, sagte er und schaute sie mit seinen dunkelblauen Augen an. Er senkte die Arme wieder. Seine großen Hände, die beim Tangotanzen zart ihren Rücken berührten, wirkten hilflos neben seinem Körper. Als ob sie fehl am Platz wären.

»Ich dachte, vielleicht … freust du dich.« Sein Blick wirkte hoffnungsvoll.

»Wir hatten ausgemacht, dass wir unsere Familien außen vor lassen, dass nur wir beide uns treffen. Warum brichst du unsere Abmachung?« Sie bemerkte, wie sich ihr Ton erhöhte. Sie musste sich beherrschen, ruhig zu bleiben.

Er atmete tief aus. »Komm zu mir. Ich möchte dich erst einmal umarmen. Ich freue mich so sehr, dich zu sehen. Es ist so lange …« Er trat auf sie zu.

»Nein! Geh weg!« Sie ging einen Schritt zurück, blieb am Ständer der Vespa hängen und strauchelte. Aber sie hatte sich gleich wieder im Griff. »Ich will dich nicht sehen. Ich will auch Johanna und Leni nicht sehen. Lasst mich einfach in Ruhe!« Aus dem Augenwinkel heraus, sah sie, wie Johanna reglos auf dem Beifahrersitz saß und sie beobachtete.

»Du kannst doch nicht dein ganzes Leben lang deine Tochter verleugnen.« Phils Stimme zitterte. »Ich habe keine Tochter. Ich habe sie geboren, aber ich war nie eine Mutter für sie. Nie!« Das hatte sie so laut ausgestoßen, dass sie selbst erschrak. »Sie braucht mich nicht. Ich bin nichts für sie! Ein Niemand! Geh endlich.« Riitta bemerkte, wie die Farbe aus Phils Gesicht wich.

»Du schickst mich weg?«

Ihr Herz raste. Sie drückte den Helm, den sie immer noch in der Hand hielt, an sich, als müsste sie sich daran festhalten. Er durfte das nicht tun, er hatte kein Recht dazu.

»Geh!«, sagte sie und drehte sich um. Sie hatte das Gefühl, das Herz würde ihr aus dem Leib gerissen. Sie liebte diesen Mann, und jetzt …? Sie hoffte, er würde einsteigen und wegfahren. Er sollte mit Johanna und Leni Urlaub machen, sie würden sich später treffen, wie immer. Und sie würde so tun, als hätte es diese Szene nie gegeben. Sie ging ein paar Schritte Richtung Haustür.

Hinter ihr hörte sie einen kleinen Aufschrei und ein dumpfes Geräusch. Sie drehte sich um. Phil war auf den Boden gefallen. Er lag zusammengekrümmt auf der Seite. Sie rannte auf ihn zu und kniete sich zu ihm.

Er hielt sich die Hand an die Brust.

»Papa!«, hörte sie Johanna rufen.

»Phil, mein Liebster. Was hast du?« Sie drehte ihn behutsam um, legte seinen Kopf auf ihren Schoß und strich über seine Wangen. Tränen stiegen ihr in die Augen.

»Ich habe das Gefühl … auf mir sitzt ein Elefant.« Mit

schmerzverzerrtem Gesicht versuchte Phil sich aufzurichten, aber es gelang ihm nicht.

Sie öffnete die obersten Knöpfe von seinem Hemd und bemühte sich, seinen Rücken gegen ihren Oberkörper zu lehnen, damit er aufrecht saß. Aber er war zu schwer.

»Was haben Sie getan? Mein Gott! Er ist herzkrank. Rufen Sie den Notarzt!« Das war Johanna. Sie kniete sich auf die andere Seite und gab ihr mit einem Blick zu verstehen, dass sie sofort anrufen sollte. »Vielleicht hat er einen Herzinfarkt. Sagen Sie das. Schnell!«

»Ich komme gleich zurück«, flüsterte sie Phil zu und überließ ihn seiner Tochter. »Hochlagern, damit er Luft bekommt«, sagte sie noch und rannte zum Haus. Sie bemerkte, wie das kleine Mädchen zögernd aus dem Wohnmobil stieg, in der Hand ein Schmusetier.

Die Haustür war abgeschlossen. Wo hatte sie nur ihren Schlüssel? Sie griff in die Jackentasche. Da war er nicht. Herzinfarkt! Ihr Phil! Er durfte nicht sterben! Wo war nur dieser blöde Schlüssel? Sie langte in die andere Tasche ihrer Gummijacke. Da. Mit zitternden Händen schloss sie auf. Ein Blick zurück. Johanna kniete bei Phil, daneben stand Leni, sie wirkte völlig verängstigt. Riitta sprang den Flur entlang ins Wohnzimmer und griff nach dem Telefonhörer.

32

»Papa, hörst du mich?« Johanna versuchte, ihren Vater aufzurichten. Aber sie schaffte es nicht. Sie zog ihre Jeansjacke aus und drapierte sie unter seinem Kopf. Hektisch schaute sie sich um. Die Vespa. Sie stand auf, rollte den Roller neben ihren Vater und bockte ihn wieder auf. »Ich probiere es noch mal. Ich helfe dir.«

»Mama, was hat Opa?« Leni stand mit aufgerissenen Augen neben ihr.

»Wahrscheinlich tut ihm sein Herz weh.«

»Stirbt Opa?«

»Nein, nein! Die Frau ruft einen Arzt. Sicher kommt gleich der Rettungswagen. Leni, geh bitte zur Seite.« Sie bemerkte, wie ihr Vater ihr beim Aufsitzen helfen wollte. Er stützte sich mit dem rechten Arm ab und stöhnte dabei. Schließlich schafften sie es gemeinsam.

Er schaute sie mit schreckverzerrten Augen an. Hoffentlich hatten sie in Inari eine Krankenstation, dachte sie. Der Ort war ja winzig.

Papa atmete hektisch, sein Gesicht verfärbte sich rot.

»Gleich kommt der Arzt«, versuchte sie, ihn zu beruhigen.

Er hielt sich die Hand an die Brust.

Sie hörte ein Geräusch, ein Türenschlagen. Die Frau kam zurück.

»Der Notarzt kommt in zehn Minuten.«

Sie sagte es auf Deutsch, ohne Akzent. So wie sie vorhin darauf hingewiesen hatte, Papa hochzulagern.

»Johanna.« Ihr Vater flüsterte.

»Ja, Papa.« Sie hielt ihr Ohr an seinen Mund.

»Das ist Rita, deine Mutter.«

Verständnislos schaute sie ihren Vater an. Was sagte er da? Er halluzinierte. »Alles wird gut, Papa. Gleich kommt der Arzt. Dann geht es dir sofort besser.«

»Könntest du mit dem Wohnmobil an den Straßenrand fahren und dem Rettungswagen ein Zeichen geben? Damit er die Einfahrt gleich findet.« Die Frau strich durch ihre lockigen Haare. Sie standen in alle Richtungen.

Kurz zögerte Johanna.

»Ich bin hier. Ich passe gut auf ihn auf.« Die Frau zog hektisch die Gummijacke aus und schmiss sie von sich. Sie hatte Tränen in den Augen.

Johanna nickte, stand auf und nahm Leni bei der Hand. Es war gut, wenn ihre Kleine hier wegkam. Sie stiegen ins Wohnmobil, Leni schnallte sich an, sie setzte sich auf den Fahrersitz, startete und wendete den Wagen. Die schmale Frau hielt die Hand ihres Vaters und strich ihm über das Gesicht. Wer war sie? Johanna setzte das alte Gefährt langsam in Bewegung.

»Warum hält die Frau Opas Hand?«, fragte Leni.

Johanna schluckte. »Vielleicht, damit es Opa bald wieder gut geht.« Sie versuchte, sich zu konzentrieren und den Spurrillen auszuweichen, die durch den starken Regen sehr rutschig waren. Nur im Schritttempo kam sie vorwärts.

»Vorhin haben sie sich gestritten, und jetzt hält sie seine Hand. Also vertragen sie sich wieder.«

Johanna bemühte sich, ein Lächeln aufzusetzen. Leni hatte vorhin, genau wie sie, alles beobachtet. Warum redete ihr Vater so einen Unsinn? Er war sicher verwirrt. Eine Träne lief an Johannas Wange herunter. Es war jetzt völlig unwichtig, wer diese Frau war. Der Arzt musste kommen, ihr Vater brauchte Hilfe. Er durfte nicht sterben. Ein lauter Schluchzer entfuhr ihrem Mund, aber als sie Lenis erschrockenen Blick bemerkte, versuchte sie, sich zu beherrschen. Schnell wischte sie die Träne weg.

Sie parkte das Wohnmobil so, dass es von der Fahrbahn aus gut zu sehen war. »Bleib du hier sitzen, Leni. Ich gehe raus und winke dem Fahrer vom Krankenwagen.«

»Okay«, sagte ihre Kleine. Sie hatte immer noch ihren Kuschelaffen im Arm.

Johanna strich ihr über den Kopf, stieg aus und stellte sich an den Fahrbahnrand. Zehn Minuten, hatte die Frau gesagt. Johanna schaute auf ihr Handy. 18:15. Es waren sicher fünf Minuten vergangen. Das Herz klopfte ihr bis zum Hals. Sie verstand das nicht. Ihrem Vater war es doch wieder gut gegangen. Gestern, an Mittsommer, hatte er gelacht, als sie mit den anderen Feiernden zusammen am Feuer saßen. Klar, er hatte ein bisschen getrunken, aber das tat er sonst doch auch.

Vier PKWs waren bisher vorbeigefahren. Sie lauschte. War da eine Sirene? Sie reckte den Hals, aber die Fahrbahn blieb leer.

Und er war heute Auto gefahren, hatte Leni im Museum all ihre Fragen beantwortet, er hatte nicht müde oder abgeschlagen gewirkt. Es musste das Gespräch mit dieser Frau gewesen sein, das ihn aufgeregt hatte. Sie hatte doch gesehen, wie diese Frau sich abgewandt hatte. Sie hatten gestritten, und das hatte … Ein Blick aufs Handy. 18:18. Warum kam dieser blöde Krankenwagen nicht?

Leni öffnete die Tür und streckte den Kopf heraus.

»Bleib im Wagen.«

»Wann kommt der Krankenwagen?«

»Gleich.«

»Muss Opa ins Krankenhaus?«

»Vielleicht. Leni, mach die Tür zu.« Sie hörte ein Murren, aber die Tür schloss sich langsam wieder. Wo war hier nur das nächste Krankenhaus? Hoffentlich nicht in Rovaniemi, das waren über 400 Kilometer von hier. Warum hatte sie nie in Betracht gezogen, dass Papa es mit dem Herzen bekommen könnte? Sie hätte nachschauen können, wie die Krankenversorgung in Lappland aussah, hätte ihre Reise danach planen können. Warum war sie nur so unvernünftig gewesen? Hatte Papa seine Herzprobleme verschwiegen? Er hatte ihr doch bestätigt, dass es ihm wieder gut gehe. Warum hatte sie ihn mit dieser Frau alleine gelassen? Was, wenn er in den Armen einer Frau starb, mit der er sich gestritten hatte? Ihre Gedanken kreisten.

Jetzt – sie hörte eine Sirene, dann ein Blinken.

»Mama! Der Krankenwagen! Er kommt!«

Johanna riss die Arme hoch und winkte und winkte …

33

Ein Arzt und zwei Sanitäter waren gekommen. Riitta kannte nur die beiden Sanitäter. Ein Mann und eine Frau in ihrem Alter, die schon viele Jahre in der Krankenstation in Inari arbeiteten. Der Arzt musste neu sein, oder er war eine Urlaubsvertretung. Er war jung, wirkte aber kompetent und strahlte eine ungeheure Ruhe aus.

Er redete mit Phil, stellte sich als Haiki vor, untersuchte ihn.

Riitta übersetzte und erklärte Phil, was der Arzt tat. Phil war ansprechbar.

Johanna stand mit Leni an der Hand etwas abseits. Riitta hörte, wie sie mit beruhigender Stimme auf die Fragen der Kleinen antwortete.

Die Sanitäter legten Phil auf die Bahre.

»Wir nehmen ihn mit und machen im Rettungswagen ein EKG. Falls der Verdacht auf einen Herzinfarkt besteht, fahren wir ihn sofort nach Rovaniemi. Dort gibt es eine Kardiologie, und er würde dort weiterbehandelt werden«, sagte Haiki zu ihr. »Sind Sie eine Angehörige?«

»Ich fahre mit«, sagte sie, ohne zu überlegen.

Riitta drehte sich zu Johanna und übersetzte, was der Arzt gesagt hatte.

Johanna nickte.

»Ich begleite sie«, sagte Riitta zu ihr.

»Aber … Ich bin seine Tochter.« Johanna war zu ihr

getreten. »*I am his daughter*«, sie hatte sich an den jungen Arzt gewandt. »Wer sind Sie überhaupt?«, fragte sie Riitta.

»Es wäre besser, wenn du mit der Kleinen im Wohnmobil fährst«, sagte Riitta. »Falls Phil ins Krankenhaus nach Rovaniemi muss, könntet ihr im Wohnmobil schlafen.«

»Gibt es denn kein Krankenhaus in der Nähe?«

»Nein. Rovaniemi ist das nächste.« Sie bemerkte, wie Johanna überlegte. »Okay«, sagte sie. Sie beugte sich zu Phil, den die Sanitäter gerade hochhoben, drückte seine Hand und flüsterte ihm etwas ins Ohr.

Dann schoben die Sanitäter Phil in den Krankenwagen.

Haiki sah Riitta fragend an.

»Einen Augenblick«, sagte sie. Sie rannte ins Haus, schnappte sich eine Jacke von der Garderobe und überlegte kurz. Der Hausschlüssel. Er war in der Gummijacke, die immer noch auf dem Boden neben der Vespa lag. Sie eilte zurück, griff nach der Jacke und dem Schlüssel, warf die Jacke über den Roller und schloss die Haustür ab. Schließlich nestelte sie die Reisetasche von der Vespa. »Bin bereit«, sagte sie zu dem Arzt.

»Falls ihr nicht folgen könnt und wir nach Rovaniemi fahren, das Krankenhaus heißt Lappi Central Hospital«, sagte sie zu Johanna beim Einsteigen in den Krankenwagen. »Frag, wenn du es nicht findest. Jeder kennt es.« Sie setzte sich auf den Notsitz. Der Arzt war schon eingestiegen. Sie nickte Johanna kurz zu, die reglos dastand. Die Türen schlossen sich, der Krankenwagen setzte sich in Bewegung, und Riitta sah, wie Johanna und Leni Richtung Wohnmobil rannten.

Während Haiki Phil am EKG überwachte, hielt sie dessen Hand. Er hatte die Augen geschlossen, sein Atem ging wieder ruhiger. »Ich bin da«, flüsterte sie ihm zu. »Johanna und Leni kommen im Wohnmobil nach.« Er schien sie verstanden zu haben, denn sie meinte, eine Kopfbewegung zu bemerken.

Haiki nickte ihr beruhigend zu. »Wir tun, was wir können.« Er schaute auf das Display der Apparatur. »Ich mache einen Schnelltest auf Troponin«, sagte er, und kurz danach kam: »Verdacht auf Herzinfarkt.« Er hantierte mit Medikamenten und erklärte ihr, dass er Phil Morphin und ein Medikament gegen die Blutgerinnungsbildung gebe. Dann griff er zum Handy. Er kündigte sie im Krankenhaus in Rovaniemi an. Aber es würde dauern, bis sie kämen.

»Wie spät ist es?«, fragte Riitta ihn, als er sein Gespräch beendet hatte.

»18:40 Uhr. In vier Stunden könnten wir es schaffen, vielleicht auch in dreieinhalb, wenn Jussi ein wenig Gas gibt, nicht, Jussi?«, scherzte er nach vorne.

Der Fahrer drehte sich um. »Alles klar.« Er grinste, drückte aufs Gaspedal und stellte die Sirene an.

»Könnte Phil nicht mit dem Helikopter nach Rovaniemi geflogen werden?«, fragte sie.

Haiki schüttelte den Kopf. »Der Pilot hat frei – Mittsommer«, sagte er bedauernd.

Erschöpft lehnte sie sich zurück.

Hatte Phil sich so sehr aufgeregt, dass er ihretwegen einen Herzinfarkt erlitten hatte? Sie war schuld. Natürlich. Wie immer. Das sah Johanna genauso. Was hatte Johanna sie vorhin gefragt?

»Was haben Sie getan?«

Ja, was hatte sie nur getan? Sie hatte ihn weggeschickt. Ludwig hatte ihr doch berichtet, dass Phil Probleme mit dem Herzen gehabt hatte. Klar, Phils Freund hatte ihr auch erzählt, dass es ihm wieder gut gehe. Aber vielleicht stimmte das gar nicht. Wieder traten ihr Tränen in die Augen. Sie wischte sie mit einer energischen Handbewegung weg. Dieses Geheule nützte jetzt auch nichts. Phil musste gesund werden. Alles andere war unwichtig.

»Brauchen Sie ein Beruhigungsmittel?«, fragte der Arzt.

Sie schüttelte den Kopf.

»Ihr Mann?«, fragte er und lächelte sie an.

»Ja, mein Mann«, sagte sie. Sie schloss die Augen.

Sie hatten nie geheiratet. Auch nicht, als klar war, dass sie schwanger war. Das war damals nicht üblich gewesen. Heiraten, in den Achtzigern? Das taten nur die Bürgerlichen. Und zudem war sie viel zu jung zum Heiraten gewesen. Gerade mal zwanzig Jahre alt. Phil war fast doppelt so alt wie sie. Und er machte ihr sogar einen Heiratsantrag, kurz nachdem Johanna geboren war. Aber für sie war das kein Thema. Zumal es ihr nicht gut ging nach der Geburt. Sie wusste nicht, was mit ihr los war. Das Stillen klappte nicht, obwohl die Hebamme ins Haus kam und sehr geduldig mit ihr war. Riitta bekam eine Brustentzündung. Johanna schrie oft, sie hatte wohl Blähungen von der Zusatzmilch. Riitta war völlig verzweifelt. Und Phil? Wenn er vom Unterricht nach Hause kam, nahm er ihr die Kleine ab. Und sie hatte den Eindruck, bei ihm wurde Johanna sofort still. Und was tat sie? Sie legte sich ins Bett, drehte sich zur Wand und versuchte zu schlafen, was ihr jedoch nicht gelang. Phil brachte sie zum Arzt, der ihr Tabletten verschrieb, aber sie nahm sie nicht. Sie hatte noch nie Medikamente genommen oder nur im äußersten Notfall. Weinen, Verzweifeltsein, Gefühllosigkeit gegenüber dem Baby … war kein Notfall. Sie war ganz einfach unfähig als Mutter. Phil schlug ihr eine Psychotherapie vor. Sie wollte nicht. Sie war doch nicht verrückt. Sie versuchte es immer wieder, aber sie konnte mit der Kleinen nichts anfangen. Ein Baby, das nicht sprach, das nicht sagen konnte, was ihm wehtat. Das schrie und schrie und schrie. Und sie war unfähig, ihm zu helfen. Sie kam sich unnütz vor. Warum freute sie sich nicht über Johanna? Über Wochenbettdepression sprach man zu dieser Zeit nicht, so etwas gab es nicht. Jede Mutter freute sich über ihr Kind. Erst später las Riitta über diese Krankheit.

Ein Seufzer entfuhr ihrem Mund. Sie öffnete die Augen wieder.

»Alles in Ordnung?«, fragte der junge Arzt.

Sie nickte und beugte sich zu Phil. Er schien zu schlafen.

»Bald bist du wieder gesund«, flüsterte sie ihm zu. »Dann tanzen wir wieder Tango.«

Sie strich ihm über die Wange. Ihr Blick fiel durch das Rückfenster des Krankenwagens. Das Wohnmobil war eine Zeit lang hinter ihnen hergefahren, doch jetzt war es nicht mehr da. Jussi, der Fahrer, war viel zu schnell für das ältere Gefährt. Hoffentlich konnte sich Johanna auf das Fahren konzentrieren. »Und ich werde mit Johanna reden«, sagte sie Phil ins Ohr. »Du hast recht. Es wird Zeit, dass ich meine Tochter kennenlerne.«

34

Leni war neben ihr im Kindersitz eingeschlafen. Gott sei Dank! Ihre Kleine war fürchterlich aufgeregt gewesen, hatte ständig gefragt, was jetzt mit Opa passiere, ob er sterbe, ob er operiert werde, ob er wieder gesund werde ... Irgendwann hatte sie ihren Affen in die Arme genommen, die Augen geschlossen und den Kopf weggedreht. Johanna hatte ihr eine Decke über die Beine gelegt, die ab und an zuckten. Leni schien zu träumen.

Johanna strich sich über die Augen. Jetzt, wo Leni schlief, kamen ihr die Tränen. Aber sie musste sich auf die Fahrbahn konzentrieren. Die Wolken hatten zwar aufgerissen, doch es war viel dunkler als gestern, an diesem wunderschönen Mittsommerabend, an dem die ganze Nacht hindurch die Sonne über ihren Köpfen gekreist war. Papa hatte gesagt, dass man besonders am Abend auf Rentiere und Elche achtgeben musste. Sie würden unkontrolliert auf die Fahrbahn laufen oder darüberspringen. Ein Unfall, das wäre jetzt noch das i-Tüpfelchen.

Eine Zeit lang hatte sie versucht, hinter dem Rettungswagen herzufahren, aber er war zu schnell gewesen. Das alte Wohnmobil konnte da nicht mithalten. Und es war auch nicht nötig, dass sie gleichzeitig in Rovaniemi ankämen. Leni und sie konnten Papa sowieso nicht helfen.

Eine weitere Träne lief über ihre Wange. Sie wischte

sie weg und schalt sich innerlich. Dieses Geheule brachte doch nichts.

Papa hatte wahrscheinlich einen Herzinfarkt. Der junge Arzt schien kompetent zu sein, er würde sicher sein Bestes tun. Aber war das genug? Warum waren sie nur in so eine Pampa gefahren, wo es kein Krankenhaus in der Nähe gab? Papa hätte das doch wissen müssen, oder? Sie griff nach dem Päckchen Papiertaschentücher auf der Ablage, legte es in ihren Schoß und versuchte, die Lasche mit den Fingern der rechten Hand aufzubekommen. Es gelang ihr nicht. Kurzerhand steckte sie das Plastikpäckchen in den Mund und nestelte verzweifelt an dem verhexten Ding, als ein Elch von rechts auf die Fahrbahn sprang. Ein riesiges Tier mit unendlich langen Beinen und langer Schnauze. Erschrocken trat Johanna auf die Bremse, das Wohnmobil schlängelte. Sie ließ das Taschentuchpäckchen aus dem Mund fallen, hielt das Lenkrad mit beiden Händen fest und bekam das Fahrzeug wieder unter Kontrolle. Leni hatte nichts bemerkt, sie schlief weiter in ihrem Kindersitz. Ein zweiter Elch sprang von rechts auf die Fahrbahn. Der war kleiner als der erste. Vielleicht eine Elchkuh mit ihrem Kalb? Johannas Herz klopfte lautstark. Sie schaute in den Rückspiegel. Hinter ihr kamen keine weiteren Fahrzeuge. Sie lenkte das Wohnmobil an den Fahrbahnrand, stoppte und setzte das Warnblinklicht. Johanna atmete aus, schnäuzte sich und wischte sich die Augen. Die beiden Elche waren links in den Graben neben der Fahrbahn gesprungen und liefen ein paar Schritte weiter Richtung Birkenwald. Jetzt blieben sie stehen und drehten sich zu ihr um. Der große Elch schaute ihr direkt in die Augen.

Noch nie hatte Johanna einen Elch gesehen, nicht mal im Zoo.

»Sie sind neugierig«, hatte Papa gestern erzählt, »bleiben stehen und schauen dich an, als ob sie dich kennen würden.«

Schon wieder liefen die Tränen. Papa war es, der in ihrer Kindheit mit ihr in der Natur gewesen war. Als Kind war sie mit ihm stundenlang im Wald umhergestreift. Er hatte ihr die Namen der Bäume und Pflanzen beigebracht, hatte ihr den Unterschied zwischen einer Blau-, einer Rot- und einer Nordmanntanne erklärt. Manchmal war es ihr zu viel gewesen, wenn Papa sich in den kleinsten Details verlor, aber … Sie schluckte. Sie wollte das nicht missen. Papa durfte nicht sterben.

Letzten Sommer, als es ihm nicht gut ging, hatte sie sich ein wenig eingelesen. Vierzig Prozent der Menschen, die einen Herzinfarkt erlitten, starben am ersten Tag. Johanna schluchzte und drehte sich erschrocken zu Leni um. Aber ihre Kleine bewegte sich nur kurz. Der Affe fiel auf den Boden. Johanna hob ihn auf und legte ihn auf die Ablage. Sie strich Leni die Haare aus dem Gesicht.

Die beiden Elche standen nebeneinander und fraßen die Blätter einer Birke. Sie schienen sich überhaupt nicht daran zu stören, dass Johanna sie beobachtete. Was für wunderschöne Tiere! Und so gelassen! Nichts schien sie aus der Ruhe zu bringen, obwohl sie gerade so knapp dem Tod entkommen waren.

Sie sollte genauso ruhig bleiben wie diese Tiere und darauf vertrauen, dass alles gut werden würde. Aber sie war so aufgewühlt, hatte so schreckliche Angst, dass Papa nicht überleben würde, und dann kreisten immer wieder seine Worte in ihrem Kopf: »Das ist Rita, deine Mutter.« Wer war diese Frau, die so getan hatte, als würde sie Papa schon ewig kennen? Warum hatten Papa und sie sich gestritten? Die Frau war weggegangen, Papa hatte sich umgedreht, war Richtung Wohnmobil gegangen und umgefallen. Sie begriff das nicht. Was war zwischen den beiden vorgefallen?

Diese Frau hatte die Situation völlig im Griff gehabt, hatte gesagt, was zu tun war. Sie hatte sich mit dem Arzt auf Finnisch unterhalten, mit ihr auf Deutsch. Woher kannte Papa sie? Er hatte doch früher noch nie von einer Rita erzählt. Und warum hatte die Frau sie geduzt?

Darauf würde sie jetzt keine Antwort bekommen. Sie musste weiterfahren. Johanna schaute auf ihr Handy. Kurz vor 22 Uhr. Das Navi hatte das Krankenhaus gleich gefunden. Eine Stunde und fünfzehn Minuten zeigte es an. Und sie war so furchtbar müde. Sie würde an der nächsten Tankstelle anhalten und sich einen Kaffee holen, sie musste sich konzentrieren, damit sie sicher nach Rovaniemi kamen. Sie mussten doch für Papa da sein, wenn er … Johanna weinte.

35

Gegen 22:30 Uhr erreichten sie das Krankenhaus in Rovaniemi. Sie brachten Phil in die Notaufnahme. Haiki, der junge Arzt, versuchte Riitta noch einmal zu beruhigen. »Er wird hier gut versorgt. Die Ärzte kümmern sich sofort um ihn.« Sie hatte geschluckt, genickt und war vor der großen grauen Schwenktür zurückgeblieben, hinter der Phil auf der Bahre mit dem Arzt und den Sanitätern verschwunden war.

Während der Fahrt hatte sie sich meist beherrscht, aber jetzt weinte sie lautlos. Verloren stand sie mit ihrer kleinen Reisetasche in der Hand auf einem langen leeren Gang. Sie kramte nach einem Taschentuch.

Eine Krankenschwester kam auf sie zu. »Sind Sie eine Angehörige?«

Riitta nickte.

»Wir brauchen ein paar Daten, Name, Adresse … Er scheint Ausländer zu sein.«

»Er ist aus Deutschland. Er heißt Phil, Phil Lindemann.«

»Wir bräuchten seine Versicherungskarte.«

Sie überlegte. Phils Ausweispapiere waren sicher im Wohnmobil. »Reicht das morgen?«

Die Schwester nickte. »Natürlich.« Ihr Blick fiel auf Riittas Reisetasche. »Es gibt hier leider keine Möglichkeit für Übernachtungen von Familienangehörigen.«

Riitta winkte ab. Sie würde sich ein Hotelzimmer nehmen.

»Es gibt eine kleine Pension hier in der Nähe. Dort haben wir schon oft Familienangehörige untergebracht.«

Riitta lächelte. »Das wäre nett.« Wenn Tiina nicht im Urlaub wäre, hätte sie sicher bei ihr übernachten können …

Die Schwester eilte ins Schwesternzimmer, Riitta folgte ihr.

Kurz darauf drückte die Schwester ihr eine Adresse in die Hand. »Ist nicht weit von hier, aber vielleicht wäre ein Taxi doch besser. Es ist ja schon spät. Vor dem Eingang stehen immer welche.« Eine rote Lampe leuchtete auf und schrillte. »Ich muss leider …« Sie drückte auf den Knopf, der sofort verstummte. »Kommen Sie morgen früh wieder. Und die Versicherungskarte nicht vergessen.«

Riitta bedankte sich.

»Der Ausgang ist in diese Richtung«, rief ihr die Schwester noch zu und verschwand in einem der Krankenzimmer.

Kurz darauf saß Riitta auf einem schmalen Bett in einem einfachen, aber stilvoll eingerichteten Zimmer, in das sie eine freundliche ältere Frau geführt hatte. »Frühstück gibt's ab sieben Uhr«, hatte sie ihr erklärt, »und falls Sie noch etwas brauchen, kommen Sie einfach runter. Ich kann sowieso nicht vor Mitternacht schlafen.« Sie hatte die Tür hinter sich geschlossen und sie alleine gelassen.

Ich kann auch nicht schlafen, dachte Riitta und strich über die bedruckte Marimekko-Bettwäsche, deren bunte

Farben sie in gewöhnlichen Zeiten immer in Begeisterung versetzten. Sie stand auf und öffnete das schmale Fenster, das mit einem Mückennetz versehen war. Es war stickig hier drin. Kühle Luft schlug ihr entgegen. Sie atmete tief ein.

Wie schnell sich das Leben änderte. Gestern um diese Zeit hatte sie mit Tiina und ihrer Familie Mittsommer gefeiert. Beziehungsweise … sie hatte nicht viel feiern können, weil sie so eine Wut auf Phil gehabt hatte. Und jetzt? Jetzt hatte sie nur noch Angst um ihn.

Sie wandte sich um. Ihr Blick fiel auf die Reisetasche, die sie auf der kleinen Ablage neben dem Schreibtisch abgestellt hatte. Und da kam ihr ein Gedanke: Adam. Sie hatte völlig vergessen, ihm Bescheid zu geben, dass sie nicht kommen würde. Zum ersten Mal bedauerte sie es, kein Handy zu besitzen. Wie dumm von ihr! Sicher sorgte er sich. Und Adam war es, der immer insistierte und sie bat, sich endlich ein Handy zuzulegen, damit sie anrufen könnte, wenn etwas passieren sollte. Und jetzt war etwas passiert. Sie war ein so schrecklicher Dickkopf!

Sie eilte die schmalen Treppenstufen nach unten. Vielleicht könnte ihr die nette Frau …

»Natürlich«, sagte die und drückte ihr das Handy in die Hand. Sie saß an der winzigen Rezeption und las in einer Zeitschrift.

»Ein Notfall«, sagte Riitta.

»Nicht schön, wenn ein Angehöriger krank ist.«

Riitta versuchte zu lächeln. »Ich bringe es gleich zurück.«

Die Frau winkte ab. »Lassen Sie sich Zeit. So spät ruft

niemand mehr an. Außerdem habe ich kein Zimmer mehr frei. Bringen Sie es mir morgen früh zum Frühstück. Das reicht.«

Sie bedankte sich, eilte in ihr Zimmer und wählte Adams Nummer.

»Was ist denn los? Ich hab mir Sorgen gemacht! Der Regen ist schon längst vorbei, und du wolltest doch …« Adams Stimme klang wie eine Mischung aus Vorwurf und Erleichterung.

»Tut mir leid«, sagte Riitta, setzte sich an die Rückenlehne des Bettes und legte das Kopfkissen so, dass sie bequem sitzen konnte. Sie erzählte ihm, was passiert war und wo sie sich befand.

Adam versuchte, sie zu beruhigen. »Du weißt doch, die meisten Menschen überleben einen Herzinfarkt. Und das Krankenhaus in Rovaniemi hat einen guten Ruf.«

Natürlich wusste sie das, aber …

»Und Johanna und Leni? Wo sind die beiden?«, unterbrach Adam sie in ihren Gedanken.

»Vorhin, als ich aus dem Krankenhaus kam, war das Wohnmobil noch nicht da. Es scheint alt zu sein. Johanna konnte sicher nicht schnell damit fahren. Ist ja auch nicht nötig. Ich nehme an, dass sie auf dem Parkplatz übernachten werden. Dann kann sich Johanna gleich morgen früh nach Phil erkundigen.«

»Und …«, er zögerte, »wie war das Zusammentreffen mit ihr?«

»Ich … hatte keine Gelegenheit, mich mit ihr bekannt zu machen. Das alles ging so schnell und …«

»Das wird schon. Du wirst sehen. Heute Nacht oder

morgen früh wird Phil vielleicht operiert, dann geht es ihm bald besser, und du lernst endlich deine Tochter und deine Enkeltochter kennen. Wie war Leni denn so?«

Riitta überlegte. »Sie hat nichts gesagt. Wahrscheinlich stand sie unter Schock, weil es ihrem Opa so schlecht ging. Aber Johanna hat mit ihr geredet. Ich glaube …, sie ist eine gute Mutter.«

Adam reagierte nicht.

»Adam?«

»Entschuldige, ich musste mich gerade um Leyla kümmern.«

Leyla? Hatte Adam eine neue Freundin?

»Ich habe einen Huskywelpen geschenkt bekommen. Vorgestern hat mich ein Bekannter angerufen. Er habe einen aus dem Wurf nicht verkaufen können. Ob ich die Kleine haben möchte. Und da habe ich spontan zugesagt.«

»Oh, wie schön! Das freut mich.« Riitta hörte ein Fiepen.

»Ja, und die Kleine hält mich ganz schön auf Trab. Ich glaube, sie muss noch mal raus.«

»Mach das. Und danke.«

»Das wird. Du musst dran glauben. Phil ist doch deine große Liebe. Er wird überleben.«

Ihr stiegen Tränen in die Augen.

»Und, Riitta?«

»Ja?«

»Kauf dir ein Smartphone.«

»Versprochen.«

36

Johanna schaute auf ihr Handy. Kurz nach acht Uhr morgens. Müde rieb sie sich die Augen und schälte sich langsam aus der Bettdecke. Leni drehte sich auf die andere Seite und schlief weiter. Johanna kletterte nach unten und öffnete die Verdunkelungsrollos. Es war bewölkt, aber es regnete nicht.

Der Parkplatz des Krankenhauses war an diesem Montagmorgen gut besucht. Als sie gegen Mitternacht angekommen waren, hatte sie nur wenige Fahrzeuge bemerkt und kurz überlegt, ob sie hier mit dem Wohnmobil stehen durften. Aber sie hatte keine Kraft mehr gehabt, auf den Campingplatz zu fahren, der mitten in der Nacht vielleicht gar keine Gäste mehr aufnehmen würde. Sie stellte den alten Fiat an den Rand des Parkplatzes und hoffte, dass niemand sie wegscheuchen würde. Und so war es. Kein Mensch schien sich zu wundern, dass hier ein Wohnmobil stand.

Sie befüllte den Kocher mit Wasser, stellte die Gaskartusche an und brühte sich einen grünen Tee. Hoffentlich würde er sie munter machen. Sie war so erschöpft. Die Fahrt von Inari nach Rovaniemi hatte viereinhalb Stunden gedauert. Und in der Nacht war Leni ständig neben ihr aufgewacht und hatte nach ihrem Opa gefragt. Wenn sie sich beruhigt hatte, war Leni immer schnell wieder eingeschlafen. Aber Johannas Gedanken hatten sich im

Kreis gedreht, und sie hatte sich lange herumgewälzt. Sie würde jetzt gerne sofort in die Kardiologie gehen, wo man ihr in der Nacht versichert hatte, dass ihr Vater gut aufgehoben sei, und nachfragen, wie es ihm ging.

»Ihr Vater hat Medikamente bekommen, damit die Blutgerinnsel aufgelöst werden. Er wird ständig überwacht und eventuell gleich kathetert. Das entscheiden die Ärzte. Kommen Sie morgen früh wieder. Dann wissen wir mehr«, hatte die Nachtschwester zu ihr gesagt.

Johanna wollte Leni nicht allein lassen, sie würde warten, bis ihre Kleine ausgeschlafen hätte.

Während der Tee zog, wusch sie sich notdürftig mit Wasser aus dem Kanister und zog sich an. Sie setzte sich auf die grün-orangen Polster, umklammerte ihre Teetasse mit beiden Händen und schaute aus dem Fenster. Was für ein Gewusel. Es schien ein großes Krankenhaus zu sein. Ständig fuhren PKWs, Busse und Taxis zum Eingang, luden Menschen aus, andere ein und fuhren wieder weg. Sie stellte die Teetasse auf dem Tisch ab und überlegte. Papa würde Kleidung brauchen, Schlafanzug, Unterwäsche … und sein Portemonnaie. Die Versicherungskarte und seine Herztabletten. Den Geldbeutel fand sie nicht, aber die Versicherungskarte war in seiner Umhängetasche. Sie würde die Tasche mitnehmen und eine kleine Reisetasche mit Wäsche für ihn packen. Johanna machte sich an den Oberschränken zu schaffen und suchte das Nötigste zusammen. Vielleicht brauchte er sein Handy. In der Tasche fand sie es nicht. Sie überlegte und griff ins Handschuhfach. Hier lag es, weit hinten, zwischen Bonbons, Taschentuchpackungen und verschiedenen Kabeln. Ein Blick auf das Display, völlig tot. Sie nahm Handy und Kabel und legte es in Papas Tasche.

»Mama?«

Leni lag bäuchlings auf dem Bett und schaute zu ihr herunter.

»Guten Morgen, mein Schatz.«

»Gehen wir zu Opa?«

»Klar.«

»Jetzt?«

Johanna nickte, hob Leni zu sich herunter und half ihr, sich anzuziehen. »Wir fragen nach Opa und frühstücken im Krankenhaus. Da gib es sicher ein Café. Okay?«

»Und Waffeln?«

»Vielleicht auch Waffeln.« Johanna lächelte müde.

Kurze Zeit später stand sie zusammen mit Leni, bepackt mit Papas Umhänge- und Reisetasche, an der Rezeption des Kreiskrankenhauses und wurde von einer freundlichen Frau in die Kardiologie geschickt.

Eine Krankenschwester nahm dort Papas persönliche Daten auf. »Das hat ja gut geklappt. Hat Ihre Mutter oder … Schwester Ihnen Bescheid gesagt, dass wir die Versicherungskarte aus Deutschland brauchen?«, fragte die Schwester freundlich.

Johanna zuckte zusammen. »Ähm … nein.«

Einen Augenblick lang schaute die Krankenschwester verwundert. »Ich dachte nur, weil Sie sich so ähnlich sehen. Die hohen Wangenknochen … das haben nicht so viele Menschen.« Sie nahm Johanna die Taschen ab.

»Wie geht es meinem Vater?«

»Den Umständen entsprechend.«

Immer dieselben unverbindlichen Aussagen. Aber Gott sei Dank hatte sie nicht gesagt, dass ihr Vater in der Nacht verstorben sei. Papa lebte, das war die Hauptsache.

»Wann können wir zu ihm?«, fragte Johanna.

»Heute Nachmittag, gegen 15 Uhr.«

Leni, die ihren Stoffaffen unter dem Arm hielt, zupfte sie an der Jacke. »Mama, kannst du die Frau fragen, ob ich Opa meinen Affen geben darf?«

Johanna übersetzte auf Englisch.

»Natürlich«, sagte die Schwester. »Dann weiß dein Opa, dass du ganz in der Nähe bist.« Das hatte sie in gebrochenem Deutsch gesagt, aber Leni hatte verstanden und drückte ihr den Affen in die Hand.

»War denn die … Frau, die mir so ähnlich sieht, heute schon da?«, fragte Johanna.

»Ja, vor einer Viertelstunde ungefähr.«

Johanna fiel ein Stein vom Herzen. Sie wollte ihr nicht begegnen.

»Hat sie erwähnt, wann sie wiederkommt?«

Die Schwester schüttelte den Kopf. »Ich habe ihr dasselbe gesagt wie Ihnen. Sie soll am Nachmittag kommen.«

Johanna bedankte sich, fuhr mit Leni mit dem Aufzug ins Erdgeschoss und ging Richtung Café, das sich in der Nähe des imposanten Eingangs befand. Mutter, Schwester … was sollte das alles? Die Frau hatte zwar schon graue Strähnen in den Locken gehabt, aber trotzdem war sie ihr jung vorgekommen. Vielleicht um die fünfzig. Konnte es sein, dass Papa eine uneheliche Tochter hatte? Ihr Vater war zweiundsiebzig Jahre alt. Vom Alter her wäre es möglich. Johanna schluckte. Nein, das konnte sie nicht glauben! Das hätte ihre Mutter sicher gewusst und ihr erzählt. So etwas konnte man doch nicht verheimlichen. Eine Stiefschwester? Und warum »hohe Wangenknochen«. Papa hatte keine, ihre Mutter auch nicht.

»Mama, da gibt's kleine Pfannkuchen. Krieg ich welche?« Leni zog sie zur Theke und deutete auf einen Stapel Minipfannkuchen. »Mit Himbeermarmelade und Sahne?«

»Klar.« Johanna bestellte die Pfannkuchen mit Marmelade und Sahne, dazu einen Kakao, für sich einen großen Kaffee. Essen konnte sie nichts. Ihr Magen war wie zugeschnürt. Aber einen Kaffee brauchte sie jetzt. Sie gingen mit dem Tablett an einen freien Tisch am Fenster, der Blick auf den Eingang des Krankenhauses bot. Draußen wuselte es noch mehr als vorhin.

Leni aß mit großem Appetit. »Willst du probieren?« Sie spießte ein Stück Pfannkuchen auf ihre Gabel und hielt sie Johanna vor den Mund.

»Nein, danke. Iss du mal!« Sie lächelte Leni an und freute sich, dass sie nach dieser unruhigen Nacht so gut drauf war.

»Schau mal, Mama. Da kommt die Frau von gestern. Die, die Opas Hand gehalten hat.« Leni blickte zum Eingang des Cafés.

Mit einem Ruck drehte sich Johanna um und sah, wie die Frau direkt auf ihren Tisch zusteuerte. Schnell wandte sie sich wieder Leni zu. So, als könnte sie sich dadurch unsichtbar machen. Doch sie hörte, dass die Schritte immer näher kamen.

37

Riittas Schritte wurden zögerlicher. Am Morgen war sie noch überzeugt gewesen, dass es richtig war, was sie vorhatte: Johanna zu sagen, dass sie ihre Mutter war. Und jetzt? Johannas abweisender Rücken sagte ihr, dass Johanna nichts mit ihr zu tun haben wollte. Riittas Schritte wurden langsamer, aber jetzt konnte sie keinen Rückzieher mehr machen. Die beiden hatten sie längst gesehen. »Darf ich?«, fragte Riitta, als sie vor deren Tisch stand.

Johanna nickte mit einem kühlen Blick.

Leni schaute sie mit großen Augen an.

Riitta setzte sich an die Kopfseite des Tisches zwischen Johanna und Leni und räusperte sich. »Wart ihr schon oben in …?«

»Waren wir«, unterbrach Johanna sie und sah sie aufmerksam an, so, als wollte sie ihr Gesicht studieren.

Riitta schob ihren Stuhl etwas zurück. »Sie haben einen Stent gelegt«, sagte sie und war froh, etwas über Phils Gesundheitszustand vorbringen zu können. Sie hatte sich überhaupt nicht überlegt, wie sie das Gespräch einleiten sollte. Mit Phil zu beginnen war sicher das Unverfänglichste.

Johannas Stirn legte sich in Falten.

Genau wie bei Phil, dachte Riitta. Wenn er grübelte, bekam er die gleichen Denkfalten.

»Mir hat die Krankenschwester nur gesagt, dass er behandelt wird. Sie hat nicht verraten, was sie machen oder gemacht haben.«

»Vielleicht, weil … weil ich finnisch mit ihr gesprochen habe«, sagte Riitta entschuldigend.

»Wer sind Sie?«, fragte Johanna unvermittelt. Riitta zuckte zusammen. Johannas Ton war scharf. Riitta könnte doch nicht einfach sagen: Ich bin deine Mutter. Ich habe dich und deinen Vater vor zweiunddreißig Jahren verlassen, bin nach Amerika gegangen, wollte nichts mehr von dir wissen …

»Ich brauche keine Stiefschwester. Ich habe Geschwister!«

Irritiert sah sie Johanna an. Stiefschwester? Wie kam sie denn darauf? Sie bemerkte, wie Leni sie beide aufmerksam musterte. Ab und zu steckte das Mädchen einen Pfannkuchen in den Mund, kaute, schluckte und schaute wieder.

»Warum haben Sie sich mit meinem Vater gestritten?«, fragte Johanna.

»Hm, ich wollte nicht, dass er kommt, also …, dass er mit euch kommt und …«

»Und darüber hat er sich aufgeregt und einen Herzinfarkt bekommen?«

»Ich weiß es nicht.« Riitta fühlte sich in die Ecke gedrängt.

»Hat mein Vater Sie öfter besucht?«, fragte Johanna und sah sie misstrauisch an.

»Wir haben uns einmal im Jahr getroffen.«

»Deshalb also ist er immer nach Finnland geflogen. Er war gar nicht Golf spielen. Er hat Sie besucht.«

Riitta nickte.

»Sie heißen Rita?«

»Ja.«

»Und wer ist Ihre Mutter?«

Riitta zögerte. »Darum geht es nicht. Es ist nicht wichtig, wer meine Mutter ist.«

»Für mich ist es wichtig.«

»Nein, ist es nicht. Es ist nicht so, wie du denkst. Ich bin nicht deine Stiefschwester. Ich bin …« Sie biss die Lippen zusammen. Seit sie damals in Nürtingen gewesen war und Johanna mit ihren Geschwistern und Hedi gesehen hatte, hatte sie sich geschworen, Johanna nie die Wahrheit zu sagen. Sie wollte sich nicht aufdrängen, wollte diese idyllische Familie nicht zerstören, wollte …

»Wer sind Sie?«

Riitta hatte das Gefühl, nicht mehr atmen zu können. Sie begann zu schwitzen. »Ich … Ich bin deine Mutter«, sagte sie tonlos und wagte es kaum, Johanna anzuschauen.

Johanna fixierte sie, aber Riitta konnte ihren Blick nicht deuten.

Johanna schwieg. Dann schüttelte sie den Kopf. »Leni, wir gehen«, sagte sie und schob Lenis Teller zur Seite.

»Aber ich bin noch gar nicht fertig, Mama«, quengelte die Kleine.

»Komm!« Johanna schnellte nach oben, griff nach ihrer Jacke und schob Lenis Stuhl zurück.

Widerwillig stand Leni auf und schaute Riitta an. »Magst du Opa?«, fragte sie und schnappte sich mit den Händen den letzten Pfannkuchen vom Teller.

Riitta brachte kein Wort heraus, aber sie nickte.

»Mama, sie mag Opa.«

Johanna griff Lenis freie Hand und zog sie weg vom Tisch.

Riitta schaute ihnen nach, wie sie eilig Richtung Ausgang des Cafés liefen.

Leni drehte sich zu ihr um, in der Hand den kleinen Pfannkuchen.

38

Johanna hatte es nicht mehr ausgehalten. Sie hatte gehen müssen, sonst hätte sie irgendetwas getan, was sie später sicher bereuen würde. Sie verpürte eine solche Wut auf diese … Rita. Warum redete sie solch einen Unsinn?

Leni entzog ihr die Hand und lief widerwillig neben ihr Richtung Wohnmobil. »Warum bist du böse auf die Frau, Mama?«

Johanna gab ihr keine Antwort, bat sie nur, schneller zu gehen.

»Weißt du was, Leni?«, sagte Johanna, als sie im Wohnmobil saßen. »Heute Nachmittag dürfen wir zu Opa. Und so lange machen wir etwas ganz Tolles.«

»Was denn?« Lenis Augen wurden groß. Sie liebte Überraschungen, genauso wie Johanna sie als Kind geliebt hatte.

»Wird nicht verraten.«

»Bitte!« Ihre Kleine bettelte mit den Augen.

Aber Johanna ließ sich nicht erweichen, sondern nahm ihr Handy und suchte die Adresse einer Huskyfarm, über die sie in ihrem Reiseführer gelesen hatte und die man besuchen konnte. Das würde Leni sicher gefallen und sie wegbringen von dieser Frau, die nur Unsinn redete und schuld war am Herzinfarkt ihres Vaters.

Die Farm lag ein paar Kilometer außerhalb von Rovaniemi auf einem Hügel. *Husky-Café* stand in großen Buchstaben über dem Eingang. Sie hatte Leni noch immer nicht verraten, was sie vorhatte. Als ihre Kleine beim Aussteigen Gebell hörte, leuchteten ihre Augen auf. »Oh, Mama, da gibt's Hunde.«

Johanna nickte. »Und vielleicht gibt es auch Hundewelpen.«

Jetzt war Leni nicht mehr zu halten. Sie rannte voraus, an dem Café vorbei. Dahinter war die Anlage. Kleine Hundehütten, auf oder neben denen die Schlittenhunde angeleint lagen. Die Hunde verhielten sich ruhig, nur ab und an heulte einer, dann fielen die anderen ein. In einem größeren Gehege waren die Welpen untergebracht. Eine Betreuerin erklärte ihnen auf Englisch, wie alt die Welpen waren, wie sie hießen, ab wann die jungen Hunde als Schlittenhunde eingesetzt werden könnten, und Johanna übersetzte. Schließlich durfte Leni einen Welpen in den Arm nehmen, und – das Schönste für sie: Sie machten einen Spaziergang mit ihnen.

Leni war selig, rannte mit den Welpen um die Wette. Johanna ging ein paar Schritte hinter ihr und der Betreuerin her. Sie konnte sich kaum auf die Umgebung konzentrieren, eine weitläufige Moorlandschaft, die durch dicke Bohlen begehbar gemacht worden war. Johanna hatte jetzt keinen Sinn für die faszinierenden winzigen Moltebeeren- und Moosbeerenblüten, die zwischen Zwergbirken und feuchten Moosen wuchsen. Verzweifelt versuchte sie, einen klaren Gedanken zu fassen. Auch Papa hatte ihr Rita als ihre Mutter vorgestellt. Aber das war doch nicht möglich.

Johanna überlegte: Sie war die älteste der Geschwister. Mama und Papa hatten nach ihrer Geburt geheiratet, obwohl das nicht zu ihrem Lebensstil passte. Papa war der absolute Familienmensch, genauso ihre Mutter. Klar, Mama hatte immer wieder lachend erklärt, dass sie es sich doch ein wenig überlegen musste, ob Papa der Richtige für sie wäre. Aber plausibel war es nicht. Sie hatten so gut zusammengepasst. Warum hatte ihre Mutter so lange gewartet? Zweieinhalb Jahre war Johanna alt gewesen, als die beiden geheiratet hatten.

»Mama, schau, Luki rennt mir immer hinterher!«, rief Leni ihr zu. Sie deutete auf einen kleinen grauen Welpen.

»Ich sehe es, Schatz. Er mag dich.«

Leni lachte und lief weiter.

War es wirklich möglich, dass ihre Mutter nicht ihre richtige Mutter gewesen war? Es hatte einige Male Situationen in ihrem Leben gegeben, wo sie es angezweifelt hatte. Aber tat das nicht jedes Kind? Sich überlegen, ob man das Kind seiner Eltern war?

Mama war durch und durch Hausfrau gewesen. Sie kochte, backte, war immer für sie und ihre Geschwister da. Für Johanna war es völlig unverständlich, dass ihre Mutter nie mehr in ihren Beruf zurückgekehrt war. Johanna selbst war nicht gerade die geborene Köchin, Haushaltsarbeiten waren ihr ein Gräuel. Mama dagegen liebte es, neue Gerichte auszuprobieren und sie mit ihren Freundinnen auszutauschen.

Johanna rutschte aus. Eine feuchte Stelle auf dem Holz. Sie schaute nach vorne zu Leni. Die hüpfte und rannte, als ob sie schon immer auf nassen Holzstegen gelaufen wäre.

Und Mama war so sanft gewesen, hatte nachgegeben und sich meist schnell überzeugen lassen, wenn sie anderer Meinung war. Damals, als Johanna aufs Gymnasium wollte, obwohl sie in der vierten Klasse nicht gut in der Schule war, hätte Mama es lieber gesehen, dass sie auf die Realschule ginge. Oder als sie mit vierzehn Jahren in ein Jugendlager nach Malta wollte, meinte Mama, sie sei zu jung dazu. Papa hatte ihr die Bedenken jedoch sofort genommen. Aber eigentlich waren diese Dinge belanglos. Johanna war von ihrem Wesen her völlig anders als ihre Mutter oder ihre Geschwister. Sie wurde schnell wütend, lief vor schwierigen Situationen davon, redete nicht über ihre Gefühle. Liebeskummer hatte sie immer in sich hineingefressen, obwohl Mama sie sicher getröstet hätte. Als Paul sich von ihr trennte und sie mit Leni in eine neue Wohnung zog, wollte Mama sie unterstützen, bei der Kinderbetreuung, im Haushalt. Johanna lehnte ihre Hilfe ab. Probleme meisterte sie alleine. Sie war doch erwachsen.

Warum war sie so anders als ihre Mutter? War Hedi womöglich wirklich nicht ihre Mutter?

Sie drehten um, zurück über das Moor in Richtung Huskycamp. Die Huskywelpen durften noch keine langen Spaziergänge machen. Leni war ab und an neben die Bohlen getreten. Ihre Schuhe und Strümpfe waren nass. Aber das machte nichts, sie wären bald wieder am Wohnmobil. Dort konnte Johanna Leni umziehen. Hauptsache, ihre Kleine war glücklich. Zudem blinzte die Sonne ab und an hinter den dicken Wolken hervor. Es waren jetzt sicher um die zwanzig Grad.

»Mama, ich will auch einen Husky. Darf ich Luki behalten?«

»Das geht nicht, Leni. Nachher besuchen wir Opa.«

»Och, Mann!« Leni schüttelte unwirsch den Kopf, rannte aber schnell mit Luki weiter. Sie wusste, dass sie keinen Hund haben konnten, das war in ihrer Mietwohnung verboten. Schon oft war sie mit diesem Wunsch gekommen, aber …

Leni drehte sich noch mal zu ihr um. »Ist die Frau dann auch wieder da und besucht Opa?«

»Vielleicht.«

»Ich will nicht, dass ihr streitet.«

Johanna lächelte Leni entschuldigend an.

39

Phil lag im Bett, rechts von ihm ein Tropf und Apparate, die unentwegt blinkten und neue Ziffern und Diagramme hervorbrachten. Auf der anderen Seite ein Mann um die fünfzig. Er lag nahe am Fenster. Soweit Phil mitbekommen hatte, hatte auch er einen Herzinfarkt erlitten. Vorhin hatte er Besuch von einer älteren Frau bekommen, vielleicht seine Mutter. Jetzt lag er da und schlief. Sein Mund war leicht offen, er schnarchte leise.

»Ruhen Sie sich aus«, hatte eine mollige Krankenschwester zu Phil gesagt. »Das ist jetzt das Wichtigste. Dann sind Sie bald wieder fit und können auch wieder turnen.« Zuvor hatte sie ihn zur Toilette geführt, und er hatte Arme und Beine gehoben, um zu sehen, ob alles noch funktionierte.

Jetzt lag er im Bett und döste. Herzinfarkt. Dabei war es ihm in den letzten Monaten körperlich immer besser gegangen. Aber er hatte gestern gespürt, dass etwas anders war als sonst. Ab und an ein Stechen in der Brust, und er war so erschöpft gewesen wie selten zuvor. Vor allem, bevor sie zu Rita gefahren waren.

Er lächelte. Sie war an seiner Seite, als er im Rettungswagen lag. Das hatte er gespürt. Vielleicht würde jetzt alles gut werden. Phil schloss die Augen.

Wie schön Rita gewesen war als Schwangere. Ihre Augen hatten geleuchtet. Sie, die immer schlank war, bekam rundere Bäckchen, und ihr war nie übel. Manchmal war sie müde, dann legte sie sich hin, und kurz danach war sie wieder so aktiv und lebendig wie immer. Bis kurz vor der Geburt tanzten sie miteinander. Nicht mehr so wild wie vorher. Er lehnte ihren Rücken an seine Brust, umfasste sie mit seinen Armen, streichelte ihren Bauch, und sie wiegten sich zu Whitney Houstons »I wanna dance with somebody« im Rhythmus.

Dann war Johanna gekommen. Eine leichte Geburt. Sie wog kaum drei Kilo. Ein Wunder, das sie beide glücklich in den Armen hielten. Sie waren so verzaubert von ihrer kleinen Tochter, bis …

Phil spürte eine Hand auf seinem Arm.

»Hallo, mein Liebster«, flüsterte eine melodische Stimme.

Er öffnete die Augen. Rita stand lächelnd vor ihm. Seine Rita, über dreißig Jahre älter als in seinem Tagtraum, aber immer noch wunderschön, auch mit Fältchen um die Augen und grauen Strähnen in den wilden Locken.

»Wie geht es dir?« Sie holte sich einen Stuhl, stellte ihn neben das Bett und setzte sich zu ihm.

»Gut.« Er lächelte.

»Keine Schmerzen?«

Er schüttelte den Kopf.

»Es tut mir so leid, dass ich dich weggeschickt habe.«

Er nahm ihre Hand. »Ich habe dich überrumpelt mit meinem Besuch. Ich hätte dich vorwarnen müssen.«

»Stimmt«, sagte sie.

»Aber wahrscheinlich wärst du vorher abgehauen.«

Rita lächelte schief. »Wie gut du mich kennst.«

Ihre Hand fühlte sich so klein an in seiner, wie die eines Kindes.

»Die Ärzte haben gesagt, dass du die OP gut überstanden hast, und wenn alles gut geht, kannst du in zwei, drei Tagen nach Hause. Also … zu mir.«

Phil lachte, aber es schmerzte. Er hielt die Hand an die Brust.

»Nicht doch«, sagte Rita. »Nicht lachen.«

»Das klang so komisch. Nach Hause, zu … dir. So unwirklich.«

»Das ist es auch für mich. Aber …«, sie zögerte, »ich möchte, dass du dich bei mir zu Hause erholst. War vielleicht eine blöde Idee, uns immer nur in Seinäjöki zu treffen.«

Er konnte nicht glauben, was er hörte. Rita, die immer darauf bestanden hatte, ihr Privatleben abzuschirmen. Hatte sein Herzinfarkt ein Umdenken bei ihr verursacht? Würde sie zustimmen, wenn er sie fragte, ob sie zu ihm nach Nürtingen ziehen würde? Er sah ihr in die Augen.

»Was ist?«

»Ich …«

Es klopfte. Die Tür ging auf, und Johanna streckte den Kopf herein. Leni schob sich durch die halb geöffnete Tür und rannte auf ihn zu. »Opi!« Sie umrundete das Bett, sodass sie an ihn herankam und drückte sich gegen seine Brust.

»Oh, nicht so heftig, meine Kleine«, sagte er, nahm ihren Kopf sanft in seine Hände und hielt ihn etwas von sich. »Wie schön, dass du da bist.« Er betrachtete Johanna, die zögernd auf ihn zukam.

»Hallo, Papa«, sagte sie und trat mit einem Seitenblick auf Rita zu Leni, die sich auf sein Bett gesetzt hatte.

»Hallo, Johanna.« Seine Große sah bleich aus.

»Du hast ja meinen Kuschelaffen auf deinem Tisch sitzen.« Leni griff nach ihm und legte ihn in Phils Arme. »Der muss dahin«, sagte sie. »Damit du schnell wieder gesund wirst.«

»Da hast du recht. Danke.« Phil legte den Affen in seine Armbeuge. Er war froh, dass Leni die unangenehme Stille zwischen Rita und Johanna durch ihr Geplapper in den Hintergrund drängte. Die beiden hatten sich noch nicht mal begrüßt. Hatten sie sich schon öfter im Krankenhaus getroffen, und hatte Rita Johanna die Wahrheit erzählt?

»Opa, wir haben Welpen besucht«, plapperte Leni weiter. »Die sind so süß. Ich will auch einen, aber Mama sagt, das geht nicht, und …«

»Ich muss dann mal los.« Rita stand auf.

»Aber …« Sie sollte nicht gehen.

»Ich komme später wieder.« Sie gab ihm einen Kuss auf die Wange. »Tschüss, Johanna, tschüss, Leni.« Sie stand auf und schloss gleich darauf die Tür leise hinter sich.

»Setz dich doch«, sagte er zu Johanna.

Sie drehte sich um. Ihr Blick ging noch einmal zu der geschlossenen Tür. Sie trat um sein Bett und setzte sich auf den Stuhl, auf dem Rita gesessen hatte.

»Wie geht's dir, Papa?«

Er erklärte ihr, dass er sich gut fühle. Die Krankenschwestern kümmerten sich rund um die Uhr um ihn, er fühlte sich aufgehoben, und sie schien erleichtert.

»Aber das ist es nicht, was du eigentlich wissen möchtest, oder?«

»Doch, deine Gesundheit ist das Wichtigste. Aber natürlich …«

»Leni, das ist ja toll mit den Welpen. Die will ich auch mal sehen. Schau, ich hab die Krankenschwester vorhin gebeten, einen Block und Malstifte zu bringen. Ich hab ja gewusst, dass du mich besuchen kommst.«

Leni schaute auf. »Wo …?«

»Dort auf dem Tisch am Fenster liegt alles bereit.«

Die Kleine rutschte vom Bett herunter, setzte sich auf den Besucherstuhl am Tisch und begann zu malen.

»Hat Rita mit dir …?«

»Sie hat gesagt, sie wäre meine … Mutter. Papa, das ist doch unmöglich.«

Sie hatte leise gesprochen, sicher wollte sie nicht, dass Leni sie hörte. Phil bemerkte, wie Johanna auf dem Stuhl hin und her rutschte.

»Es ist wahr, Johanna. Rita ist deine Mutter.«

»Aber das ist doch absurd? Warum habt ihr mich belogen? Mein ganzes Leben lang dachte ich, dass du und Mama, dass ihr meine Eltern seid, und jetzt …« Johanna hatte ihre Stimme etwas erhoben. Sie drehte sich nach Leni um, aber die malte konzentriert auf ihrem Blatt.

»Wir waren ein Paar, Rita und ich, schon in der Schule, als ich Referendar war. Sie war Schülerin …«, begann Phil und erzählte ihr von damals, als er sich in Rita und sie sich in ihn verliebt hatte. Er hatte seine Hände auf die Bettdecke gelegt und umklammerte Lenis Affen, als würde er ihm Kraft geben. Aber als er Johannas starres Gesicht sah, wusste er, dass es sehr schwer werden würde, Rita und sie zusammenzubringen. Wie sollte ein Kind auch verstehen, dass die Mutter es verlassen und sich nie mehr bei ihm gemeldet hatte?

»Warum hat sie mich nie besucht?«

»Das ist schwer zu erklären.«

»Sie wollte mich nie kennenlernen. Auch jetzt will sie es nicht. Schließlich hat sie dich weggeschickt. Ihr habt doch gestritten, Papa.«

»Ja, aber …«

»Und Mama? Hat sie das alles gewusst?«, unterbrach ihn Johanna. Sie rückte den Stuhl ein wenig weg von seinem Bett.

»Natürlich. Sie hat dich wie ihr eigenes Kind angenommen. Das hast du doch erlebt.« Er sah eine steile Falte auf Johannas Stirn.

»In meiner Geburtsurkunde steht, dass ihr meine Eltern seid, da steht: Hedi und Phil Lindemann.«

»Die Geburtsurkunde wurde geändert, als Hedi dich adoptiert hat.« Er ergriff ihre Hand, aber Johanna entzog sie ihm.

»Und jetzt willst du eine Familienzusammenführung machen, oder wie stellst du dir das vor?« Ihre Stimme war laut geworden.

Er merkte, wie sein Puls in die Höhe schoss.

»Keine Aufregung«, hatte die Krankenschwester vorhin gesagt, aber …

Leni sprang vom Stuhl auf und zeigte ihm das Bild, das sie gemalt hatte. Er sah ein Bett, in dem er lag, dann eine Frau mit wilden Haaren, eine andere auf der gegenüberliegenden Seite des Bettes und ein Kind, das bei ihm saß und die Beine baumeln ließ. Alle lachten. »Danke, Leni.

Das ist ein sehr schönes Bild.« Ihm traten Tränen in die Augen.

Die Tür ging auf, und die nette Krankenschwester von vorhin kam herein. »So, ich muss Sie jetzt bitten zu gehen.« Sie hatte sich an Johanna gewandt. »Herr Lindemann braucht Ruhe und seine Tabletten.«

Johanna stand auf.

»Kommt ihr morgen wieder?« Er schluckte.

»Klar kommen wir wieder, nicht, Mama?« Leni schlüpfte in ihre Jacke.

»Brauchst du irgendwas? Obst, Schokolade? Oder etwas aus dem Wohnmobil«, fragte Johanna. Ihr Gesicht wirkte immer noch starr.

Er schüttelte den Kopf. »Ich freue mich, wenn ihr wiederkommt.«

Leni drückte ihm einen Kuss auf die Wange, Johanna sagte nur leise »Tschüss«, dann gingen sie.

Er schluckte die Tabletten, die ihm die Krankenschwester in die Hand gedrückt hatte, und lehnte sich erschöpft in sein Kissen zurück.

Der Patient am Fenster war aufgewacht und sah zu ihm herüber. »Du hast drei nette hübsche Frauen zu Besuch gehabt«, sagte er. »Du Glücklicher. Hätte ich auch gerne. Ich hab nur noch meine Mutter.«

Phil lächelte. Ja, ein Glücklicher, das war er, eigentlich. Aber jetzt wollte er nur noch schlafen.

40

Sie hatte es gewusst. Johanna wollte nichts mit ihr zu tun haben. Und sie konnte es ihr nicht verdenken. Sie war eine fremde Frau für ihre Tochter, eine Frau, die ihr nichts bedeutete. Riitta hatte schlecht geschlafen und ging am nächsten Morgen durch die Fußgängerzone in Rovaniemi. Sie kannte sich aus, lief an einem Handarbeitsladen und an zwei Souvenirläden vorbei, die auch im Sommer Weihnachtsgeschenkartikel verkauften. Am Marktplatz schwenkte sie nach links in das große Einkaufszentrum. Sie hatte Adam versprochen, sich ein Smartphone zu kaufen, und das würde sie jetzt tun.

Doch die vielen Handymarken überforderten sie. Sie kannte sich überhaupt nicht damit aus, und der Verkäufer hatte seine liebe Not, ihr die Unterschiede zwischen den Modellen zu erklären. Sie überlegte. Könnte sie ihn bitten, ihr ein Handy auszuleihen, damit sie Adam um Rat fragen konnte?

Er war nett, oder vielleicht war er auch nur erleichtert, weil er einsah, dass er so kein Handy verkaufen würde, und reichte ihr eines. Sie wählte Adams Nummer und stellte sich etwas abseits vom Tresen an ein Fenster, durch das sie Blick auf die Fußgängerzone hatte.

»Ich habe keinen blassen Schimmer, was ich kaufen soll.«

»Kauf dir das gleiche, das ich habe.« Er nannte ihr die Marke und das Modell, und sie machte sich Notizen.

»Und du richtest es mir ein?«

»Natürlich. Ich erklär dir auch, wie es funktioniert. Du bist ja nicht auf den Kopf gefallen.« Er lachte.

»Danke.«

»Wie geht es deinem Phil?«

Sie berichtete ihm, was der Arzt gesagt hatte.

»Er hat dir Auskunft gegeben?«

»Ich glaube, er war froh, dass er finnisch reden konnte. Er hat nicht nach den Familienverhältnissen gefragt.«

»Ist doch wunderbar, dass die OP funktioniert hat und es ihm besser geht.«

»Natürlich. Ich bin so froh!«

»Aber?«

Sie schluckte.

»Johanna?«

»Sie will nichts von mir wissen, schaut mich kaum an, geschweige denn, dass sie mit mir redet.«

»Lass ihr Zeit.«

»Ja.«

»Was ist mit Leni?«

Riitta überlegte. »Sie ist ein fröhliches Kind, sie liebt Phil, ist sehr emotional und direkt.« Auch sie hatte bisher nicht mit ihr geredet. Warum auch? Doch Riitta war aufgefallen, dass Leni sie genau beobachtete.

»Versuch, über Leni mit Johanna in Kontakt zu kommen. Wenn Leni dich mag, wird dich Johanna auch irgendwann mögen.«

»Vielleicht.«

»Hej, so kenne ich dich gar nicht. Kopf hoch! Sei ein bisschen selbstbewusster. Bist du doch sonst auch.«

Riitta hörte ein Fiepen.

»Wie geht's Leyla?«

»Wunderbar. Sie ist frech, klaut ständig Sachen, rast wie eine Wilde bei mir in der Werkstatt herum. Ich musste alles wegräumen, was nicht niet- und nagelfest ist, sonst beißt sie mit ihren spitzen Zähnchen alles kaputt.«

Riitta lachte. »Hört sich gut an. Dann wird es dir auf alle Fälle nicht langweilig.«

»Nein, und sie … o nein! Sie hat schon wieder hier drin gepinkelt. Du, ich muss mit ihr raus.«

»Mach das.« Gegenüber an einem Second-Hand-Laden bemerkte sie Johanna und Leni, wie sie ins Schaufenster schauten. Ihr Herz klopfte lautstark. Sie drehte sich abrupt um und lief mit dem Handy auf den Verkäufer zu.

»Tschüss, Adam, ich melde mich wieder. Und danke für deine Hilfe.«

Sie würde das Handy kaufen, wenn es vorrätig war und Phil jetzt sofort besuchen. In der Nähe fuhr der Bus Richtung Krankenhaus ab. Wenn Johanna und Leni hier in der Stadt waren, würden sie sicher nicht so schnell ins Krankenhaus fahren. Riitta wollte ein erneutes Treffen unbedingt vermeiden. Es brachte ja doch nichts, außer Aufregung für Phil. Und die wäre gefährlich für ihn. Verstohlen schaute sie noch einmal aus dem Fenster, aber Johanna und Leni waren verschwunden.

41

Was für ein riesiger Second-Hand-Laden! Leni war begeistert und konnte sich nicht zwischen einem Plüschhuskywelpen und einer samischen Puppe in bunter Tracht entscheiden. Kurzerhand kaufte ihr Johanna beides, die Sachen waren günstig, und bald würde sie ja wieder etwas verdienen, wenn sie denn endlich mit ihrem Artikel über die Weihnachtsmannstadt beginnen könnte. Auch sie selbst wurde gleich fündig. Sie hatte überlegt, dass Papa sich vielleicht über einen Walkman freuen würde. Dann könnte er im Krankenhaus seine alten Kassetten hören, ohne seinen Bettnachbarn zu stören. Eine Verkäuferin prüfte, ob der Walkman funktionierte, und packte ihn zusammen mit dem Kopfhörer ein.

Leni trug ihre beiden Fundstücke stolz im Arm. »Wie lange muss Opa noch im Krankenhaus bleiben?«, fragte sie, als sie Richtung Wohnmobil liefen. Johanna hatte das alte Gefährt auf dem Parkplatz eines Supermarktes nah des Zentrums abgestellt. Dort war Platz, und sie hatte keine Mühe mit dem Einparken.

»Vielleicht bis morgen oder übermorgen. Ich frage im Krankenhaus nach.«

»Dürfen wir dann bei Rita wohnen? Mama, ich will nicht immer Auto fahren.«

»Wir schauen mal.« Sie schluckte. Sie hatte keine Ahnung, was in den nächsten Tagen passieren würde. Am liebsten würde sie mit Leni irgendwo hinfahren, wo sie dieser Frau nicht mehr über den Weg laufen würde. Aber sie konnte doch ihren Vater nicht alleine lassen.

»Jetzt besuchen wir Opa, dann sehen wir weiter.«

Sie sah auf ihr Handy. 12:30 Uhr. Gestern hatte Rita Papa am Nachmittag besucht. Hoffentlich würde sie das heute wieder so handhaben. Johanna zog ihre Jeansjacke aus und warf sie nach hinten auf die Polster. Es war wieder warm geworden. Sie hatte sich den finnischen Norden kühler vorgestellt. Aber nach dem Regen vom Sonntag war es immer wärmer geworden. Wahrscheinlich schlug auch hier die Klimaerwärmung zu. Sie kurbelte ihr Fenster herunter, im Wohnmobil war es stickig, doch der Fahrtwind kühlte sofort.

Leni ließ das Fenster auf ihrer Seite auch herunter, und der Wind wirbelte ihr die blonden Locken ums Gesicht. Sie lachte und steckte den Kopf hinaus.

»Leni, das ist gefährlich!« Johanna zog sie zurück, bat sie, das Fenster zu schließen und schaute sie ernst an. Jetzt fiel ihr mit einem Mal die Ähnlichkeit mit Rita auf. Leni hatte zwar hellblondes Haar, Rita dunkelblondes, aber Lenis war genauso kraus wie das von Rita. Niemand sonst in ihrer Familie hatte so unbändige Locken. Ihre Geschwister hatten glatte Haare wie Papa. Sie hatte leicht gewellte wie … ihre Mutter. Kurz stockte sie. Musste sie ihre Mutter Hedi jetzt Stiefmutter nennen? Sie hatte dunkelbraune, gewellte Haare gehabt, und bisher hatte Johanna immer angenommen, sie hätte die Haare von ihr geerbt. Verstohlen schaute Johanna in den Spiegel, während sie blinkte und in Richtung Krankenhaus abbog. Sie strich mit der Hand leicht über ihre hohen Wangenknochen. Tatsächlich hatte Rita die gleichen, genauso Leni. Sie konnte die Ähnlichkeit nicht leugnen, auch, wenn es ihr anders lieber gewesen wäre.

Sie fuhren über die große Brücke über den Kemijoki, an der schneeweißen Kirche vorbei, und erreichten wenige Minuten später das Krankenhaus. Als sie nahe am Eingang geparkt hatten, kramte Johanna in der Fahrertür nach den alten Musikkassetten, die Papa während der Fahrt so gerne gehört hatte, und steckte drei davon in ihren Rucksack, wo auch der Walkman lag.

Ihr Vater freute sich riesig, sie zu sehen. Johanna war erleichtert, Rita war nicht hier. Trotzdem merkte sie, dass ihr Adrenalinpegel gestiegen war, als sie durch die langen Gänge des Krankenhauses gelaufen waren. Ständig hatte sie sich umgeschaut, ob Rita nicht irgendwo auftauchen würde. Ihre Wangen waren gerötet, wie immer, wenn sie aufgeregt war.

Papa war begeistert über den Walkman. »Finnisch Tango«, sagte er zu dem Mann im Nachbarbett, hob den Walkman hoch, und der fing mit einer dunklen Stimme an zu singen.

Papa lachte. »Das ist Juha«, stellte er seinen Mitpatienten vor, als der nach kurzer Zeit etwas atemlos innehielt. »Er war vor zwanzig Jahren mal Tangokönig, hat er mir erzählt. Er hat beim Tangofestival in Seinäjöki gewonnen.«

Juha lächelte etwas müde, winkte kurz herüber und drehte sich dann zum Schlafen auf die andere Seite.

»Was ist ein Tangokönig?«, fragte Leni und schob einen Stuhl an Papas Bett.

»In Seinäjoki, das ist eine Stadt weiter im Süden, findet

jedes Jahr das Tangofestival statt. Dort tanzen die Menschen Tango. Und dort singen sie ganz viele Lieder. Und derjenige, der am besten singen kann, wird Tangokönig.«

»Und Tangokönigin?«

»Natürlich, die gibt es auch.«

»Hat die eine Krone?«

»Aber klar doch, und sie hat ein wunderschönes Kleid an.«

Leni schien zufrieden mit seiner Antwort. Sie holte ein Stickerbuch aus Johannas Tasche, das sie vorsorglich eingepackt hatte, und begann zu kleben.

»Wie geht's dir heute?« Johanna hatte sich einen weiteren Stuhl geholt und stellte ihn neben den von Leni. Sie setzte sich.

»Ich habe gut geschlafen, durfte duschen …«

Er deutete auf den Walkman. »Eine sehr schöne Idee. Danke.« Er drückte ihre Hand und schwieg kurz. »Ich war jedes Jahr mit Rita auf dem Tangofestival. Eine Woche lang. Dort haben wir uns immer getroffen.«

Kurz war Johanna danach, Papa den Walkman aus der Hand zu reißen. Aber sie beherrschte sich und ließ es bleiben. Sie bemühte sich, ihre Stimme so ruhig wie möglich klingen zu lassen. »Ihr habt euch also nicht in Lappland getroffen?«

Er schüttelte den Kopf.

»Deshalb kennst du dich hier kaum aus.«

Er nickte. »Eigentlich kenne ich mich überhaupt nicht gut aus in Finnland. Ich bin immer nach Helsinki geflogen und dann mit dem Zug nach Seinäjoki gefahren.«

»Und dein Freund Ludwig war nie dabei, oder?«

»Nein.«

»Kein Golfspiel in Lappland?«

»Nein.« Er atmete tief aus. »Ich hab dich angelogen. Es tut mir leid.«

»Okay.« Sie schluckte. »Und was war mit Mama?«

Konnte es sein, dass Papa ihre Mutter so viele Jahre hintergangen hatte, ohne dass sie es gemerkt hatte?

»Hedi …«

Es klopfte, und die Tür ging auf. Johanna zuckte zusammen. Einen Moment lang hoffte sie, die resolute Krankenschwester von gestern käme herein. Aber es war Rita, die bei ihrem Anblick kurz zögerte und in der Tür stehen blieb.

»Ich will nicht stören«, sagte sie.

Johanna musste zugeben, dass sie eine angenehme Stimme hatte. Sie bemerkte, wie die Augen ihres Vaters aufleuchteten.

»Aber nein, komm herein«, sagte er und winkte sie zu sich.

Johanna sah, dass Rita ein Kuchenpaket in der Hand hielt. Glaubte sie denn, sie würden hier fröhlich Kuchen zusammen essen?

»Hallo, Johanna, hallo, Leni.«

Johanna konnte nicht antworten, brachte keinen Ton heraus.

»Ich bin unten am Café vorbeigegangen und dachte, vielleicht habt ihr Lust auf Kuchen. Also, falls ihr da seid. Ich wusste ja nicht …« Sie legte das Kuchenpaket auf den kleinen Bestelltisch am Bett ihres Vaters und öffnete es.

»Oh, Kirschkuchen!« Leni hatte ihr Stickerbuch auf den Boden gelegt. »Krieg ich einen?«

»Natürlich.« Rita lächelte Leni an. »Magst du mit mir

zusammen die Krankenschwester nach Tellern und Gabeln fragen?«

Das gab es doch nicht. Versuchte Rita, Leni auf ihre Seite zu ziehen?

Leni nickte und stand auf.

»Aber …« Johanna wusste nicht, was sie sagen sollte. Ritas Verhalten war dreist. Sie spürte Papas Blick. Er war ihr bestens bekannt. Bleib ruhig, alles wird gut werden, sollte er bedeuten. Aber nichts würde gut werden.

»Ich würde mich auch über ein Kuchenstück freuen«, sagte er zu Rita gewandt, und sie verstummte.

Leni war bereits mit Rita zur Tür gegangen.

»Wir kommen gleich wieder«, sagte Rita, und schon waren sie draußen.

Johanna atmete tief durch. Ihr Vater hatte einen Herzinfarkt gehabt, er durfte sich nicht aufregen. Sie war froh, dass es ihm besser ging. Aber das hier war zu viel.

»Papa, ich kann das nicht. Ich muss … ich geh nach draußen. Esst ihr euren Kuchen, ich hole Leni nachher wieder ab.« Sie schnappte sich ihre Tasche, wartete nicht auf eine Reaktion ihres Vaters, ging zur Tür und lief eilig den langen Gang entlang in Richtung Ausgang.

42

Zwei Tage später stieg Phil mit Rita in den Überlandbus, der vom Zentrum Rovaniemis Richtung Inari abging. Rita hatte ihn am Vormittag im Krankenhaus abgeholt und ihm die Anweisungen der Ärztin übersetzt, die ihm riet, sich zu schonen. »Keine Aufregung, viel Ruhe, essen Sie das, was Sie mögen, aber nicht zu fett, und bewegen Sie sich, mäßig, aber regelmäßig. Und wenn Sie wieder in Deutschland sind, dann melden Sie sich bei Ihrem Hausarzt. Hier sind die Entlasspapiere – auf Englisch. Alles Gute für Sie.«

Er hatte sich bedankt, genickt, eilig seine kleine Tasche genommen und war zusammen mit Rita zum Taxistand gelaufen. Nichts wie weg hier! Er wollte endlich wieder Sonne auf dem Gesicht spüren, sich den Wind um die Nase wehen lassen, und vor allem wollte er Rita nahe sein. Rita, die ihn zu sich nach Hause eingeladen hatte.

Nachdem Johanna ihm am Dienstag erklärt hatte, sie brauche Zeit, diese ungeheuerlichen Nachrichten zu verdauen, und mit Leni weitergefahren war, hatte Rita ihn mehrmals am Tag besucht. Er hatte sich gefreut, dass sie sich so liebevoll um ihn kümmerte. Aber in seinem Kopf kreisten ständig die Gedanken an Johanna.

»Hast du dein Handy eingeschaltet?«, fragte Rita, nachdem sie in den fast leeren Bus eingestiegen waren. Außer ihnen beiden hatten nur sechs weitere Fahrgäste

Platz genommen. Eine Frau mit einem kleinen Kind, ein älteres Paar und zwei Jugendliche.

Er nickte.

»Für den Fall, dass Johanna sich meldet«, sagte Rita und rückte nah an ihn heran.

Ja, für den Fall, dass … Er kannte seine Tochter. Wenn sie eine Auszeit brauchte, konnte das dauern.

»Papa, das ist eine so absurde Geschichte. Warum hast du mir nicht vorher von Rita erzählt?«, hatte sie ihn gefragt, als sie Leni eine knappe Stunde nach dem Zwischenfall mit dem Kuchen wieder abgeholt hatte.

Rita hatte sich bereits wieder verabschiedet. Sie spürte wohl, dass Johanna sich von ihr provoziert gefühlt hatte.

»Weil du dann nicht mit mir nach Lappland gefahren wärst«, hatte er geantwortet.

Sie war stumm geblieben, hatte Leni an die Hand genommen und erklärt, dass sie Abstand brauche.

Leni verabschiedete sich nur widerwillig von ihm, und er bemühte sich, gelassen zu reagieren und sich nicht aufzuregen.

Seitdem hatte er nichts mehr von Johanna gehört. Er hatte sein Handy sofort aufgeladen und bemerkt, dass sein Freund Ludwig ein paarmal auf seinen Anrufbeantworter gesprochen hatte. Als er Ludwig zurückrief und ihm erzählte, was vorgefallen war, musste er sich eine Standpauke anhören, die sich gewaschen hatte. Warum er Johanna nicht einmal, als sie in Lappland waren, von Rita erzählt habe? Warum er ihn nicht zurückgerufen habe? Er habe ihn doch vorwarnen wollen? Warum er …? Aber dann schien Ludwig sich zu erinnern, dass Phil einen Herzinfarkt erlitten hatte, und schlug einen versöhnlichen Ton an. »Pass auf dich auf«, sagte er noch, bevor er auflegte, »und melde dich ab und zu. Damit ich mir keine Sorgen machen muss.«

Der Bus fuhr aus der Stadt heraus, vorbei am Arkticum, einem arktischen Museum und Wissenschaftszentrum, das durch seine ungewöhnliche Architektur, einen lang gestreckten Glasbau, auffiel. Als er mit Johanna und Leni ein paar Tage zuvor auf dem Campingplatz übernachtet hatte, hatten Johanna und er beschlossen, das große Museum auszusparen, um Leni nicht zu überfordern. Sie fuhren weiter über den Kemijoki-Fluss, an der imposanten weißen Kirche vorbei, deren Fassade von der grellen Sonne beschienen wurde, und weiter zum Santa Claus Village. Hier war vor einer Woche noch alles gut gewesen zwischen ihm und seiner Tochter. Er seufzte.

Rita nahm seine Hand. »Sie wird anrufen.«

»Wenn sie so stur ist wie du, kann das dauern.« Er verzog das Gesicht zu einem Grinsen.

Sie lachte. »Aber wahrscheinlich keine dreißig Jahre.«

»Nein, sie hat ja auch Gene von mir.«

»Gott sei Dank.« Rita lächelte. »Das Wichtigste ist, dass du wieder gesund wirst. Alles andere wird schon werden.«

»Und du bist dir sicher, dass du mich bei dir aufnehmen möchtest?«

Sie nickte. »Nicht für immer. Du hast ja mein kleines Häuschen gesehen. Ich habe nicht viel Platz.«

Er hatte in Nürtingen mehr Räume, und wenn sie eigene brauchen sollte, könnten sie den oberen Stock ausbauen. Bisher hatte er es jedoch nicht gewagt, sie zu fragen, ob sie mit ihm zusammenleben wollte. Er befürchtete ein Nein. Aber er wollte nicht grübeln. Er wollte sich ausruhen, sein Herz schonen und … Er sah sie an. »Meinst du, wir könnten in zehn Tagen zum Tangofestival fahren?«

Ihr erstaunter Blick sagte alles. »Ist das nicht ein bisschen früh? Du bist gerade aus dem Krankenhaus entlassen worden.«

Er zuckte mit den Schultern. »Es gibt langsame Tangos, ich kann Pausen machen … Ich würde sehr gerne nach Seinäjoki fahren.«

»Ich auch. Aber … warten wir ab, wie es dir geht.«

Er drückte sie an sich. Vielleicht würde sich Johanna bis dahin melden. Wo waren die beiden jetzt? Johanna hatte einmal erwähnt, dass sie der Lemmenjoki-Nationalpark interessiere. Aber gäbe es dort auch etwas Interessantes für Leni? Seine Tochter würde sicher überlegen, wie sie Leni eine Freude machen könnte. Hoffentlich fuhr sie nicht in den Süden, sondern hielt sich weiterhin in Lappland auf und würde sich dann in den nächsten Tagen durchringen, ihn anzurufen und zu ihnen zu kommen. Er hatte überhaupt keine Gelegenheit gehabt, ihr Näheres über Rita und sich zu erzählen. Und über Hedi, die von seiner Beziehung zu Rita gewusst hatte. Nicht von Anfang an, aber nachdem er zwei Jahre lang im Juli nach Finnland geflogen war, hatte sie ihn direkt gefragt, ob er sich mit einer Frau treffe. Und er hatte ihr die Wahrheit gesagt. Ein Seufzer entglitt seinem Mund.

Rita schaute ihn von der Seite an. »Alles gut?«

Er nickte. Rita wusste nicht, wie es damals zwischen ihm und Hedi gewesen war. Bisher wollte sie nichts darüber wissen. »Darf ich dir von Hedi erzählen, oder …?«, fragte er zögernd.

»Darfst du.« Rita hatte mit ihrer Antwort keinen Moment gezögert. Hatte sie ihre Meinung geändert? »Sie wusste von dir und mir.«

»Wirklich? Ich dachte immer, du hast ihr deine Reisen nach Finnland als Golfreisen mit Ludwig verkauft.«

»Nur zwei Mal. Dann wurde sie misstrauisch.«

»Wie hat sie auf die Wahrheit reagiert?«

Phil sah die Szene so genau vor sich, als hätte sie sich gestern erst abgespielt. Hedi, völlig aufgelöst, weinte, drohte ihn zu verlassen. Johanna hatte damals nicht mehr zu Hause gewohnt, sie studierte bereits. Aber Johannas jüngere Geschwister bekamen ihren Streit mit. Nicht, worum es ging, aber dass die Beziehung ihrer Eltern kurz davor war zu scheitern, war ihnen klar. Er war damals nur froh, dass Johanna nichts aufgeschnappt hatte.

»Ich konnte nicht anders, weißt du?« Er sah Rita in die Augen. »Diese eine Woche im Jahr mit dir hat mir so viel bedeutet. Ich hätte sie nicht aufgegeben.« Er zögerte. »Auch nicht, wenn Hedi mich verlassen hätte.«

Rita lächelte.

»Ich habe versucht, ihr zu erklären, warum mir diese Tage so wichtig sind. Aber im Grunde wollte sie das nicht hören. Ist ja auch verständlich.« Er schaute aus dem Fenster. Sie fuhren auf der E75, vorbei an üppigen grünen Wiesen, ab und an tauchten verstreut kleine rote Häuser auf. Phil räusperte sich.

»Du musst nicht weitererzählen, wenn es dich aufregt.«

Er schüttelte den Kopf. »Ein halbes Jahr ungefähr

haben wir mehr oder weniger nebeneinanderher gelebt. Dann hat Hedi mir eines Tages erklärt, dass sie sich mit der Situation arrangiert habe. Eine Woche im Jahr, aber ansonsten kein Kontakt zu dir. Und da du das genauso wolltest …« Er presste die Lippen aufeinander. Er hatte so ein schlechtes Gewissen gegenüber Hedi gehabt. »Und irgendwann hat sich das alles eingespielt. Ich habe meine Reisen nach Helsinki und Seinäjoki gebucht, und genauso habe ich die Reisen mit Hedi in den Süden gebucht. Wir haben beide das ganze Jahr über so getan, als würde es diese eine Woche gar nicht geben. Dabei … dabei warst du immer in meinem Herzen.« Er schluckte. »Und … als Hedi im Krankenhaus lag mit Hirnschlag, ist sie noch mal kurz aufgewacht. Weißt du, was sie zu mir gesagt hat?«

Rita schüttelte den Kopf.

»Es war alles gut so, wie es war.« Tränen traten ihm in die Augen, und er spürte, wie Rita ihm die Hand streichelte.

»Sie war eine besondere Frau.«

»Das war sie ganz bestimmt.« Rita lächelte ihn an. »Sonst hättest du sie auch nicht geheiratet.«

»Nein.« Phil wischte seine Tränen weg. »Und sie war eine gute Mutter, auch für Johanna.« Er bemerkte, wie Rita ein wenig von ihm weg rückte. »Tut mir leid, das ist mir jetzt so herausgerutscht.«

Sie drückte ihre Wange an das Fenster und antwortete nicht. Dann hob sie den Kopf und wandte sich zu ihm um. »Wahrscheinlich hatte Johanna Glück, mit dir als Vater und Hedi als Mutter. Ich glaube nicht, dass ich ihr diese Geborgenheit hätte geben können, die doch jedes

Kind braucht. Ich war nie eine Mutter für sie und werde auch nie eine werden. Aber …« Sie drückte ihren Rücken durch. »Wir fahren zu mir, und du ruhst dich aus. Und wir denken nicht an das, was war oder was kommen wird. Einverstanden?«

Phil nickte. Aber er wusste, dass es schwer werden würde, die Gedanken zu verscheuchen.

43

Die nächsten Tage waren die merkwürdigsten und gleichzeitig schönsten, die Riitta seit Jahren erlebt hatte. Merkwürdig, weil sie es nicht mehr gewohnt war, mit einem Menschen zusammenzuleben, Tisch, Bett, Haus und sogar ihr Boot zu teilen. Und die schönsten, weil sie es genoss, mit Phil zusammen zu sein, ihm dabei zuzusehen, wie er neben ihr aufwachte, sie anlächelte und sie an sich zog. Wie er sich bemühte, in ihrer Chaosküche die Zutaten für das Frühstück zu finden, und versuchte, ihr in ihrem Zusammenleben so viel Freiraum zu geben wie möglich.

Als sie sich in den folgenden Tagen, wie sie es morgens immer tat, mit ihrer Kaffeetasse auf den Bootssteg setzte und dem leisen Rauschen der Wellen des Inarisees lauschte, wagte er zuerst nicht, sich zu ihr zu setzen. Er ließ sie in Ruhe, fragte nicht, was sie am Steg gemacht hatte, als sie eine halbe Stunde später wieder zurück ins Haus kam. Erst am dritten Morgen trat er zu ihr und bat um Erlaubnis, ihr Gesellschaft leisten zu dürfen. Sie deutete auf den Platz neben sich, und Phil setzte sich auf die ausgeblichenen Planken und nippte an seiner Teetasse. Sie reckte ihr Gesicht den warmen Sonnenstrahlen entgegen und genoss es, neben ihm zu sitzen und zu schweigen.

Erst nach einer Weile drehte er sich zu ihr. »Es ist wunderschön hier«, sagte er.

Sie nickte. »Mein Zuhause.«

Sie hatte das Gefühl, Phil wolle etwas hinzufügen. Aber er umfasste die Teetasse mit den Händen und schwieg. Sie gingen ins Haus zurück, wo er es sich nicht nehmen ließ, Frühstück für sie zuzubereiten, so wie sie es am liebsten mochte, mit Waffeln und Blaubeermarmelade.

Zum ersten Mal in ihrem Leben versuchte Riitta, regelmäßige Mahlzeiten einzuhalten. Bisher hatte sie gegessen, wenn sie hungrig war, und oft hatte sie es nicht für nötig gehalten, sich jeden Tag eine warme Mahlzeit zu kochen. Jetzt achtete sie darauf, dass sie vor allem frisches Gemüse einkaufte, und gemeinsam bereiteten sie Gerichte zu, die sie beide mochten.

Phil streifte gerne alleine durch den Nadel- und Birkenwald. Erst war er nur eine halbe Stunde unterwegs, dann wurden seine Streifzüge länger, und sie bat ihn, das Handy mitzunehmen, damit er sie jederzeit anrufen könne. Aber eigentlich war ihre Bitte überflüssig. Sie wusste, dass Phil auf einen Anruf von Johanna wartete, der bisher ausgeblieben war. Er hatte sein Handy immer bei sich.

Ihr gekauftes Handy lag noch immer unbenutzt auf der Garderobe, wo sie es nach ihrer Ankunft aus Rovaniemi abgelegt hatte. Sie sollte bei Adam vorbeifahren, er hatte doch versprochen, es ihr einzurichten. Sie war immer nur kurz mit der Vespa ins Dorf gefahren, hatte eingekauft und sich bemüht, schnell wieder zurück zu sein. Sie sorgte sich um Phils Gesundheit. Aber es schien ihm jeden Tag besser zu gehen.

Die Zeit verflog. Wenn sie alleine war, kümmerte sie

sich um ihre Pflanzen. Sie hatte sie in ihre Hochbeete gesetzt und freute sich darüber, dass sie in der Helligkeit, die Tag und Nacht herrschte, so gut gediehen. Oder sie setzte sich an ihre Nähmaschine und nähte ihr Kleid für das Tangofestival. Sie hatten noch nicht entschieden, ob sie nach Seinäjoki fahren würden, aber auch wenn nichts daraus wurde, fühlte es sich jetzt richtig an, das blaue Tanzkleid zu schneidern.

Zusammen genossen sie lange Gespräche, nicht nur über die Vergangenheit, auch über Politik, Kochen oder Musik. Riitta zeigte Phil ihre Schallplattensammlung, und an den Abenden saßen sie draußen vor dem Haus, die Wohnzimmerfenster geöffnet, damit sie den Klängen von Reijo Taipale und Laura Ryhänen lauschen konnten.

An einem Abend, als keine einzige Wolke die Sonne verdeckte und sich nur wenige Mücken blicken ließen, machten sie es sich auf den Holztreppen vor Riittas kleinem Haus bequem und hörten, mit einem Glas Wein in der Hand, den Klängen des Tango zu. Phil bat sie, ihm die finnischen Texte zu übersetzen. Bisher habe er immer nur die Musik genossen, aber er wolle auch den Inhalt verstehen. Riitta legte ihren Kopf an seine Schulter und erzählte ihm von Satumaa, einem Märchenland, in dem immer Rosen blühten, und von einem wunderschönen Strand, wo das Glück wohnte. Phil lauschte, und sie übersetzte die Lieder mit leiser Stimme. Als die Musik verklungen war, stellten sie die Weingläser ab, rückten zusammen, sodass ihre Körper sich berühten, und betrachteten schweigend das Schauspiel der kreisenden Sonne am Himmel.

Tagsüber fuhren sie oft Boot. Sie hatte Phil beigebracht, wie man einen Fisch ausnahm, und er hatte sie sogar dazu überredet, mit ihr zu baden. Der See war zwar Anfang Juli immer noch kalt, aber um die Mittagszeit wagten sie es, kurz ins Wasser zu springen. Sie kreischten und plantschten wie Kinder, spritzen sich gegenseitig Wasser ins Gesicht und küssten sich. Später ließen sie sich auf ihren Badehandtüchern trocknen, bis die Mücken sie störten. Dann gingen sie zurück ins Haus.

Wenn die Sorge um Phils Gesundheit nicht gewesen wäre, und um Johanna und Leni, wäre dies Riittas schönste Zeit seit Langem gewesen.

Nach einer Woche kündigte sich Adam an. »Ich mache meinen Laden heute zu. Hab keine Lust mehr auf Touristen, die meinen, meine Schalen und Messer herunterhandeln zu müssen. Und außerdem will ich deinen Phil kennenlernen«, hatte er am Telefon zu ihr gesagt. »Den hast du mir viel zu lange vorenthalten.«

»Hast du auch Zeit für mein Handy?«

»Klar.«

An Nachmittag fuhr Adam mit seinem alten Volvo vor, umarmte Riitta und drückte Phil getrocknetes Rentierfleisch in die Hand. »Riitta hat mir erzählt, dass es vor allem Gemüse bei euch gibt. Aber das kannst du essen. Rentierfleisch ist gesund. Ich habe das Rentier gekannt, es hat nichts gefressen außer Flechten und Blättern.«

Riitta schnitt das geräucherte Fleisch in hauchdünne Scheiben und servierte es mit Kaffee, so wie die Samen es mochten.

Leyla, Adams Huskywelpe, rannte neugierig im Haus umher, erschnüffelte sämtliche Schuhe und warf alles in die Luft, was herumlag. Riitta musste ihr Nähzimmer schließen, damit nicht eine ihrer Nadeln das Tier erwischte. Phil und Adam gingen im Wald mit ihr spazieren. Leyla war völlig erschöpft, als sie mit ihr nach Hause kamen und schlief neben Adam ein, der sich an den Küchentisch setzte und Riitta das Handy erklärte.

Die beiden Männer mochten sich. Phils Englisch war gut, das von Adam mäßig. Aber er verstand ein paar Brocken Deutsch. Sie verständigten sich mit Händen und Füßen, redeten und lachten, und Riitta übersetzte, wenn es unbedingt notwendig war.

Am Abend, nachdem sie gemeinsam gegrillt hatten, spielten Phil und Adam Schach. Riitta streichelte Leyla, raufte mit ihr und erinnerte sich an die Zeit in der WG, als sie zu dritt, zusammen mit Sirpa, in einer kleinen Wohnung in Inari gelebt hatten. Auch damals hatte Adam immer einen Hund gehabt. Und immer war jemand da gewesen, mit dem sie reden konnte. Aber sie schätzte eben auch die Zeit, die sie für sich alleine hatte. Auch wenn sie es genoss mit den beiden Männern, die ihr so viel bedeuteten, sie konnte es sich nicht vorstellen, wieder ganz mit Phil zusammenzuziehen. Sie brauchte Freiraum und Zeit für sich.

Gegen zehn Uhr abends verabschiedete sich Adam von ihnen. Sie traten zusammen vors Haus. Es war noch taghell. Zwei Eichhörnchen sprangen in einer Fichte um die Wette, Leyla bellte aufgeregt.

»Übrigens, da fällt mir ein …«, Adam drehte sich noch einmal um, »als ich heute Morgen mit Leyla Gassi war, habe ich eine junge Frau mit ihrer kleinen Tochter getroffen.«

Riitta hob erstaunt den Kopf. Sie bemerkte, wie Phil sich anspannte.

»Das Mädchen ist auf Leyla zugerannt und war ganz aufgeregt. Es hat sie gestreichelt und mit ihr geredet – auf Deutsch.«

»Und dann?«, fragte Phil.

»Ich habe mit dem bisschen Deutsch, das Riitta mir beigebracht hat, geantwortet.«

»Lass dir doch nicht alles aus der Nase ziehen.« Riitta schüttelte den Kopf.

»Ich habe mich ein wenig mit ihnen unterhalten, und als ich fragte, was sie hier in Inari täten, sagte die junge Frau, sie würden baden, wandern und sie seien schon mit dem Boot auf der Insel Ukonsaari gewesen.«

Phils Gesicht strahlte. »Sie sind also hier.«

Adam nickte. »Und dann sagte das Mädchen noch – ich nehme an, es heißt Leni ...« Er grinste. »Sie sagte, sie würde ihren Opa besuchen, der hier wohnt. Und seine Freundin heiße Rita.« Riitta nahm Phils Hand und drückte sie fest. Leni hatte sogar von ihr gesprochen. Riitta spürte, wie ihr Herz klopfte.

»Und ...«, er wandte sich an sie, »Leni sieht dir so was von ähnlich. Die kannst du wirklich nicht verleugnen.« Er drehte sich um, hob die Hand noch mal zum Gruß und stieg, nachdem er Leyla in den Kofferraum gelassen hatte, in seinen klapprigen Volvo.

44

Sie hatte diese Auszeit gebraucht, war mit Leni immer weiter in den Norden in Richtung der russischen Grenze gefahren, aber dann war ihr bewusst geworden, dass sie weglief, wie so oft. Weg von ihrem Vater, weg von Rita, weg von den Themen, mit denen sie sich nicht beschäftigen wollte.

Zuerst hatte sie versucht sich abzulenken und war mit Leni durch verwunschene Nadel- und Birkenwälder gestreift, durch Moore, die mit dicken Planken versehen waren und in denen winzige Pflanzen wuchsen, die sie nicht kannten. Sie hatte im Internet recherchiert und über Moosbeeren, Rentierflechten und wilde Orchideen nachgelesen. Sie hatten Lagerfeuer gemacht und Würstchen gebraten, hatten Vögel beobachtet und in klaren Seen gebadet. Leni lernte immer besser schwimmen. Ihr machte das kalte Wasser nichts aus. Sie schwamm so lange, bis ihre Lippen vor Kälte blau anliefen. Abends, wenn Leni schlief, fing Johanna an, ihren Artikel über das Santa Claus Village zu schreiben. Und sie erhielt einen weiteren Auftrag. Eine Reisezeitschrift forderte eine Artikelserie über die Ruska an, die Zeit, in der sich Lapplands finnische Wälder in den schönsten herbstlichen Farben zeigten.

»Wir brauchen vor allem Fotos und dann Texte über die besten Wanderrouten in der Gegend um Levi, Rovaniemi und Inari«, sagte die Redakteurin. »Und falls das gut wird, auch einen Artikel über die finnischen Samen. Das Thema Samen fasziniert immer mehr deutsche Leser. Schaffen Sie das?«

Sie sagte zu. Natürlich würde sie das schaffen. Vielleicht könnte Papa ihr im Herbst das Wohnmobil leihen, und sie könnte mit Leni hier oben im Norden herumfahren, recherchieren und schreiben. Sie musste ihn fragen, ob die Heizung für kühle Temperaturen ausreichend war. Sie musste mit ihrem Vater reden. Und sie musste auch mit Rita reden.

In den hellen Nächten, in denen sie kaum schlafen konnte, grübelte sie oft darüber nach, was passiert sein musste, dass Rita sie zurückgelassen hatte. Und vor allem, warum sie sich nie mehr gemeldet hatte.

Als Johanna Kind war, war es in ihrer schwäbischen Kleinstadt nicht üblich gewesen, dass Eltern sich trennten. Und wenn, dann hatten sie trotzdem Umgang mit ihren Kindern, oder nicht? Sie erinnerte sich an eine Klassenkameradin, deren Vater nach Kanada ausgewandert war, um mit einer anderen Frau zusammenzuleben. Aber diese Klassenkameradin durfte ihren Vater jedes Jahr in den langen Sommerferien besuchen. Es musste Gründe dafür geben, warum Rita den Kontakt abgebrochen hatte. Denn anscheinend liebten Papa und sie sich noch immer. Wie passte das zusammen? Johanna zermarterte sich den Kopf, aber es hatte keinen Sinn. Sie kam auf keine Lösung. Auch ihre Freundin Anja konnte ihr nicht helfen. Johanna telefonierte mehrmals mit ihr, und Anja gab ihr zu verstehen, dass es nichts nützte, wenn sie ziellos in der Gegend herumfuhr. Sie würde die

Wahrheit nur erfahren, wenn sie endlich mit ihrem Vater und Rita redete.

Aber Johanna konnte das Grübeln nicht abstellen. Auch nicht über ihre Mutter Hedi. Immer wieder kamen ihr Szenen aus ihrer Kindheit in den Sinn, in denen sie sich ausgeschlossen gefühlt hatte, weil ihre Mutter sie nicht wie ihre Geschwister behandelt hatte. Wenn sie sich wehgetan oder Kummer gehabt hatte, hatte Mama sie nicht wie Laura und Manuel in den Arm genommen. Sie hatte ihr nur kurz übers Haar gestrichen. Sie hatte mit ihr geredet, das schon. Aber körperliche Nähe war nicht Mamas Ding gewesen. Zumindest nicht mit ihr. Johanna meinte, immer noch die Eifersucht spüren zu können, die als Kind oft in ihr aufgekeimt war. Manchmal hatte sie auch gedacht, Mama behandelte sie anders, weil sie die Große war, die, die schon vernünftig sein sollte. Dennoch, diesen Stich in der Brust fühlte sie noch heute. Nur wenn Papa sie getröstet hatte, war alles wieder gut gewesen. Hatte auch Papa ihre Geschwister anders behandelt? Wieder eine Frage, die sie nicht beantworten konnte.

Nach ein paar Tagen ganz im Norden waren Johanna und Leni wieder Richtung Inari gefahren. Sie hatten sich einen Stellplatz auf einem Campingplatz in der Nähe von Inari gesucht. Nicht auf dem großen, der war fast voll und zu teuer. Es war ein kleiner, privater, mit netten Gastgebern. Hier konnten sie waschen und Bootsausflüge auf dem Inarisee unternehmen, hier lernte Leni auch zwei Kinder kennen, mit denen sie spielte. Aber immer wieder fragte Leni nach ihrem Opa und nach Rita.

Anscheinend hatte Rita sie in der kurzen Zeit, die sie mit ihr zusammen im Krankenhaus war, beeindruckt. »Ich will auch Finnisch lernen«, hatte Leni zu Johanna gesagt, als Johanna sie im Krankenaus abgeholt hatte.

»Ich kann schon: *yksi, kaksi, kolme*. Eins, zwei, drei. Und Rita kennt einen Mann, der einen Huskywelpen hat. Können wir den besuchen, Mama?« Eine Woche lang vermied sie den Kontakt zu ihrem Vater. Jetzt wurde es Zeit. Zudem machte sie sich Sorgen um ihn. Was, wenn er sich nicht von seinem Herzinfarkt erholte und vor lauter Gedanken um sie und Leni kränker wurde?

An diesem Morgen fragte sie Leni nach dem Frühstück, ob sie heute Lust hätte, Opa und Rita zu besuchen.

»Au ja, Mama, ich will nur noch Onna und Pauli Tschüss sagen, dann können wir fahren.«

»Mach das, ich packe schon mal zusammen.« Leni rannte davon. Johanna schluckte. Sie wusste nicht, was sie erwartete.

45

Als Johanna und Leni ihn umarmten, konnte Phil die Tränen nicht zurückhalten.

»Nicht, Papa. Jetzt sind wir doch da.«

Er nickte und lächelte. »Ich freue mich so!«

Leni rannte zum Bootssteg. Sie hatte Riittas rotes Ruderboot bemerkt, das im Wasser schaukelte. Phil beobachtete seine Enkelin genau. Sie war fast noch übermütiger, als Johanna es gewesen war. Er wusste, dass Leni gut schwimmen konnte, aber heute war es bewölkt, und das Wasser hatte sicher nicht mehr als fünfzehn, sechzehn Grad. Keine gute Idee hineinzufallen.

»Nicht reinsteigen, Leni!«, rief Johanna ihr hinterher.

»Okay!«, schrie Leni zurück, zog Schuhe und Strümpfe aus, setzte sich auf den Steg und ließ ihre Füße ins Wasser baumeln.

»Geht's dir besser?«, fragte Johanna.

Phil bejahte und bemerkte, dass sie sich verstohlen umschaute. »Riitta ist mit der Vespa ins Dorf gefahren. Sie wollte einkaufen und Adam, einen Freund, besuchen.«

Er bot ihr etwas zu trinken an, entschuldigte sich und bereitete in der Küche Johannas Tee zu. Sein Herz klopfte lautstark, und er redete sich selbst zu, sich zu beruhigen. Es war nicht gut, wenn er sich aufregte. Aber vielleicht tat positive Aufregung doch gut? Kurz darauf ging er mit einem Tablett zum Bootssteg hinunter. Für

Leni hatte er ein Glas Mädesüßsaft und Kekse dabei. Rita hatte den Sirup vor ein paar Tagen mit frischen Mädesüßblüten angesetzt, und er hoffte, Leni würde ihn mögen. Doch Leni hatte anderes im Sinn.

»Darf ich mir das Haus anschauen, Opi?«, fragte sie und begann, ohne auf eine Antwort zu warten, ihre Strümpfe anzuziehen.

»Leni, erst die Füße abtrocknen«, sagte Johanna, holte ein Handtuch aus dem Wohnmobil und half Leni in Strümpfe und Schuhe.

Phil erinnerte sich, dass auch Johanna es geliebt hatte, die Wohnungen anderer Leute zu inspizieren. Besonders gerne war sie auf alte Dachböden gestiegen.

»Aufpassen!«, sagte er zu Leni, und die rannte, ohne zu reagieren, davon.

Johanna trank von ihrem Tee und sah ihn erwartungsvoll an. Er wusste, dass es an ihm war, zu erzählen. Und er fing noch einmal am Anfang an, als er Rita in der Schule kennengelernt und versucht hatte, sie aus seinen Gedanken zu verbannen. Die Anziehung war stärker gewesen. Er berichtete von ihrer gemeinsamen Liebe zur Musik. Damals war es andere Musik gewesen, Jazz und Rock and Roll. Von der Zeit, als sie sich auf Johannas Geburt gefreut hatten, und er erzählte ihr von den ersten großartigen Tagen mit ihr. Dass es Rita schon bald schlecht gegangen war, ließ er aus.

»Und dann hat Rita dich und mich verlassen. Wie alt war ich damals?«, unterbrach sie ihn.

»Eineinhalb Jahre. Du konntest laufen, hast angefangen zu klettern. Du warst total übermütig und …«

»Wo ist sie hingegangen?«

»Ich wusste ja zuerst nicht, wo sie war. Sie hatte nur einen Brief hinterlassen. Sie halte es nicht mehr aus, sie schaffe es nicht mit … mit dir. Später erhielt ich die Nachricht, dass sie in die USA gegangen sei.«

»Wieso denn das?«

»Vielleicht wollte sie so weit weg sein wie möglich. Weg aus Nürtingen, weg von ihren Eltern. Sie hat sich nicht gut mit ihnen verstanden und …«

»Weg von dir und mir?«

Er schwieg. Obwohl dies so lange her war, über dreißig Jahre, saß der Schmerz tief. Die Verantwortung für seine Tochter hatte ihn am Leben erhalten. Er hatte doch für sie sorgen müssen. Gleichzeitig beendete er in dieser Zeit seine Referendarzeit. Seine Mutter unterstützte ihn damals, sie betreute Johanna, wenn er arbeitete.

Johanna und das Referendariat bewahrten ihn davor zu verzweifeln. Er hatte keine Zeit zu grübeln, musste funktionieren. Für Johanna und für sich selbst.

»Es war schwer. Sehr schwer!« Er trank einen Schluck Tee. »Aber dann habe ich Hedi kennengelernt, und sie hat mich vergessen lassen. Ich habe wieder Hoffnung geschöpft. Weißt du, ich wollte immer eine Familie haben, ich wollte viele Kinder. Hedi hat mir eine Familie geschenkt, und sie hat dich geliebt wie ihr eigenes Kind.« Johanna schaute in die Ferne, auf das Wasser, das leise vor sich hin plätscherte. »Glaubst du das nicht?«

»Doch, schon.«

»Aber …?«

»Sie hat mich anders behandelt. Anders als Laura und Manuel.«

»Das hat sie ganz sicher nicht bewusst gemacht.

Und …« Er stockte. Konnte er so etwas sagen? Es war nicht fair gegenüber seinen anderen Kindern, aber es war die Wahrheit. »Ich habe dich auch anders behandelt, und ich glaube, aus dem einfachen Grund, weil du mir näher bist als deine Geschwister. Ich … ich dachte früher immer, dass man seine Kinder gleich liebt. Aber mit dir war es etwas Besonderes. Das ist sicher nicht schön für deine Geschwister, aber es ist wahr.«

Johanna lächelte ihn an.

Er legte den Arm um sie, und er spürte, dass sich Johanna an ihn schmiegte wie ein kleines Kind, das Schutz suchte. Sie weinte still vor sich hin. Schließlich schluchzte sie, und er nahm sie in die Arme und wiegte sie wie früher.

»Mama, was hast du? Stirbt Opa?« Leni stand vor ihnen und blickte Johanna entsetzt an.

»Aber nein.« Johanna breitete die Arme aus, drückte Leni an sich, und Leni setzte sich zwischen sie beide.

»Ich freu mich nur so, dass es Opa wieder gut geht.« Sie wischte sich die Tränen mit der Hand weg.

»Ich habe zwar schon weiße Haare, aber noch sterbe ich nicht«, sagte er und lächelte. »Du wolltest mir doch zeigen, wie toll du schwimmen kannst. Machst du das?«

»Jetzt?«

»Nein, wenn die Sonne wieder scheint.«

»Okay«, sagte Leni. »Mach ich bestimmt.«

46

Im Dorf hatte es diesmal etwas länger gedauert. Riitta hatte sich mit Adam verplaudert, und so fuhr sie erst am frühen Nachmittag zurück. Die Wolken hatten sich verzogen, es war sicher um die fünfundzwanzig Grad warm. Bei der Rückfahrt mit der Vespa hatte sie kurz überlegt, den Helm abzusetzen, damit sie die Sonne während der Fahrt auf dem Gesicht spüren konnte. Sie ließ es bleiben. Es war vernünftiger, es nicht zu tun. Die Touristensaison war in vollem Gang, und die Straßen füllten sich zunehmend. Aber zumindest konnte sie ihre dicke Jacke ausziehen und im T-Shirt fahren.

Als sie in ihre Einfahrt fuhr, bemerkte sie das Wohnmobil, das neben dem Gewächshaus parkte.

Ihr Herz klopfte. Jetzt war es so weit. Sie würde mit ihrer Tochter reden müssen, ob sie wollte oder nicht.

Sie stellte die Vespa ab, bockte sie auf und schnallte die prall gefüllte Einkaufstasche samt der Jacke ab, als sie ein lautes Platschen und dann einen Schrei hörte. Erschrocken fuhr sie herum.

Ein Kind, im Wasser. Es fuchtelte mit den Armen. Es war in Gefahr.

Riitta rannte zum Bootssteg. Wasser spritzte. Bilder stiegen in ihr auf, diese schrecklichen Bilder von früher. Christine, ihr Kopf, ihr kleiner Körper, der ihr immer wieder aus den Händen glitt.

»Opa!«, schrie das Kind. Es zappelte und schrie immer wieder: »Opa!«

»Ich komme!«, rief sie, nestelte ihre Schuhbändel auf, zog die Schuhe aus und sprang ohne zu zögern ins Wasser. Sie schwamm so schnell sie konnte zu der Kleinen, deren Kopf immer wieder unter Wasser tauchte. Sie schnappte nach dem Kind, das zappelte und schrie. Riitta hörte nicht mehr, was es schrie. »Ich hab dich! Nicht zappeln. Ich hab dich doch!« Sie packte die Kleine, die um sich schlug. »Ganz ruhig. Ganz ruhig. Ich rette dich.«

»Aber ...« Die Kleine schnappte nach Luft, verschluckte sich, hustete.

»Alles wird gut!« Sie umfasste sie und schwamm mit ihr zum Bootssteg. Es waren nur ein paar Züge, aber Riitta kam es wie eine Ewigkeit vor. Sie hielt sich an der Leiter fest und bat das Mädchen, sich auf eine der Stufen zu stellen. Es schlug mit der Hand nach hinten, traf ihren Bauch. »Ganz ruhig. Du gehst nicht unter.« Riittas Atem ging hektisch. Sie schmeckte salzige Tränen auf der Zunge. Dann hörte sie laute Rufe vom Haus. Phil und Johanna, die zu ihnen rannten.

»Was ist denn los? Was ist denn passiert?«

Riitta weinte, sie schluchzte. Sie wollte die aufgeregte Leni beruhigen, aber die schrie, stampfte mit den Beinen auf und streckte die Arme Johanna entgegen.

Johanna zog sie hoch und drückte sie an sich. Riitta verstand nicht, was die Kleine jammerte.

Sie war nur erleichtert, dass sie in Sicherheit war. Erschöpft lehnte sie ihren Kopf an die Eisenstange der Treppe.

»Rita, komm!« Phil streckte ihr die Hand entgegen.

Sie nahm sie und ließ sich hochziehen. Und dann brach sie in seinen Armen zusammen.

47

Es dauerte einige Zeit, bis Leni sich beruhigt hatte. Sie war erschrocken und wütend und schlug um sich. Aber nachdem Johanna ihr erklärt hatte, dass Rita sicher dachte, sie könne nicht schwimmen, und sie retten wollte, schmollte sie nur noch kurz und zog sich im Wohnmobil auf Papas Bett zurück. Johanna rubbelte ihr die Haare ab und legte trockene Kleidung zurecht. Nun schaute Leni sich auf ihrem Tablet eine Kinderserie an.

»Eine Folge, mehr nicht«, sagte Johanna, bevor sie die Tür anlehnte und nach draußen ging.

Leni grummelte vor sich hin. Sie schien schon in einer anderen Welt zu sein.

Johanna setzte sich auf die von der Sonne gewärmte Holztreppe vor Ritas Haus.

Papa hatte Rita im Arm gehalten, hatte beruhigend auf sie eingeredet und sie ins Schlafzimmer gebracht. Was war nur mit ihr?

Leni hatte ihren Opa überraschen wollen, hatte sie ihr beim Anziehen erklärt. Er sollte doch sehen, wie gut sie schwimmen konnte. Deshalb hatte sie heimlich im Wohnmobil ihren Badeanzug angezogen, war ins Wasser gesprungen und hatte ihn gerufen. Aber da sei nur die doofe Rita gekommen. Johanna krempelte die Hosenbeine ihrer Jeans nach oben. Die Sonne schien auf ihre blassen Beine. Wie gut die Wärme tat. Deutschland wurde gerade von einer Hitzewelle überrollt, hatte Anja ihr erzählt. Johanna war froh, bei diesen angenehmen Temperaturen hier draußen auf den Treppenstufen zu sitzen, ohne zu schwitzen oder sich einen Sonnenbrand zu holen. Und wie ungeheuer ruhig es hier war. Die Straße lag einige Hundert Meter weit entfernt. Johanna vernahm nur das Plätschern des Wassers, das gegen das Ruderboot schlug, und ab und zu ein paar Vögel, die in den Baumwipfeln saßen und zwitscherten. Weit draußen auf dem See machte sie ein Motorboot aus, das auf eine kleine Insel zufuhr. Aber sonst … nichts. Nur Stille und ein leichter Wind, der sich in ihren Haaren verfing.

Ihr Vater trat aus dem Haus und reichte ihr ein Glas Apfelsaft. Er setzte sich zu ihr. »Rita hat sich hingelegt«, sagte er.

Johanna sah, dass er sich umgezogen hatte. Wahrscheinlich war er nass geworden, wie sie. Aber sie ließ Jeans und T-Shirt in der Sonne trocknen. »Warum hat sie so geweint?«

»Erinnerungen«, sagte er. »Frag sie selbst. Ich glaube, sie würde gerne mit dir darüber reden.«

»Hat sie das gesagt?«

Er schüttelte den Kopf. »Sie hat geschluchzt, sie mache alles falsch. Immer noch. Und …«

»Was denn falsch machen?«

»Sie könne nicht mit Kindern und …«

»So ein Quatsch«, unterbrach sie ihren Vater. »Leni hat die ganze Woche von Rita geschwärmt. Und sie hat sich doch schnell wieder beruhigt.«

»Sag ihr das selbst. Das wird sie freuen.«

»Warum glaubt sie, dass sie mit Kindern nicht kann?«

Ihr Vater lächelte bedauernd.

»Meinst du, dass ich jetzt zu ihr …?«

»Ich glaube, das ist eine gute Idee.«

Johanna überlegte kurz, trank ihr Apfelsaftglas leer und drückte es ihrem Vater in die Hand. Sie stand auf, und als ob sie sich selbst Mut zusprechen wollte, sagte sie: »Okay, ich geh dann mal.« Phil nickte ihr aufmunternd zu.

Sie zögerte, bevor sie an die Holztür des Schlafzimmers klopfte. Sie hatte, seit sie hier war, noch kein einziges Wort an Rita gerichtet. Wie sollte sie beginnen?

»Ja, bitte.«

Johanna öffnete die Tür und stand in einem lichtdurchfluteten Zimmer. Filigrane weiße Vorhänge, die bis zum Boden reichten, ließen das Sonnenlicht auf eine Bücherwand und ein aus dicken Holzbalken bestehendes großes Bett fallen. Rita hatte sich trockene Kleidung angezogen und lag auf einem in blauen Farben gehaltenen Quilt, der über der Bettdecke ausgebreitet war. Ihre nassen Haare waren unter einem Handtuchturban verborgen. Als Johanna hereingekommen war, richtete sie sich auf, stellte ihre nackten Füße auf den Boden und lächelte Johanna müde an. Jetzt fielen Ritas hohe Wangenknochen, die auch Leni und sie hatten, noch mehr auf.

»Setz dich doch.« Rita deutete auf einen weißen Stuhl, der neben einem schmalen Schreibtisch am Fenster stand. Johanna nahm ihn und stellte ihn in die Nähe des Bettes.

Der Turban war von Ritas Haaren gerutscht. Sie rubbelte ihre Locken, die schon fast trocken schienen, und legte das Handtuch beiseite.

Noch immer hatte Johanna kein Wort gesagt. Sie gab sich einen Ruck. »Leni hat sich wieder beruhigt. Sie hat nicht verstanden, warum du sie aus dem Wasser gezogen hast.«

»Ich dachte, sie geht unter und …«

Johanna schluckte. »Nein, sie kann gut schwimmen. Das konnte sie schon, bevor wir nach Finnland gefahren sind. Und letzte Woche hat sie noch mal viel geübt. Sie hat im Frühjahr bereits das Seepferdchen gemacht.«

»Wie schön.«

»Papa hat gesagt, du hättest schlechte Erinnerungen und wärst deshalb so … aufgewühlt gewesen.«

Rita nickte. »Das stimmt. Aber ich weiß nicht, ob du …«

Johanna atmete tief aus. »Ich wäre froh, wenn du mir davon erzählen würdest.«

Es schien Johanna, als müsste sich Rita durchringen, aber dann begann sie. »Ich war damals fünf Jahre alt …«

Und sie erzählte ihr von einem schrecklichen Erlebnis, das ihr Leben völlig verändert hatte. Vom Verlust ihrer kleinen Schwester Christine, von den Schuldgefühlen, die sie quälten und die ihre Eltern jeden Tag verstärkt hatten. Und sie berichtete ihr, wie sie ihren Vater kennengelernt hatte, von ihrer Geburt und diesem entsetzlichen Gefühl, nicht zu genügen, nicht für dieses kleine hilflose Wesen sorgen zu können … Ab und zu griff Rita nach einem Taschentuch und schnäuzte sich. Johanna unterbrach sie nicht. Sie hörte gebannt zu, wollte endlich verstehen.

Rita berichtete von ihrer ersten Zeit in den USA, in der sie nichts anderes gemacht hatte, als neue Leute zu treffen, mit ihnen am Strand abzuhängen und Musik zu hören. Um sich über Wasser zu halten, jobbte sie, und sie kiffte. Sie wollte vergessen, dass sie ihr Kind und ihren Mann verlassen hatte, wollte so weit weg sein wie möglich. Zwei Jahre schlug sie sich so durch. Sie kellnerte, lernte eine ältere Frau kennen, die ihr das Nähen beibrachte, und begegnete Tiina aus Finnland, die sie davon überzeugte, dass es ihr in Finnisch-Lappland gefallen würde.

»Und das hat es auch. Es gefällt mir immer noch. Es ist mein Zuhause geworden.«

»Und … warum bist du nie nach Deutschland zurückgegangen?«

»Du meinst zu dir und Phil?«

Johanna nickte.

»Bin ich. Einmal. Du musst damals ungefähr sieben, acht Jahre alt gewesen sein. Aber es ist nicht so verlaufen, wie ich es mir vorgestellt hatte.«

»Und wie hattest du es dir vorgestellt?«

Die Tür wurde aufgerissen, Leni kam auf Johanna zugerannt. »Mama, darf ich noch eine Folge anschauen? Es ist gerade so spannend!« Sie schaute Rita an. »Weinst du?«

»Ein bisschen.«

»Meinetwegen? Aber ich bin nicht mehr sauer.«

»Nein. Nicht deinetwegen.«

»Dann ist es ja gut. Ich zeig dir morgen, wie toll ich schwimmen kann. Dann musst du mich nicht mehr retten.« Sie grinste Rita an. Zu Johanna gewandt sagte sie: »Darf ich, Mama?«

Sie nickte. »Eine Folge.«

»Bis später«, rief sie und war schon wieder draußen.

Rita schluckte. »Sie ist so lebendig, deine Leni. Weißt du, ich hab es immer vermieden, mit Leuten zusammen zu sein, die Kinder haben. Adam und Sirpa, mit denen ich lange in einer WG zusammengelebt habe, konnten keine Kinder bekommen. Eigentlich hat nur meine Freundin in Rovaniemi welche, und das sind nicht ihre eigenen, es sind die ihres Mannes. Sie hat sie erst kennengelernt, als sie schon Jugendliche waren. Aber … du wolltest wissen, wie das war, als ich nach Deutschland gekommen bin.«

Johanna nickte.

»Ich wollte wieder zurück zu dir und zu Phil, aber ich bin zu spät gekommen.«

»Papa war verheiratet.«

Rita nickte. »Er hatte eine Familie gegründet. War eigentlich klar. Phil ist der Familienmensch schlechthin. Ich bin damals zurückgeflogen und hab mir geschworen, keinen Fuß mehr nach Deutschland zu setzen.«

»Warum nicht?«

»Ich … ich wollte mich nicht in diese Idylle drängen. Ihr habt so glücklich ausgesehen. Eine perfekte Familie. Ich hatte darin keinen Platz.«

»Und jetzt, wo meine … Mutter gestorben ist, hast du auch keinen Platz darin? Warum hast du Papa letzte Woche weggeschickt?«

Sie zögerte. »Ich will kein Muttterersatz sein, das kann ich nicht.«

»Möchtest du denn etwas anderes für mich sein?« Johanna konnte ihre Gefühle nicht einordnen. Ritas Erzählung hatte sie berührt. Wie furchtbar es für sie sein musste, mit dem Tod ihrer Schwester zu leben. Aber Johanna war auch wütend und traurig … Da saß ihr eine Frau gegenüber, die sie auf die Welt gebracht hatte, die aber nichts oder fast nichts von ihr wusste.

»Welche Rolle könnte ich denn in deinem Leben spielen?« Rita wirkte klein und bleich. Hatte sie Angst vor ihrer Antwort?

»Ehrlich gesagt: Ich weiß es nicht. Aber ich würde es gerne herausfinden.«

Rita schluchzte auf. »Tut mir leid, sonst weine ich nicht so viel. Aber diese unfreiwillige Rettung, und jetzt du, die mit mir redet wie mit einem normalen Menschen …« Sie schluchzte. »Ich freue mich. Ich freue mich sehr. Erzählst du mir auch ein wenig von dir?«

»Bald. Ich brauche ein wenig Zeit.« Sie rückte den Stuhl etwas zur Seite, damit ihr die Sonne nicht direkt ins Gesicht schien. »Ich hab noch eine Frage.«

Rita hob den Kopf.

»Liebst du Papa?«

»Ja. Ich habe ihn geliebt, seit ich ihn kenne.«

»Er hat mir erzählt, dass ihr euch jedes Jahr zum Tangotanzen getroffen habt.«

Sie nickte.

»Und er will wieder zum Festival. Meinst du, das wäre gut für ihn?«

»Wenn du und Leni dabei seid, wird es ihm sicher guttun.« Sie lächelte. »Es sind ja noch ein paar Tage bis dahin. Am Sonntag wollen wir entscheiden, ob wir reisen. Und wenn, reisen wir mit dem Zug. Vielleicht hast du Lust, mit Leni …«

»Ich überlege es mir.« Johanna stand auf. »Und, Rita …«

»Ja?«

»Danke, dass du mir von dir erzählt hast.«

48

»Oh!« Leni war begeistert von Adams kleinem Huskywelpen. Sie rannte mit Leyla in dessen Wohnung umher, spielte mit ihr Ball und warf ihr den Kuschelfuchs zu, den Phil mit ihr im Hundeladen ausgesucht hatte. Leni nahm den kleinen Welpen auf den Arm, streichelte sein Fell und küsste seine Schnauze. »So weich, Opa. Willst du auch mal?« Sie hielt Phil Leyla vors Gesicht. Er lachte, nahm sie auf den Arm und strich dem kleinen Welpen über den Rücken.

»So, genug geschmust«, sagte Adam. »Bevor Leyla dich vollpinkelt, gehen wir jetzt mit ihr Gassi. Einverstanden?«

Phil stand auf.

Adam stellte die beiden leeren Kaffeetassen und Lenis ausgetrunkenes Saftglas in die Spüle.

»Darf ich mir nachher deine Kunstwerke anschauen?«, fragte Phil beim Anziehen. Er deutete auf die Vitrinen im Flur, in denen neben Messern und Schalen auch Ledergürtel mit bunten Nieten und Haarspangen aus Rentierhorn mit eingeritzten samischen Motiven lagen. »Das würde Johanna sicher auch interessieren.«

»Natürlich darfst du das, und Johanna kann sich jederzeit bei mir umschauen.«

»Sie muss heute einen Artikel für eine Reisezeitschrift fertigschreiben. Deshalb konnte sie nicht mitkommen.«

»Wie geht's den beiden?«

»Du meinst, Rita und Johanna?«

Adam nickte und griff nach Leylas Leine an der Garderobe.

Phil half Leni in die Jacke.

»Sie nähern sich langsam an. Gestern Abend haben sie einen kleinen Spaziergang gemacht. Rita hat nicht darüber geredet, aber sie war gut gelaunt, als sie zurückgekommen sind.«

»Gut«, sagte Adam und öffnete die Wohnungstür.

Sie traten nach draußen. Adam wohnte direkt im Zentrum Inaris, nahe der Hauptstraße, mit Blick auf den See und den Bootshafen.

Leni durfte Leyla an der Leine führen. Sie spazierten über die Brücke, die den Inarisee überquerte, am Bootsanlegesteg vorbei, wo das Boot nach Ukonsaari ablegte, und schwenkten nach rechts auf einen schmalen Spazierweg, der direkt am See entlangführte. Hier war wenig los. Die meisten Touristen besuchten das Museum oder kleine Galerien an der Hauptstraße, die während der Saison öffneten und Kunsthandwerk verkauften. Adam machte seinen Laden nur an Werktagen auf. Heute, am Samstag, hatte er zu. Er veräußerte seine Schalen und Messer vor allem an Bestellkunden aus dem Ausland, und das Ladengeschäft sei sowieso nicht sein Ding.

Leni ließ Leyla an Weidenbüschen, Birken und im Gras schnüffeln, und an einer Stelle durfte sie den kleinen Welpen ins Wasser lassen. Phil und Adam setzten sich unter eine Birke und beobachteten Leni, die mit nackten Füßen am Sandstrand mit Leyla spielte.

Phil zog seine Sonnenbrille aus der Hemdtasche und

setzte sie auf. Er ließ seinen Blick über den See schweifen. »Jetzt weiß ich, was Rita hier hält.«

»Die Sonne und ihr bester Freund, Adam.« Adam lachte.

Phil knuffte ihn in die Seite. »Das natürlich auch. Aber eigentlich habe ich etwas anderes gemeint.«

»Weiß ich doch. Zudem haben wir des Öfteren ziemlich unwirtliches Wetter, und ich bin auch nicht immer nett zu ihr.« Er grinste.

»Es ist so unglaublich still«, sagte Phil. »Sogar hier, wo sich viele Touristen aufhalten. Man muss sich nur ein paar Meter von den Massen entfernen und ist ganz alleine.«

Adam nickte. »Alleine mit seinen Gedanken und Gefühlen. Man kann den Vögeln lauschen, die Boote tuckern hören, den Wind spüren … Aber nicht jeder hält diese Ruhe aus, und vor allem muss man sich selbst aushalten können.«

»Wie meinst du das?«

»Es ist nicht einfach, alleine zu leben. Meine Frau, also meine Ex-Frau, hat es hier oben in Lappland nicht ausgehalten. Es war ihr zu kalt, zu wenige Menschen und zu viel Natur. Für mich ist es genau das Richtige. Ich brauche die Ruhe. Am Wochenende bin ich oft in meiner Hütte am See. Sie liegt circa dreißig Kilometer von hier, Richtung Sevettijärvi. Dort hab ich mein Boot, ich angele, früher bin ich mit Hugo durch den Wald gestreift, jetzt werde ich Leyla mitnehmen …«

»Und du triffst keinen Menschen?«

»Ab und zu besuche ich einen Freund. Er hat eine Rentierfarm in der Nähe. Mir gefällt es so. Aber, wie gesagt, manchmal wünschte ich mir, Sirpa wäre noch hier. Es wäre schön, jemanden in der Nähe zu haben, mit dem ich reden kann. Ich merke, dass ich kauzig werde. Ein kauziger Alter.« Er lachte.

Phil nickte und schwieg.

»Deine Frau ist gestorben, hat Rita erzählt.«

»Ja, vor einem halben Jahr.«

»Und jetzt?«

»Mein größter Wunsch wäre …« Phil zögerte. Die ganzen letzten Tage hatte er gegrübelt, ob er Rita fragen sollte, aber … »Eigentlich wollte ich Rita fragen, ob sie mit mir nach Deutschland kommt«, führte Phil ihr Gespräch fort.

»Eigentlich?«

»Ich bin mir nicht mehr so sicher, ob ich es tun soll.«

»Weil du Angst hast, dass sie Nein sagt?«

Er nickte.

Adam schwieg.

Phil sah, wie er Leni und Leyla beobachtete. Leni schmiss Stöckchen, und der Welpe fing sie voller Begeisterung auf. Nur zurückbringen wollte er die Stöckchen nicht. Leni lockte Leyla. Er lächelte. Wie gut seine Kleine mit Hunden umgehen konnte. Vielleicht könnte er sich einen anschaffen. Leni würde noch lieber zu ihm kommen, zu ihm und … Rita. Die beiden verstanden sich. Gestern Nachmittag hatte Leni noch mal im See gebadet und Rita gezeigt, wie gut sie schwimmen konnte. Danach hatte Rita Leni Stoffe aussuchen lassen und damit begonnen, für Leni ein Kleid zu nähen. Aber …

»Sie liebt Lappland.« Adam hatte sich wieder ihm zugewandt. »Ihr Haus, ihren Tangounterricht, sie liebt es,

Boot zu fahren und zu angeln, die Stille … Aber vielleicht liebt sie dich noch mehr und kann das alles loslassen. Frag sie. Mich hat Sirpa damals auch gefragt.«

»Und … du hast Nein gesagt?«

Adam nickte.

Phil seufzte.

»Wir sollten …«, sagte Adam und stand auf. »Du möchtest dir doch noch meine Sammlung anschauen und dann …«, er schaute auf seine Uhr, »in einer halben Stunde ist Riittas Tangokurs zu Ende. Ich habe einen Tisch im Hotelrestaurant bestellt. Sie haben dort den besten Rentierbraten der ganzen Gegend.«

Phil lachte. »Ob Rita das gefallen wird? Bisher haben wir vor allem gesundes Gemüse gekocht.«

»Die Mischung macht es, oder?« Adam lächelte, streckte ihm die Hand hin, und Phil ließ sich aufhelfen.

49

Riitta hatte lange überlegt. Könnte sie Johanna fragen, ob sie Lust hatte, mit ihr mit dem Boot auf den See hinauszufahren? Heute war es tagsüber trüb und windig gewesen, aber am Abend hatten sich die Wolken verzogen, der Wind hatte nachgelassen, und jetzt war es völlig windstill. »Was meinst du?«, hatte sie Phil gefragt.

»Eine gute Idee! Ich kümmere mich um Leni. Sie wollte sowieso noch mit mir durch den Wald streifen. Vielleicht finden wir die ersten reifen Blaubeeren?«

»Und dir ist das nicht zu viel?«

Er hatte ihre Hand genommen und ihr in die Augen geschaut. »Mein Herz schlägt regelmäßig. Ich habe mich heute ab und zu hingelegt, und ich bin glücklich, euch alle um mich zu haben. Also mach dir keine Sorgen.«

»Okay, dann … frag ich sie.«

Sie hatte sich getraut, und Johanna hatte Ja gesagt.

Jetzt saßen sie gemeinsam im Boot, Johanna hatte die Ruder übernommen, und sie fuhren hinaus auf den ruhigen See. Sie schwiegen.

Und es war schön. Riitta hatte den Eindruck, dass Johanna es genoss, auf den See hinauszurudern, sich zu bewegen. Zuerst hatte sie keinen Rhythmus gefunden, und Riitta hatte ihr ein paar Tipps gegeben. Jetzt schlugen die Ruder sanft ins Wasser und bewegten sich gleichmäßig.

Riitta hörte ein Kreischen. Sie schaute in den Himmel.

Ein Seeadler, der auf Beutezug war. Auch Johannas Blick fiel nach oben. Sie ließ die Ruder ins Boot, es schaukelte leise vor sich hin.

»Anstrengend?«, fragte Riitta.

»Nein, wunderschön«, sagte Johanna und lächelte. »Wenn ich nicht rudere, kann ich die Stille besser genießen.«

»Du hast recht. Magst du es, wenn es still ist?«

»Nicht immer. Ich denke dann zu viel. Aber jetzt ... jetzt tut die Stille gut.«

Riitta nickte. Weit in der Ferne hörte sie einen Motor tuckern.

»Da hörst du es. Kaum sagt man, es ist still, hört man wieder ein Geräusch.« Sie lachte.

Riitta sah ihre Tochter an. »Darf ich dich was fragen?«

»Natürlich.«

»Hattest du eine schöne Kindheit?«

Johanna sah ihr in die Augen. »Hatte ich. Eine sehr schöne Kindheit. Mit ... meinen Eltern und Geschwistern. Ich hatte auch viele Freundinnen, hab es genossen, in einer Kleinstadt zu wohnen. Eigentlich gefällt mir das besser als in einer Großstadt wie Stuttgart, wo ich mit Leni lebe. Vielleicht könnte ich das ändern. Es wäre auch billiger auf dem Land. Das Einzige ...«

Riitta hob den Kopf.

»Ich habe mich oft gefragt, warum ich so anders bin als meine Geschwister.«

»Wie, anders?«

»Unruhiger, aufbrausender, und ich laufe weg, wenn ein Problem auftritt. Und ich habe mich gefragt, warum ich so gar nichts von Mama, also von meiner Mutter Hedi, habe. Sie war so zufrieden mit ihrem Hausfrauenleben, hatte keine Eigenschaften, die aneckten. Ich konnte mich überhaupt nicht mit ihr streiten, außer über Kleinigkeiten. Sie war so nachgiebig. Und jetzt ... jetzt weiß ich den Grund. Und ... Ich finde es bewundernswert, dass Mama mich wie ein eigenes Kind behandelt hat. Vielleicht ist ihr das nicht immer gelungen. Aber sehr oft.« Johanna sah Riitta an. »Ach, ich weiß auch nicht. Vielleicht bin ich eine Mischung aus Papa, Mama und dir. Ich glaube, darüber muss ich noch länger nachdenken. Aber ... eigentlich will ich das jetzt nicht. Rita, können wir wieder schweigen?«

Riitta lächelte. »Klar, wir schweigen. Eine super Idee!«

50

Johanna war überwältigt von all den neuen Eindrücken. Gestern Nachmittag war sie den ganzen Tag alleine in Seinäjoki umhergestreift und hatte die Gebäude, die Alvar Aalto, der bedeutendste Architekt Finnlands, in Seinäjoki geschaffen hatte, besichtigt. Das Rathaus, das Stadttheater, die Kirche, die Bibliothek … Sie hatte sich nicht sattsehen können an den schönen, funktionellen Designs und bekam schon wieder Ideen für neue Artikel. Und sie genoss es, umherzustreifen, die kleine Stadt zu erkunden, ohne überlegen zu müssen, ob sie Leni so viele Besichtigungen zumuten konnte und wie sie es schaffen würde, sie bei Laune zu halten. Sie konnte sich gar nicht erinnern, wann sie das letzte Mal alleine unterwegs gewesen war, sich hatte treiben lassen und nur getan hatte, wonach ihr der Sinn stand.

Heute Morgen hatte sie im Café gefrühstückt, in der Kunsthalle Bilder von einheimischen Künstlern betrachtet, war shoppen gegangen und hatte ein reduziertes Oberteil eines finnischen Designers ergattert. Bunt, mit großen Mustern, auffällig und sehr schick. Kurz hatte sie ein schlechtes Gewissen bekommen. Aber sie hatte vor ein paar Tagen ihren Artikel über das Santa Claus Village abgeschickt, und das Honorar würde sicher bald auf ihrem Konto sein.

Leni war mit Papa und Rita unterwegs. Ihre Tochter

hatte die beiden unbedingt im Zug hierher begleiten wollen. Zuerst hatte Johanna die Idee nicht gut gefunden. Papa und Rita wollten doch sicher alleine sein. Und ihr Vater brauchte seine Ruhe. Aber sie hatte sich von den beiden überzeugen lassen, dass Leni es bei ihnen gut haben werde und sie ihre freie Zeit genießen sollte.

Und wie sie es genossen hatte, alleine mit dem Wohnmobil unterwegs zu sein! Am Montagmorgen war sie von Inari losgefahren, hatte einmal übernachtet und war gestern am frühen Vormittag in Seinäjoki angekommen. Gott sei Dank hatte sie einen Stellplatz auf dem Campingplatz am Fluss ergattern können. Was hier los war! Ganz Finnland schien am Tangofestival teilnehmen zu wollen. Als sie am Morgen vom Campingplatz Richtung Innenstadt losgelaufen war, hörte sie von überallher Tangomusik und sah sogar zwei Pärchen, die vor ihrem Wohnwagen Tango tanzten.

Aber jetzt wollte sie Papa, Leni und Rita treffen. Sie hatten sich an deren Hotel verabredet. Johanna eilte am Einkaufszentrum und weiteren Läden vorbei und sah kurz darauf Leni, die neben Papa und Rita vor dem Eingang des Hotels stand. Als Leni sie sah, sprang sie in ihrem bunten Sommerkleid, das Rita ihr aus Stoffresten geschneidert hatte, auf sie zu und drehte sich vor ihr. Der weite rote Glockenrock umspielte ihre nackten Beine und schimmerte in der Sonne. »Wow! Du siehst ja aus wie eine Prinzessin!« Sie umarmte ihre Kleine. Danach auch Papa und Rita. Es war ein merkwürdiges Gefühl, Rita, wenn auch nur kurz, im Arm zu halten. Merkwürdig, aber schön.

»Ihr beide seid aber auch sehr schick«, sagte Johanna.

Rita hatte ein blaues Seidenkleid an, das gut mit ihrer Haarfarbe harmonierte, und Papa trug einen Anzug mit weißem Hemd und Krawatte. Ungewöhnlich für ihn. Sie schaute an sich herunter.

»Jeans und T-Shirt tun es genauso«, sagte Rita, die ihren Blick bemerkt haben musste. »Ein Seidenkleid ist auch nicht gerade mein tägliches Outfit.« Sie lachte. »Nur während des Tangofestivals ziehe ich mir ein festliches Kleid an, und Phil trägt Anzug. Aber hier darf jeder tragen, was er möchte.«

Johanna schaute sich um. Von allen Seiten eilten Leute jeden Alters, festlich und völlig normal gekleidete, herbei. Sie sah Männer mit weißem Hemd und Fliege und Frauen in schicken, teils bodenlangen Tanzkleidern, dazwischen schoben sich Menschen in Alltagskleidung durch die Massen. Es war heiß, fast dreißig Grad, viele trugen kurze Hosen oder luftige Sommerkleider. Ab und zu sah sie junge und ältere Punker in ihrem traditionellen Outfit. Hier schien alles möglich zu sein.

»Dann ist es ja gut«, sagte Johanna. Ihr Blick fiel nach links. »Oh!« Sie deutete die Straße hinunter. »Da kommt eine Blasmusikband, die Tango spielt. Das hab ich noch nie gesehen. Und die Leute laufen mit. Papa, was passiert denn jetzt?«

»Jetzt wird es spannend.« Phil grinste.

»Wir gehen ein paar Schritte mit, dann sind wir da«, sagte Rita.

»Wo sind wir dann?«, fragte Leni.

»Überraschung.« Rita nahm Leni bei der Hand.

Kurz spürte Johanna einen Stich in der Magengegend. Mama hatte Leni auch oft an der Hand gehalten.

Sie liefen mit dem immer größer werdenden Zug mit. Nach ein paar Minuten hielt er an einem riesigen freien Platz. Am linken Rand parkten PKWs und offene Pickups, auf deren Rampen Leute saßen. Auf der anderen Seite waren Würstchenbuden und Caféstühle aufgestellt. In der Mitte des Platzes sammelten sich die Begleiter des Umzugs. Die Blasmusikkapelle verstummte. Von einer überdachten Tribüne hörte Johanna Musik, dann trat ein Akkordeonspieler hervor und begann den Tango zu spielen, den Papa auf einer seiner alten Kassetten hatte. Wie er ihr erklärt hatte, war das *der* Tango, den alle Finnen, groß wie klein, kannten. *Saatuma*, Finnlands inoffizielle Nationalhymne. Johanna schaute sich interessiert um. Einige Leute, besonders die schick gekleideten, stellten sich in Position und begannen sich zur Musik zu bewegen. »Die Leute tanzen auf der Straße. Das gibt's nicht.« Johanna lachte. »Ihr auch?« Sie schaute ihren Vater und Rita an.

Phil nickte Rita zu, als hätten sie eine Vereinbarung.

»Na, Leni, möchtest du mit mir tanzen?«, fragte Rita. »Wir beide passen heute ja richtig gut zusammen.« Rita hatte Lenis Oberteil aus einem Stoffrest ihres Seidenkleids geschneidert.

»Hm«, sagte Leni. »Nur fliegt dein Kleid nicht so wie meins.«

»Das stimmt. Du kannst größere Schritte machen.«

Leni nickte, und Rita zog sie in die Mitte.

Johanna blieb mit ihrem Vater am Rand, neben weiteren Zuschauern, stehen.

Rita griff Lenis Hände, und sie tanzten zu dem langsamen Tango. Leni kicherte. Johanna bemerkte, wie sie anderen Kindern zuschaute, die zusammen tanzten, und versuchte, deren Schritte nachzuahmen. Rita erklärte ihr wohl etwas, und Leni schaute konzentriert auf ihre Füße. Irgendwann fanden sie einen Rhythmus und wiegten sich gemeinsam zu den melancholischen Klängen des Tango. Die beiden passten gut zusammen. Rita war klein, sicher gerade mal einen Meter sechzig, und Leni war für ihr Alter groß gewachsen. Johanna hörte Leni immer wieder kichern, es schien ihr großen Spaß zu machen. Papa stand neben ihr, und sie bemerkte, dass ihm Tränen in die Augen traten.

»Papa, nicht doch.« Sie lehnte sich kurz an ihn.

»Vor einer Woche hätte ich mir das nie träumen lassen.« Er drückte ihr einen Kuss auf die Wange.

»Was? Dass Rita und Leni zusammen tanzen?«

»Das auch. Nein, dass wir zu viert auf dem Tangofestival sind und dass ihr euch so gut versteht.«

»Ich ehrlich gesagt auch nicht.« Johanna zog ihn etwas aus der Menge. »Hier ist es etwas schwierig zu reden, die Musik ist so laut.«

Sie sah, wie immer mehr Menschen tanzten. Jetzt nicht nur in der Menge, sie tanzten einfach da, wo sie standen. Und nun kam ein Mann mit einem gezwirbelten dunklen Bart auf sie zu. Er würde doch nicht …

»Saanko luvan?« Er lächelte sie an und nickte leicht mit dem Kopf.

Der Mann hatte sie auf Finnisch angesprochen. *»I am sorry, I don't speak Finish.«*

»Do you want to dance with me?«, sagte er in perfektem Englisch, mit einem netten Akzent.

»Ich kann nicht Tango tanzen.«

»Das ist ganz leicht. Ich zeige es Ihnen.«

Johanna bemerkte, wie ihr Vater sie von hinten anstupste. O Gott, wie peinlich! Am liebsten würde sie im Boden versinken. Aber der Mann nahm sie bereits an der Hand, umfasste ihre Taille und begann mit ihr zu tanzen. Sie lächelte unsicher, schaute auf ihre Füße. Noch nie im Leben hatte sie Standardtänze getanzt, geschweige denn einen Tanzkurs belegt. Sie überlegte. Was war das nur für ein Rhythmus? Sie hatte einmal gehört, dass der finnische Tango vom deutschen Marsch abstammte. Viervierteltakt? Johanna atmete tief durch und ließ sich führen. Sie spürte die Bewegungen des unbekannten Mannes, der sicher zwanzig Jahre älter war als sie. Er war nicht hübsch, aber er hatte ein gewinnendes Lächeln, und sein Bart war wirklich ungeheuer interessant. Oh! Sie dachte schon wieder. Doch jetzt wollte sie sich einlassen auf den Tanz, nicht schauen, nicht denken. Sie schloss die Augen und genoss es einfach.

»Schau mal, Rita. Mama tanzt auch!«, hörte sie von weiter Ferne.

Johanna lächelte und tanzte weiter mit geschlossenen Augen.

51

Puh, ist mir heiß!« Rita fasste Phil an der Hand und zog ihn mit nach draußen vor die Festhalle. »Ich brauche frische Luft.«

Seit zwei Abenden tanzten sie miteinander. Nicht wie sonst, ununterbrochen, nein, sie machten Pausen. Besser gesagt, Phil ruhte sich immer wieder an ihrem Tisch aus und sah Rita dabei zu, wie sie mit anderen Männern tanzte. Das ließ ihn nicht kalt, aber er wusste, wie sehr sie das Tanzen und speziell den Tango liebte. Rita sollte das Fest genießen. Sie schlängelten sich durch die Menge und setzten sich auf die Treppenstufen vor dem Eingang der Arena. Phil hatte seine Anzugjacke ausgezogen und legte sie neben sich. Als sie vor drei Stunden hierhergekommen waren, hatte es einen kurzen Schauer gegeben, aber nun war alles abgetrocknet, und ein angenehm kühler Wind wehte.

»Du tanzt immer noch am besten«, sagte Rita und küsste ihn auf die Nase.

»Charmeurin.« Er legte den Arm um ihre Schulter und drückte sie an sich. Er fühlte sich wohl, nein, er fühlte sich nicht nur wohl, er war glücklich. Besonders wenn er, wie Rita es ihm immer vorgelebt hatte, im Hier und Jetzt lebte. Aber auch, weil er eine Entscheidung getroffen hatte: Er würde Rita nicht fragen, ob sie mit ihm nach Deutschland kommen würde. Es fühlte sich nicht richtig an. Nicht, nachdem er gesehen hatte, wie sie lebte und wie sehr sie Lappland liebte.

Rita streckte die Nase in die Luft. »Wie wunderbar kühl! Hast du Lust, ein paar Schritte zu gehen? Runter zum Fluss. Das ist nicht weit, und da sind sicher nicht so viele Menschen wie hier.« Phil drehte sich um. Anscheinend hatten viele dieselbe Idee wie Rita gehabt. Immer mehr Besucher tummelten sich vor dem Eingang, tranken, redeten und lachten laut. Ein Glas zerbarst.

»Ja, lass uns gehen.« Er nahm ihre Hand, und sie liefen in Richtung Park, der an den Fluss grenzte, der durch die Stadt floss. An einer Bank mit Blick auf den See hielten sie inne und setzten sich.

»So still«, sagte Rita und lehnte ihren Kopf an seine Schulter.

Ihre wilden Haare kitzelten ihn im Gesicht. Er drückte seine Nase in ihre Locken und sog ihren Duft ein. Wenn es nach ihm ginge, könnte er den Rest seines Lebens hier mit ihr sitzen, auf den Fluss starren und den Enten dabei zusehen, wie sie an ihnen vorbeischwammen. Auf der gegenüberliegenden Flussseite spazierte eine Frau mit ihrem Hund. Es dämmerte. Seinäjoki lag viel weiter im Süden als Inari und jetzt, kurz vor Mitternacht, war die Sonne bereits untergegangen.

»Morgen ist Finale«, sagte Rita und hob den Kopf. »Dann wissen wir, wer in diesem Jahr Tangokönig und Tangokönigin wird. Meinst du, Leni hält bis zum Schluss durch?«

»Ich gehe mit ihr ins Hotel, wenn sie müde wird. Du kannst mit Johanna bleiben.«

»Und es macht dir nichts aus?«

»Aber nein.«

»Danke.« Sie schaute ihm in die Augen. »Weißt du, was Johanna mich heute gefragt hat?«

Phil schüttelte den Kopf.

»Sie möchte gerne Anfang September zusammen mit Leni zu mir kommen. Um einen Artikel über die Ruska, den lappländischen Herbst, zu schreiben. Sie fragte mich, ob ich mitkommen würde, und wir wollen zusammen nach Levi und Pallas fahren. Ich zeige ihr die schönsten Stellen, die ich kenne.«

»Wunderbar!« Kurz spürte Phil einen Stich in der Brust. Trotz seiner Entscheidung. Es hätte ihn so gefreut, wenn Rita zu ihm …

»Und dann dachte ich …«, sie richtete sich gerade auf, »ich dachte, ich besuche dich im Oktober für ein paar Wochen. Vielleicht auch etwas länger.«

»Du willst zu mir nach Deutschland kommen?« Er umarmte sie.

Rita lachte. »Ich möchte mit dir den Herbst verbringen. Und meinen Bruder würde ich auch gerne besuchen. Ich kenne nicht mal seine Frau und seine Kinder. Ich würde mich freuen, wenn du mich begleitest. Und dann will ich ja meine Tochter und meine Enkelin regelmäßig sehen und …«

»Ludwig.«

»Natürlich, auch Ludwig. Aber wie wäre es, wenn ihr beiden mal in Lappland Golf spielen würdet? Also, so richtig, in echt.« Um ihre Augen zeigten sich kleine Lachfältchen. »Vielleicht könntet ihr beiden sogar Adam dazu bringen, Golf zu spielen.« Sie schüttelte den Kopf. »Nein, das ist eine dumme Idee. Aber ich glaube, er würde sich freuen, dich öfter zu sehen. Doch zuerst musst du in Kur. Hast du deinem Arzt in Deutschland Bescheid gegeben?«

Phil nickte. »Er meinte, im August würde ich wahrscheinlich einen Platz in einer Klinik bekommen.«

»Na, dann haben wir ja die nächsten Monate verplant.« Sie schaute ihn verschmitzt an.

»Genau. Wo ich doch so gerne im Hier und Jetzt lebe.« Er grinste und legte ihr seine Jacke um die Schultern. Er hatte bemerkt, dass sie fröstelte.

Sie nahm sein Gesicht in ihre kleinen sanften Hände und küsste ihn.

»Wenn du wieder richtig gesund bist, dann ist das Leben perfekt!« Sie kuschelte sich noch etwas mehr in seine Jacke.

»Seit wann magst du es perfekt?«

»Stimmt. Das wäre ja langweilig.«

»Total langweilig! Und deshalb ...« Er stand auf und verbeugte sich vor ihr: »Darf ich bitten?«

Phil freute sich an ihrem erstaunten Blick.

»Du darfst.« Sie reichte ihm die Hand, er verbeugte sich leicht und hauchte ihr einen Handkuss auf den Handrücken. Dann legte sie seine Jacke auf die Bank und streifte ihre hochhackigen Tanzschuhe ab. »Die haben mich schon die ganze Zeit gedrückt.« Sie lächelte.

Und nun stand sie vor ihm, seine Rita, mit ihren nackten Füßen, den dunkelblonden grau melierten Locken und den grün-brauen Augen. Ihre rechte Hand lag in seiner linken. Phil umfasste ihre schmale Taille, und er tanzte mit ihr durch das vom Regen noch leicht feuchte Gras. Ab und an quakten in der Ferne ein paar Enten. Er schloss die Augen, hörte nur noch die Musik in seinem Inneren und spürte die Frau, die er liebte, in seinen Armen. Und er wusste, dieser Augenblick würde ihm für immer bleiben.

Hiltrud Baier

Hiltrud Baier ist in Süddeutschland aufgewachsen. Nach einer Ausbildung zur Buchhändlerin absolvierte sie ein Germanistik- und Pädagogikstudium. Vor über zwanzig Jahren wanderte sie der Liebe wegen nach Lappland aus. Dort genießt sie die spektakuläre Natur, in der man stundenlang wandern kann, ohne eine Menschenseele zu treffen, und liebt den melancholischen finnischen Tango, der ihr auf dem Tangofestival in Seinäjoki zum ersten Mal begegnet ist. Nach *Helle Tage, helle Nächte* und *Tage mit Ida* ist *Tangosommer* Hiltrud Baiers dritter Roman. Unter dem Pseudonym Klara Nordin hat sie außerdem zwei Krimis veröffentlicht.